WEIHNACHTSMÄNNER FLIRTEN HIMMLISCH

Christmas & Love

Rike Stienen

Impressum: www.rike-stienen.de
Lektorat: Susanne Hoffmann
Coverdesign: Dieter G. Hoffmann
Cover-Abbildung: www.stock.adobe.com
ISBN: 9798489771221
Independently published

Weihnachtsmänner flirten himmlisch

KAPITEL 1

Leise rieseln die Schneeflocken auf das Dachfenster von Marions Wohnzimmer. Sie bemerkt es gar nicht. In eine kuschelige Decke auf dem Sofa gehüllt liest sie den neusten Weihnachtsroman ihrer Lieblingsautorin. Direkt nach dem Frühstück hat Marion angefangen und nur zum Mittagessen kurz damit aufgehört. Um nicht gestört zu werden, hat sie sogar ihr Handy den ganzen Tag auf lautlos gestellt. Lediglich nebenbei, wenn sie von einem Toilettenbesuch oder vom Teekochen zu ihrem Buch zurückgekehrt ist, hat sie einen Blick auf das Display geworfen.

Ihre Freundin Caren hat traumhafte Fotos vom Gletscher geschickt, wo heute ein Ski-Opening stattfindet. Marion sollte ursprünglich mitfahren, aber ihr fehlt zurzeit die Energie für sportliche Aktivitäten. In ihrer PR-Agentur laufen die Aufträge für Produktwerbungen in der Adventszeit heiß. Marion und ihre beiden Partner Tom und Milan haben alle Hände voll zu tun und kaum mehr Freizeit. Deshalb tut der Tag auf der Couch besonders gut, um neue Kraft für die kommende Woche zu tanken.

Kaum will Marion ihr Handy wieder beiseitelegen, geht ein Anruf ein. Es handelt sich um Caren, die wahrscheinlich von ihrer Skitour berichten möchte. Obwohl Marion lieber das Ende des Romans lesen würde, meldet sie sich: „Hi, du Skihäsin. Danke für die tollen Fotos. Offenbar habe ich etwas verpasst."

„Wohl kaum", entgegnet Caren. „Ich bin im Krankenhaus."

„Wie bitte?" Marion glaubt, sich verhört zu haben. „Was ist passiert?"

„Ich bin auf einer Eisplatte bei der letzten Abfahrt gestürzt und habe mir das rechte Bein gebrochen." Carens Stimme klingt weinerlich.
„Du meine Güte. Soll ich kommen?", bietet Marion sofort an.
„Das ist lieb, aber ich bin im Innsbrucker Klinikum, also zu weit weg für einen Besuch. Igor ist bei mir und kümmert sich um mich. Stell dir vor, ich wurde mit dem Hubschrauber geborgen. Wenn mein Freund mir nicht die Hand gehalten hätte, wäre ich auf dem Flug vor lauter Angst gestorben. Sogar die Schmerzen im Bein habe ich eine Weile nicht mehr gespürt. Zum Glück ist alles gutgegangen. Der Helicopter ist direkt auf dem Krankenhausdach gelandet. Übermorgen darf ich voraussichtlich wieder nach Hause."
„Du hast aber Pech. Das tut mir so leid. Wird das Bein operiert?"
„Nein. Es ist kein komplizierter Bruch. Allerdings habe ich nun ein riesiges Problem."
„Kann ich dir helfen?", fragt Marion ins Blaue und bereut einige Sekunden später ihr voreiliges Angebot.
„Ja, deshalb rufe ich an. Ich soll morgen auf die Charity-Veranstaltung von *Kinder treffen den Weihnachtsmann*."
„Du meinst die, die meine Mutter immer organisiert?", unterbricht Marion.
„Genau die. Gehst du auch dorthin?"
„Nein, hatte ich nicht vor. Warum?"
„Würde es dir etwas ausmachen, für mich als Reporterin einzuspringen? Ich soll über die Aktion wie immer für den Kutterwalder Anzeiger schreiben. Der Bericht ist für mich jedes Jahr eine Herzensangelegenheit. Jetzt falle ich aus und weiß niemand Besseren als dich, um mich zu ersetzen."
Marion stöhnt hörbar auf. „Du weißt, dass ich seit Jahren keine Artikel mehr verfasst habe. Das kannst du mit Werbetexten nicht vergleichen. Ich kann so etwas nicht mehr."

„Aber das hast du bestimmt nicht verlernt. Ich flehe dich an, für mich hinzugehen", lässt Caren ihrer Verzweiflung freien Lauf. „Deine Mutter freut sich sicher auch riesig, wenn du über sie und die anderen Akteure etwas Positives äußerst und die Organisation damit unterstützt. Wenn du es nicht mir zuliebe tust, dann wegen deiner Mutter. Gib dir einen Ruck."

Im Hintergrund hört Marion eine Tür bei Caren zuschlagen, die gleich darauf hektisch spricht: „Der Arzt ist gerade gekommen. Bitte überleg es dir und melde dich später."

Bevor Marion antwortet, hat Caren aufgelegt. Natürlich wird sie ihrer Freundin helfen, aber im ersten Moment war sie zu perplex. Außerdem taucht der eigene Berg von Arbeit vor Marions innerem Auge auf. So einen Artikel schüttelt sie nicht mal eben aus dem Ärmel. Gerade, weil ihre Mutter Annabelle den Gala-Abend als Präsidentin des Wohltätigkeitsvereins ausrichtet, muss sie sich besondere Mühe geben. Allerdings hat Marion einen Vorteil: Sie kann Annabelle noch heute Abend per Telefon interviewen und hat somit ihre Informationen bereits vorab. Deshalb braucht sie morgen Abend bloß die Stimmung aufzugreifen und die wichtigsten Personen zu nennen, die sich auf dem gesellschaftlichen Event blicken lassen. Das müsste Marion tatsächlich schaffen. Dementsprechend erteilt sie Caren ihre Zusage per WhatsApp:

Ich mach's meine Liebe. Gute Besserung.

Liebe Grüße,
Marion

Postwendend schreibt Caren zurück:

Du bist die Beste. Ich wusste, dass Du mich nicht im Stich lässt. Bitte interviewe den Weihnachtsmann, der den Kindern die Geschenke überreicht. Frage ihn, warum er ins Kostüm schlüpft, was er sonst beruflich macht und was ihm Weihnachten selbst bedeutet. Kriegst Du das hin?

Marion grinst in sich hinein. So ganz scheint Caren ihr die Aufgabe wohl doch nicht zuzutrauen.

Logo schaffe ich das. Ist Dein Chef überhaupt mit mir als Dein Ersatz einverstanden? Nicht, dass ich mir die Mühe ganz umsonst mache.

Caren:

Der hat mich sogar gebeten, selbst für eine Aushilfe zu sorgen. Deine Mutter kannst Du ja schon vorher befragen und Dich morgen völlig auf den Weihnachtsmann und die Kinder konzentrieren.
Du hast etwas gut bei mir. Danke für Deine Hilfe.

Nachdem Marion den Austausch mit Caren beendet hat, ruft sie Annabelle an.
„Hi, Mamimaus. Steckst du in den Vorbereitungen für morgen?"
„Ja, dass du daran denkst. Einige Geschenke sind noch nicht eingepackt. Dieses Mal sind es besonders viele Kuscheltiere für die Kinder. Du würdest sicher einige davon behalten wollen", scherzt Annabelle.
Automatisch schweift Marions Blick durch ihr Wohnzimmer. Überall sitzen oder stehen Puppen, sowohl welche aus ihrer Kindheit, als auch neu gekaufte. Sie schmunzelt. Natürlich würde sie Kindern niemals Geschenke wegnehmen, zumal es bedürftige sind, die sonst keine bekommen.
„Ich habe eine Überraschung für dich", verkündet Marion.
„Du hast einen neuen Freund", rät Annabelle ins Blaue. „Hast du Tom endlich erhört? Der Arme bemüht sich schon so lange um dich."
„Das muss er wohl weiter. Ich fange nichts mit Kollegen an, wie du weißt. Wenn es dann nicht funktioniert, bin ich

einen guten Geschäftspartner los, und Tom ist spitze in seinem Job."
„Ach, wie schade", äußert Annabelle mit enttäuschtem Tonfall. „Ich mag ihn, und er würde super zu dir passen."
„Du kennst ihn doch kaum", wiegelt Marion ab, die es nicht leiden kann, wenn ihre Mutter ihr einen Kerl buchstäblich einreden will. Das versucht sie seit Marions Pubertät. Besondere Priorität genießen dabei die Söhne von Annabelles Freundinnen. Zum Glück sind die meisten inzwischen verheiratet oder in festen Partnerschaften.
„Also schön, Marion. Lassen wir das Thema. Was für eine Überraschung hast du denn auf Lager?"
„Ich begleite dich morgen Abend."
„Wohin?" Annabelle scheint auf dem Schlauch zu stehen.
Marion lacht. „Hast du gleich mehrere Verabredungen?"
„Nein, ich gehe nur zur Charity-Veranstaltung. Sag bloß, du willst mitkommen?"
„Ja, du triffst ins Schwarze." Anschließend berichtet Marion von den näheren Umständen, die sie dazu bewegen.
„Krass. All die Jahre zuvor habe ich vergeblich versucht, dich mitzuschleifen. Da muss sich erst die arme Caren das Bein brechen, bevor sich meine Tochter erbarmt."
Marion verteidigt sich vehement: „Du weißt, wie viel Arbeit sich auf meinem Tisch gerade in der Adventszeit häuft. Außerdem laden mich etliche Kunden zu ihren Weihnachtsfeiern ein. Ich habe volles Programm."
„Umso mehr freue ich mich, dass es dieses Jahr klappt, auch wenn ich den Umstand deiner Freundin zu verdanken habe."
„Kann ich dich gleich zu deiner Tätigkeit als Präsidentin des Vereins interviewen, Mamimaus?", lenkt Marion ihre Mutter vom Thema ab.
„Was willst du wissen? Caren fragt mich gar nicht mehr, sondern schreibt diesen Teil des Artikels über meine Person vom vergangenen Jahr quasi ab und formuliert ihn ein bisschen um."

„Das ist ja langweilig. Erzähl mir einfach, was die Leute diesmal als Geschenke für die Kinder gespendet haben. Überwiegt das Spielzeug oder sind es Klamotten, die an erster Stelle stehen? Wie mobilisierst du die Wohltäter? Sind es weitestgehend dieselben oder kommen neue Leute hinzu?“

„Halt. Das sind zu viele Fragen auf einmal. Ich muss erst überlegen. Warte, ich hole die Liste, auf der die Spender mit ihren jeweiligen Gaben aufgeführt sind. Meine Mithelfer und ich schreiben das nämlich akribisch auf.“

Nach einer Weile hat sich Marion alles Wesentliche notiert.

„Danke. Den Abschnitt über dich kann ich schon mal aufsetzen. Das erleichtert meine Arbeit morgen.“

„Umso besser. Dann darfst du das Büfett stürmen. Es wird sehr reichhaltig werden. Gleich zwei Catering-Firmen sponsern das Essen, für das die Gäste zahlen müssen. Das Geld fließt bereits in den Fond für nächstes Weihnachten.“

„Papa wäre stolz auf dich. Du hast seit seinem Tod etwas Großartiges für Kutterwald mit deinem Wohltätigkeitsverein geschaffen. Längst ist er über den Chiemgau hinaus bekannt geworden.“

„Ja, er hätte seine Freude daran. Die Idee stammte ja schließlich auch von ihm. Ich habe sie nur in die Tat umgesetzt.“

„Kann ich dir morgen beim Transport der Päckchen auf den Berg helfen?“, bietet Marion ihrer Mutter an.

„Unbedingt. Ich habe extra einen Kleintransporter gemietet. Jede Hand ist willkommen. Meine Freundinnen Gerti und Johanna unterstützen uns.“

„Okay. Ich bin gespannt. Wann soll ich bei dir sein?“, erkundigt sich Marion.

„Gegen 16 Uhr bitte. Übrigens habe ich wie immer ein Zimmer im Berghotel gebucht. Ich stoße ja ständig mit Gästen an und tue mir die Rückfahrt deswegen nicht an.“

„Ich kann aber nüchtern bleiben und uns nach Hause kutschieren“, wendet Marion ein. Eine Übernachtung

kommt für sie nicht infrage, weil sie dann nicht pünktlich am nächsten Tag in ihrem Büro sein könnte.
„Das wäre trostlos. Der Glühwein ist himmlisch, den das Hotel bereitstellt. Du findest weit und breit keinen Köstlicheren“, prophezeit Annabelle. „Ich habe sowieso ein Doppelzimmer. Stornieren geht kurzfristig nicht mehr. Also gib dir einen Schubs. Wir starten dafür ganz früh am nächsten Tag, damit du pünktlich zur Arbeit erscheinst.“
„Hm ...“ Marion zögert. „Okay, also schön. Du hast mich überzeugt.“
„Du wirst es nicht bereuen, mein Kind. Diese Gala-Abende sind immer etwas ganz Besonderes.“ Annabelle verabschiedet sich, nicht ohne Marion nochmals zu beteuern, wie sehr sie sich über ihr Mitkommen freut.
Das allein ist Grund genug, für Caren den Artikel zu schreiben. Direkt nach Beendigung des Gespräches mit Annabelle verfasst Marion aus ihren Notizen das Interview mit ihrer Mutter, während es draußen weiter kräftig schneit.

♥

KAPITEL 2

Als Marion am nächsten Morgen aus der Tiefgarage fährt, staunt sie nicht schlecht. Über Nacht hat sich die Landschaft in eine weiße Pracht verwandelt. Da sie früher als üblich unterwegs ist, waren die Schneeräumer noch nicht überall aktiv. Mühsam kämpft sich ihr Auto durch die dichten Flocken. Wie mag es da erst auf dem Berg aussehen, auf den Marion heute Abend mit Annabelle zum Fest muss? Hoffentlich überlegen es sich die Gäste nicht anders und bleiben lieber zuhause. Das würde für Marions Mutter und alle Beteiligten eine Katastrophe bedeuten. So viele Wochen Vorbereitung und Organisation wären für die Tonne. Am schlimmsten würde es die Kinder aus den Heimen und Pflegeeinrichtungen treffen, die sich schon so lange auf den Abend und ihre Geschenke freuen.

Mit einer halbstündigen Verspätung trifft Marion in ihrem Büro ein. Zu ihrem Erstaunen hat Tom bereits die Kaffeemaschine angeworfen.

„Was machst du so zeitig am Montagmorgen hier?“, begrüßt sie ihren Kollegen.

„Das Gleiche frage ich dich?“

„Ich muss heute Nachmittag eher aufhören, weil ich meine Mutter zu ihrer Charity-Gala begleite.“ Anschließend berichtet Marion Tom von Carens Unglück.

„So ein Pech. Hast du nicht mal erzählt, dass deine Freundin eine besonders gute Skiläuferin ist?“

„Richtig, aber Caren mutet sich oft zu viel zu. Sie muss immer die letzte Gondel nach oben nehmen. Gestern wurde ihr wohl die einsetzende Dämmerung zum Verhängnis. Die Tücken der Eisplatte erkannte sie offenbar zu spät. Die Rettung per Hubschrauber war für Caren zusätzlich der Albtraum. Sie hasst nämlich das

Fliegen in jeglicher Form. Dabei hat sie Glück im Unglück gehabt, dass das Tageslicht für den Helicopter noch reichte."

Tom lacht. „Dann ist ihr dieses Erlebnis sicher eine Lehre, nicht mehr unbedingt die letzte Abfahrt zu riskieren."

„Vermutlich."

Tom reicht Marion eine Tasse Kaffee, extra mit aufgeschäumter Milch, wie sie ihn liebt.

„Danke, den brauche ich jetzt dringend, um mich für die Arbeit zu motivieren." Marion schielt zur Seite, denn sie spürt Toms Blick auf sich ruhen. „Ist etwas?"

„Mir gefällt dein Pullover. Ist der neu?"

„Mehr oder weniger. Ich habe ihn mir aus einer Laune heraus aus dem Wühltisch gefischt, aber mich bisher nicht getraut, ihn anzuziehen. Findest du die Rentiere nicht zu kitschig?", hakt Marion skeptisch nach.

„Nun ja ..." Tom zögert eine Antwort hinaus. „Wenn du analogen Umgang mit Kunden hast, ist das Outfit vielleicht etwas gewagt." Er schmunzelt.

„Den Pulli habe ich wegen der Kinder heute Abend angezogen. Womöglich sind sie dadurch zutraulicher, wenn ich ihnen Fragen stelle."

„Ach so, damit erklärt sich das von selbst. Wie kommt ihr überhaupt auf den Berg?", lenkt Tom vom Thema Pullover ab.

„Ehrlich gesagt, habe ich Bedenken, ob wir es mit dem Transporter hinaufschaffen. Hoffentlich brauchen wir keine Schneeketten." Marion beißt sich auf die Lippen, denn sie ahnt Toms Angebot.

Prompt schlägt er vor: „Soll ich dich und deine Mutter begleiten? Ich bin solche Verkehrssituationen gewohnt. Schließlich haben meine Eltern eine Skihütte."

In Marions Kopf arbeitet es. Sie wäre Tom zu Dank verpflichtet, was er ausnutzen könnte. Immerhin buhlt er schon seit Jahren um ihre Gunst. Manchmal ist Marion in Versuchung, es mit Tom einmal zu versuchen. Er ist ein lieber Kerl und liest ihr ihre Wünsche von den Augen ab.

Allerdings fehlt der berühmte Funke, der einfach nicht von Tom auf Marion überspringen will. Mehr als ein guter Freund und Geschäftspartner kann er für sie niemals sein. Gefühle lassen sich nicht aus Vernunft manipulieren. Marion ist froh, zu dritt im Büro zusammenzuarbeiten. Milan beinhaltet den Puffer zwischen Tom und ihr. Durch seine Anwesenheit bleibt Tom einigermaßen auf Distanz. Private Zusammenkünfte vermeidet Marion, es sei denn, es sind andere mit dabei. Wie lange er es in der Warteschleife allerdings noch aushält, vermag Marion nicht zu beurteilen. Eine andere Frau für Tom wäre die Lösung. Ihre Verkupplungsversuche zwischen Caren und Tom schlugen leider fehl. Die Freundin verliebte sich stattdessen Knall auf Fall vor einiger Zeit in Igor, dem sie den Parkplatz vor dem Supermarkt klaute. Zunächst gerieten die beiden darüber heftig in Streit, den sie anschließend in einem Café schlichteten. Seitdem sind sie ein Paar.
„Du hast meine Frage nicht beantwortet“, reißt Tom Marion aus ihren Gedanken.
„Hm ... ich wollte dich eher bitten, einen Kunden von mir zu übernehmen, den ich heute nicht mehr schaffe. Damit wäre mir mehr geholfen“, zieht sie sich vorsichtig aus der Affäre. An Toms Gesichtsausdruck liest sie jedoch ab, dass er enttäuscht ist. „Meinetwegen, aber wenn es weiter so schneit, überlegst du es dir besser nochmal.“
Das wird Marion ganz sicher nicht, zumal in dem Hotel bestimmt kein Zimmer mehr für Tom frei ist.
„Mache ich“, schließt Marion den Dialog ab, denn Milan betritt die Bühne.
„Was für ein beschissenes Wetter“, trompetet er zur Begrüßung in den Raum. „Ausgerechnet heute musste ich meine Söhne in den Kindergarten bringen. Dabei liegt der nicht auf der Strecke. Lina hatte Nachtdienst im Krankenhaus und schläft bis Mittag.“
„Du Ärmster. Wie wär's mit einem heißen Kaffee?“, tröstet Marion.
„Ja, gerne. Ich habe gleich eine Telefonkonferenz und

nehme ihn mit ins Nebenzimmer." Gesagt, getan. Schon verschwindet Milan wieder.
„Anstrengend so eine Familie", kommentiert Marion, während sie sich an ihren Schreibtisch setzt und den PC hochfährt.
„Trotzdem hätte ich gerne eine. Du etwa nicht?", greift Tom sofort den Faden auf.
„Nein", lügt Marion. „Kinder passen nicht in mein Karrierekonzept." Regelmäßig täuscht sie Tom ihr Desinteresse an einer Familie vor, damit er einsieht, bei ihr keine Chance zu haben.
Glücklicherweise klingelt in diesem Moment Toms Telefon, sodass er die Thematik nicht weiter vertiefen kann. Auf Dauer geht Marion Toms Werben auf den Keks, so nett er ist. Soll sie ein klärendes Gespräch mit ihm führen, dass aus ihnen als Paar nichts wird? Bisher scheut sich Marion aus Angst davor, Tom als Mitstreiter in der Agentur wegen gebrochenem Herzen zu verlieren. Im Job harmonieren sie perfekt miteinander, und das soll auch so bleiben.
Zwar schätzt Marion Milans Fähigkeiten ebenso, aber er arbeitet nicht ganz so effektiv wie Tom. Trotzdem bilden sie ein erfolgreiches Trio. Gut, dass sie sich vor einigen Jahren auf einem Workshop begegneten und den Entschluss fassten, sich gemeinsam selbstständig zu machen. Marion war der Job als Reporterin beim Kutterwalder Anzeiger nämlich zu stressig. Viele unbezahlte Überstunden raubten ihr außerdem oft die Wochenenden.

Die Zeit verfliegt mit zahlreichen Telefonaten, die es Marion nicht einmal erlauben, etwas zu essen, sieht man einmal von einer Tütensuppe mit Tomatengeschmack ab. Dabei tauscht sie sich kurz mit Caren aus, der es den Umständen entsprechend ganz gut geht. Igor verwöhnt sie nach Strich und Faden mit Süßigkeiten aus dem Krankenhausautomaten. Caren legt Marion ans Herz, bloß die Kamera nicht zu vergessen. Zur Reportage gehören

natürlich auch Fotos vom Event. Marion verspricht hoch und heilig, an alles zu denken.
Ihre Wetter-App auf dem Smartphone verheißt indes am frühen Nachmittag nichts Gutes. Weitere Schneefälle sind prognostiziert, die Marion Kopfzerbrechen bescheren. Soll sie Tom doch bitten, den Transporter für sie zur Veranstaltung zu fahren? Die Entscheidung wird ihr abgenommen, als Annabelle anruft.
„Könntest du auch schon eine Stunde eher bei mir sein?", bittet Marions Mutter. „Roberto hilft uns beim Schleppen der Pakete und fährt Gerti, Johanna und mich hoch."
„Roberto? Wer soll das sein?", bohrt Marion nach, ohne sich wirklich für den Mann zu interessieren. „Wieso soll ich den Transporter nicht mehr lenken?"
„Weil wir deinen Wagen zusätzlich benötigen. Ich habe heute noch einen Schwung neuer Päckchen von einer Lebensmittelfirma spendiert bekommen. Die passen nicht mehr in den Transporter." Die Frage, wer Roberto ist, beantwortet sie leider nicht. Egal, Marion sichert ihr pünktliches Erscheinen zu.
Als sie am frühen Nachmittag das Haus ihrer Mutter erreicht, schließt jemand im Weihnachtsmannkostüm gerade die Transportertür und schwingt sich auf den Fahrersitz, bevor Marion den Motor abgestellt hat.
Annabelle huscht ans Fahrerfenster, das Marion mittels des elektrischen Hebers herunterlässt. „Wir brauchen deinen Kofferraum nun doch nicht. Roberto hat die Päckchen so geschickt gestapelt, dass alle Platz hatten."
„Okay, Mamimaus, dann schnappe ich mir meinen Handkoffer und komme gleich zum Transporter."
„Du passt leider nicht mehr rein. Wir sind zu viert plus Gepäck und Geschenke. Gerti und Johanna sind schon drin. Fährst du hinter uns her?"
Missmutig stimmt Marion zu. „Warum setzt du dich nicht zu mir in meinen Wagen? Ich habe keine Lust, mich auf der Strecke zu langweilen."
Annabelle scheint kurz zu überlegen. „Gute Idee. So

haben die anderen mehr Platz. Warte, ich hole schnell meine Handtasche und sage den anderen Bescheid."
Keine zwei Minuten später hockt Annabelle auf dem Beifahrersitz und schnattert los, während Marion dem Transporter folgt. „Entschuldige bitte, dass ich die Pferde scheu gemacht habe. Zunächst sah es so aus, als würden die Geschenke nicht alle in den Stauraum passen."
„Kein Problem, aber jetzt sag, wer der Weihnachtsmann ist?", verlangt Marion zu wissen.
„Na, Roberto. Johannas Neffe. Er spielt heute den Weihnachtsmann."
„Du tust so, als würde ich ihn kennen. Ein Roberto sagt mir nichts."
„Kennen ist wohl übertrieben. Vor zwanzig Jahren etwa haben wir mal mit Johanna und deren Bruder mit Familie Silvester zusammen gefeiert. Erinnerst du dich?"
Marion kichert. „Soll das ein Witz sein? Da war ich gerade mal zehn Jahre alt. Keine Ahnung, wer der Junge damals war."
„Wurscht. Du wirst ihn ja später interviewen. Vielleicht ereilt dich dabei die Erleuchtung."
„Wohl kaum. Erstens ist der Typ inzwischen gealtert wie ich, und zweitens verunstaltet ihn sein Kostüm."
Marions Wagen quält sich den Berg hinauf. Obwohl die Straße offenbar erst kürzlich vom Schnee befreit worden ist, bilden sich bereits wieder glatte Flächen. Es ist äußerste Vorsicht geboten, denn vor ihnen rutscht der Transporter ab und zu seitlich weg.
Annabelle hält vor Schreck beide Hände vors Gesicht, als er einmal nahe an den Abgrund gleitet und sich knapp davor wieder fängt.
„Gut, dass Roberto den Wagen fährt und nicht du", stellt Annabelle fest.
Marion täuscht Empörung vor: „Soll das heißen, Frauen am Steuer können nicht mit Schneeverhältnissen umgehen?"
„Nein, das will ich damit nicht sagen, aber Roberto hat

vielleicht mehr Ahnung mit dem Lenken solcher Kleinlaster."
„Wieso? Hat er beruflich damit zu tun?"
„Er betreibt eine Kräutergärtnerei, und seine Eltern führen einen italienischen Delikatessenladen in Kutterwald. Bestimmt hast du dort schon mal eingekauft", vermutet Annabelle. „Du liebst doch italienisches Essen."
„Stimmt. Ich habe dort bereits öfter Geschenkkörbe für Kunden bestellt. Da sie direkt zu ihnen geliefert wurden, hatte ich jedoch keinen direkten Kontakt mit den Ladenbesitzern. Ich erhalte die Rechnungen und zahle sie per Online-Banking."
„Na, prima, demnach hast du gleich einen Anknüpfungspunkt mit Roberto."
„Du tust so, als hätte ich keine Erfahrung als Reporterin. Für mich stellt es kein Problem dar, Leute zum Reden zu bringen."
„Entschuldige. So war das auch nicht gemeint. Ich bin ein bisschen aufgeregt, obwohl ich diesen Abend schon so lange gestalte. Besonders schwerfallen mir immer die ersten Begrüßungsworte. Jedes Mal habe ich das Gefühl, eine Würgeschlange drückt mir den Kehlkopf zu, und ich bekomme kein Wort heraus." Zur Demonstration hält sich Annabelle ihre Hand an den Hals, was Marion aus einem Blickwinkel beobachtet.
„Du machst das schon", spricht Marion ihrer Mutter Mut zu. „Am besten trinkst du vorher einen Schluck Glühwein."
„Sowieso. Die Hotelchefin bringt mir immer einen Becher persönlich, sobald ich einen Fuß in den Vorbereitungsraum setze. Ich bin tatsächlich erleichtert, dir bereits gestern ein Interview gegeben zu haben. Dieses Pressezeug stresst mich immer zusätzlich."
Marion lacht. „Bei deiner eigenen Tochter brauchst du kein Lampenfieber zu haben. Ich bin völlig harmlos und keine Sensationsreporterin, die Fangfragen stellt."
„Vielleicht ist es einfach das zunehmende Alter, das mich

verunsichert.“ Annabelle seufzt kaum wahrnehmbar.
„Quatsch. Im Gegenteil. Du bekommst sicher Jahr für Jahr immer mehr Routine für deine Rede.“
Ihr Gespräch endet vorläufig vor dem Eingangsportal des Hotels.
Roberto flüchtet sogleich ins Innere, was Marion wundert.
„Hilft der Typ nicht beim Ausladen?“
„Nein, sein Kostüm und seine Schminke sollen nicht nass werden. Das Hotelpersonal lädt die Päckchen aus und stapelt sie im Veranstaltungssaal. Wir brauchen uns nicht darum zu kümmern.“
Der Portier reißt die Fahrertür auf und bittet Marion um den Autoschlüssel. „Ich fahre ihren Wagen in die Tiefgarage und lasse das Gepäck auf ihr Zimmer bringen.“
„Danke.“ Marion schnappt ihre Handtasche und die Kameraausrüstung und folgt Annabelle in die Lobby, die im Lichterglanz erstrahlt. Ein riesiger Weihnachtsbaum in lila Farbtönen begrüßt die Gäste. Von der Decke hängen große Weihnachtskugeln herab, die beleuchtet sind. Sogleich schießt Marion ein Foto davon.
Gerti und Johanna warten bereits an der Rezeption.
„Puh, bin ich froh, dass wir es heil hier hinauf geschafft haben. Das war eine schöne Rutschpartie“, sprudelt Johanna ohne großartige Begrüßungsfloskel los. „Gut, dass Roberto so erfahren mit schneeglatten Bergstraßen ist.“
„Hallo Johanna, hallo Gerti“, macht sich Marion bemerkbar.
„Grüß dich“, antworten beide gleichzeitig, wenden sich aber schnell wieder der Rezeptionistin zu, die ihnen die Zimmerchipkarten überreicht.
Marion schreibt ihre mangelnde Kommunikationslust der inneren Aufregung zu, die die Frauen offenbar genauso im Griff hat wie Annabelle.
„Tust du mir einen Gefallen?“, fragt Annabelle an Marion gerichtet.
„Welchen?“
„Erledigst du bitte die Formalitäten mit dem Zimmer? Ich

bin mit der Hotelchefin verabredet. Wir müssen noch einige Dinge abklären."

„Okay, treffen wir uns irgendwo?"

„Du sitzt natürlich mit an meinem Tisch direkt vor der Bühne. Kannst du gar nicht verfehlen. Wäre super, wenn du in einer halben Stunde dort sein würdest."

„Alles klar, bis gleich." Marion ist es mehr als recht, eine kleine Verschnaufpause vor der Ausübung ihrer Tätigkeit zu haben. Ein bisschen aufgeregt ist sie, nach so langer Zeit wieder eine Reportage zu schreiben. Ob sie ihr Handwerk verlernt hat? Ihr Talent wurde nach dem Abitur bei einem Praktikum bei der Zeitung entdeckt. Sogleich bot ihr die Redaktionsleitung ein Volontariat an, bei dem sie Caren kennenlernte. Sie wurden dicke Freundinnen und sind es bis heute geblieben. Obwohl die Jahre beim Kutterwalder Anzeiger oft sehr stressig waren, denkt sie gerne an ihre Abenteuer mit Caren zurück, wenn sie beide gemeinsam für ein Event eingeteilt waren. Die eine führte die Interviews, während die andere fotografierte.

Marion hätte Caren gerne als weibliche Verstärkung mit bei der Gründung ihrer PR-Agentur ins Boot geholt, aber sie blieb ihrer Rolle als Reporterin treu. Wer weiß, ob die Freundin nicht doch eines Tages ihre Meinung ändert.

♥

KAPITEL 3

Auch das Hotelzimmer präsentiert sich adventlich geschmückt. Auf den Betten liegt bereits ein sogenanntes Betthupferl in Gestalt eines Schokoladentannenbaumes. Auf dem Beistelltisch lockt ein Körbchen mit Weihnachtsplätzchen, die bereits von Weitem einen verführerischen Duft verströmen. Offenbar versteht das Hotelmanagement, seine Gäste zu verwöhnen. Sogleich bedient sich Marion. Der Keks schmeckt köstlich nach Mandeln und Zimt, sodass ein zweiter folgt. Ihr Magen verzeiht ihr die Tütensuppe nicht und knurrt gefährlich. Hoffentlich dauert es nicht ewig, bis das Büfett eröffnet wird. Auf jeden Fall sollte Marion ohne Grundlage mit dem Alkohol sparsam umgehen, bis sie alle Interviews geführt und sich die notwendigen Notizen gemacht hat.

Gerade, als sie einen kritischen Blick in den Spiegel wirft, klopft es an der Tür. Vermutlich das Gepäck. Sie behält recht.

Ein Page bringt sowohl Annabelles Handkoffer, als auch ihren.

Als Dankeschön steckt Marion ihm einen Schein zu, den der junge Mann ihr mit einem Lächeln quittiert. Ob so ein Trinkgeld überhaupt noch üblich ist, weiß Marion nicht. Urlaub im Hotel stand die vergangenen Jahre nicht auf ihrem Programm. Der Aufbau der Agentur hatte absolute Priorität. Lediglich Milan gönnte sich mit seiner Familie eine Auszeit, wofür Marion und Tom absolutes Verständnis zeigten.

Für den nächsten Sommer plant Marion allerdings mal eine Arbeitspause ein. Wegen eines eventuellen Burnouts will sie nämlich nicht ausfallen. Das wäre kontraproduktiv.

Nach Weihnachten wird es ohnehin erträglicher mit dem Arbeitsaufwand. Auf die freien Tage zwischen Heiligabend und Neujahr freut sich Marion sehr. Endlich Skifahren. Ursprünglich war das mit Caren und Igor geplant. Daraus wird nun nichts. Bis dahin wird Carens Bein wohl kaum wieder skitauglich sein. Mal sehen, wer sich sonst opfert, mit Marion auf Tour zu gehen. Unweigerlich denkt sie an Tom, der sie so oft auf die Skihütte seiner Eltern eingeladen hat. Nie hat Marion angenommen, weil sie ahnt, was sich Tom davon verspricht. Dabei wäre die Vorstellung traumhaft, ein ganzes Wochenende im Schnee zu erleben.
In ihre Überlegungen versunken verliert Marion die Zeit aus den Augen. Laut ihrer Armbanduhr ist sie spät dran. Mit der Kamera und ihrem Tablet bewaffnet stürmt sie aus dem Zimmer in Richtung Aufzug. Bereits aus der Entfernung identifiziert sie den Weihnachtsmann, der gerade in den Fahrstuhl steigt. Mist, die Tür schließt sich vor ihrer Nase. Nun hat sie eine super Gelegenheit verpasst, diesem Roberto bereits eine Frage aus dem Kostüm zu leiern.
Als Marion in der ersten Etage ankommt, auf der der Veranstaltungssaal angezeigt wird, ist der Typ längst über alle Berge.
Marion folgt dem Strom einiger Leute mit Kindern. Aufgeregt schnattern sie durcheinander. Da möchte Marion selbst gerne wieder ein kleines Mädchen sein. Wie hat sie die Weihnachtszeit früher geliebt. Besonders die Adventswochen waren total spannend. Mit ihrer Mutter zusammen bastelte sie Weihnachtsdekoration, baute ein Lebkuchenhaus und backte unzählige Bleche voll Plätzchen. Jede Warnung ihrer Mutter, bei der Zubereitung des Teiges nichts zu naschen, schlug sie in den Wind. Immer wenn Annabelle Marion den Rücken zukehrte, stibitzte sie etwas von der rohen Masse und schleckte sie genüsslich von ihrem Finger ab. Oftmals musste sie ihre Tat mit Bauchschmerzen büßen.

In vielen Dosen aufbewahrt reichten die Kekse bis weit in den Januar hinein. Komischerweise schmeckten sie dann allerdings nur noch halb so gut. Es fehlte einfach spätestens nach Silvester der Geist von Weihnachten.
Ist die Lobby schon festlich geschmückt, so übertrumpft der Saal das Ambiente noch. Den gigantischen Weihnachtsbaum links neben der Bühne schätzt Marion auf gute drei bis vier Meter Höhe. Eine Krippe mit lebensgroßen Holzfiguren davor rundet die Kulisse perfekt ab. Auf den langen Tischen befinden sich Girlanden aus Tannenzweigen, in denen sich neben Dekorationsgegenständen, wie Kugeln und kleinen Engeln, Süßigkeiten verstecken, die die Kinder wahrscheinlich gleich probieren dürfen. Auf jedem Platz erwartet den Gast außerdem ein Säckchen mit Schokoladentalern. Einfach zauberhaft, wie die Hotelchefin alles mit ihren Mitarbeitern arrangiert hat.
Marion schießt möglichst viele Fotos von dem Ambiente, um später eine gute Auswahl für die Zeitung zu haben.
Annabelle steuert auf Marion zu: „Da bist du ja endlich. Ich möchte dich sehr gerne der Hotelchefin vorstellen. Kommst du bitte schnell? Es geht gleich los."
Marion hat Mühe, den Anschluss an ihre Mutter nicht zu verlieren, die sich einen Weg durch große und kleine Gäste bahnt, die ihre Plätze suchen.
Vom Weihnachtsmann ist weit und breit nichts zu sehen. Der wartet offenbar hinter der Bühne auf seinen Auftritt.
Die Hotelchefin begrüßt Marion überschwänglich. „Freut mich sehr, dass Sie als Tochter unserer lieben Frau Fritsch über die Veranstaltung berichten werden." Ihr zuckersüßes Lächeln wirkt künstlich. Sicher hofft sie auf gute Presse für ihr Hotel. Nicht umsonst stellt sie den Festsaal kostenlos für die Charity-Gala zur Verfügung.
Marion spielt das Spiel mit: „Sehr schön haben Sie den Saal dekoriert. Kompliment. Natürlich werde ich das in meinem Bericht erwähnen und per Fotos in Szene setzen."
„Vielen Dank. Natürlich sind für Sie neben dem Büfett auch alle Getränke frei", versichert die Hotelchefin.

„Nehmen Sie bitte Platz, denn ich kündige jetzt Ihre Mutter an."

Annabelle hockt sich sofort an den Rand des Tisches, um problemlos zur Bühne zu gelangen, während sich Marion lieber an der Seite positioniert. Von dort aus kann sie stehend besser fotografieren, ohne störende Köpfe im Vordergrund zu haben.

Zuvor wünscht sie ihrer Mutter toi toi toi für ihre Begrüßungsrede.

Sollte Annabelle Lampenfieber verspüren, so merkt es Marion ihr nicht an. Souverän heißt sie alle kleinen und großen Gäste willkommen und dankt für die Unterstützung, indem sie die wichtigsten Namen nennt. Danach erklärt sie das Verfahren mit den Geschenken und das Prozedere mit dem Weihnachtsmann.

Johanna und Gerti werden jeweils mit einem Kübel voll Losen durch die Reihen gehen, und jedes Kind darf sich eins nehmen. Auf dem gezogenen Zettel steht eine Nummer, die sich auf einem der Päckchen wiederfindet. Auf diese Weise stürzen sich nicht alle Kinder gleichzeitig auf den Weihnachtsmann, der die Zahlen nacheinander aufruft.

Nachdem Annabelle den Ablauf erläutert hat, fordert sie alle Gäste auf: „Applaudieren Sie bitte mit mir dem Weihnachtsmann, der mit seinen Rentieren eine weite Reise hinter sich hat."

Annabelle beginnt zu klatschen, und alle tun es ihr unter lautem Gekreische der Kinder gleich.

Wenn Marion gedacht hat, Roberto würde einfach hinter dem Vorhang hervortreten, irrt sie sich.

Zwei Rentierattrappen, unter denen sich vermutlich Menschen tarnen, ziehen einen Schlitten auf Rädern mit dem Weihnachtsmann und den Paketen auf die Bühne.

Die Kinder im Saal toben vor Begeisterung.

Roberto hat anscheinend ein Mikrofon unter seinem weißen Rauschebart versteckt, denn er bittet mit lauter Stimme um Ruhe. Gekonnt schwingt er sich vom Schlitten

und tätschelt die Kunststoffrentiere, die daraufhin sogar mit ihren künstlichen Augen rollen.
Sofort herrscht Stille, als Roberto das Wort an die Zuschauer richtet: „Liebe Kinder, liebe Gäste, ich reise um die Welt und habe euch Geschenke mitgebracht. Sollen wir mit der Verteilung beginnen?"
„Jaaa", brüllen alle.
Marion versucht, die Stimmung auf Fotos einzufangen. Ab und zu läuft ihr dummerweise eine Kellnerin vor die Linse. Hauptsache, es bleiben am Schluss einige Taugliche für die Reportage übrig.
Roberto nimmt indes auf einem goldenen Sessel Platz. Zwei als Engel verkleidete Teenager tauchen rechts und links neben ihm auf. Vermutlich sollen sie dem Weihnachtsmann assistieren.
Nach und nach ruft Roberto die Nummern beginnend mit der eins auf, woraufhin die entsprechenden Kinder zu ihm auf die Bühne klettern, um sich ihr Geschenk abzuholen. Dabei kommen die Engel zum Einsatz, die die jeweiligen Päckchen zunächst vom Schlitten holen und zu Roberto tragen. Mit netten Worten reicht er sie an die Kinder weiter.
Marion rührt es, wie diese sich beim Auspacken über den Inhalt freuen und so manchen Jauchzer loslassen. Als sie sich nach dem letzten ausgeteilten Paket neben ihre Mutter setzt, kündigt Roberto die nächste Aktion an.
„Natürlich wird es auch im nächsten Jahr, dank Frau Fritsch, wieder eine Charity-Gala geben. Neben den konstanten Spendengeldern ist jeder Cent willkommen. Darum möchte ich Sie einladen, an unserer Tombola teilzunehmen." Er deutet auf einen Tisch, den die Engel gerade auf die Bühne rollen. „Hier sehen Sie die tollen Gewinne, zum Beispiel ein üppig gefüllter Korb mit italienischen Delikatessen, Skisocken, ein Buch mit den schönsten Routen zum Tourengehen und viele Dinge mehr. Mitmachen lohnt sich."
Marion ahnt, dass wohl Robertos Eltern den Esskorb aus

ihrem Laden spendiert haben. Leise fragt sie Annabelle danach, die bejahend nickt.
„Der Hauptpreis“, fährt Roberto fort, „besteht aus einem Warengutschein für den Weihnachtsmarkt auf der Fraueninsel im Chiemsee mit anschließendem Adventsdinner für zwei Personen in der Insellaube.“
Ein Raunen huscht durch den Saal, das von Applaus abgelöst wird.
Plötzlich hält Johanna Marion ein Körbchen mit Losen unter die Nase. „Na, willst du nicht auch dein Glück versuchen?“
„Gerne.“ Marion kauft drei Lose. Zwei sind Nieten, das Dritte trägt die Nummer 13, ihre Glückszahl. Sie zerknüllt alle drei, denn sie benötigt weder Socken noch etwas anderes. Außerdem hat Marion in ihrem Leben bisher nur eine Sammeltasse auf einem Basar gewonnen. Auf eine Weitere kann sie verzichten.
Es dauert eine Weile, bis der Weihnachtsmann zu dem Hauptgewinn gelangt. Ein Mann ergattert den Delikatessenkorb. Seinem Gesichtsausdruck nach zu urteilen, freut er sich sehr darüber.
„Nun ziehe ich die Nummer des heutigen Hauptgewinns“, kündigt Roberto an. Er macht es spannend, indem er den gezogenen Zettel im Zeitlupentempo ausrollt. „Die Gewinnnummer lautet ...“
Im Saal scheint jeder die Luft anzuhalten, um die Zahl zu verstehen.
„Dreizehn“, ruft Roberto mit lauter Stimme. „Wer hat diese Zahl?“
Niemand meldet sich.
Annabelle stößt Marion seitlich an. „Hattest du nicht eben die Dreizehn?“ Bevor sie reagiert, hat ihre Mutter die zerknüllten Zettel vom Tisch an sich gerissen und auseinandergefaltet. „Ha, wusste ich es doch. Du hast gewonnen. Los, geh auf die Bühne“, fordert Annabelle Marion auf.
„Kannst du nicht so tun, als wärst du die Gewinnerin“, zischt Marion ihr zu. Sie mag nicht.“

„Nein, ich darf als Veranstalterin gar nicht teilnehmen. Sei keine Spielverderberin."
Zähneknirschend bewegt sich Marion unter großem Applaus auf das Podium. Kurz darauf schaut sie Roberto zum ersten Mal in seine haselnussbraunen Augen, die ihr belustigt zuzwinkern. „Herzlichen Glückwunsch und viel Spaß mit Ihren Gutscheinen." Er übergibt Marion einen Umschlag. Zusätzlich erhält sie aus den Händen eines Engels ein weihnachtliches Gesteck aus Tannenzweigen, Efeu und Weihnachtskugeln.
Nachdem sich Marion beim Weihnachtsmann bedankt hat, outet sie sich leise als Reporterin. „Ich brauche noch ein Porträt und ein Interview von Ihnen. Können wir uns irgendwo später treffen?"
„Wenn, dann bitte sofort. Ich ersticke unter dem warmen Bart und den Klamotten. Ich möchte mich gerne umkleiden und abschminken."
„Okay, was schlagen Sie vor?", bleibt Marion hartnäckig.
„Am Ende des Ganges draußen vor dem Saal befindet sich eine Tür mit dem Schild *Bühneneingang, Zutritt nur für Befugte.* Dort ist die Umkleidekabine."
„Ich komme sofort hin." Eilig schießt Marion einige Fotos von Roberto auf dem Rentierschlitten, an den sich die Engel lehnen und übertrieben lächeln.
Nachdem sich Marion auf ihren Platz begeben hat, verabschiedet sich der Weihnachtsmann von den Zuschauern und verlässt die Bühne wieder im Schlitten.
„Ich bin gleich zurück", haucht Marion ihrer Mutter zu. „Roberto wartet auf mich zum Interview."
„Aber ich eröffne jetzt das Büfett", protestiert Annabelle. „Kannst du ihn nicht nach dem Essen befragen?"
„Nein, ich brauche ein gutes Porträt von ihm als Weihnachtsmann, und er will sein Kostüm loswerden."
„Ja, verständlich. Aber beeile dich, sonst sind die besten Leckereien vergriffen."
Wie Roberto beschrieben hat, findet Marion besagte Eingangstür leicht. Auf ihr Klopfen hört sie nichts, sodass

sie die Klinke hinunterdrückt. Kein Wunder, denn es folgt zunächst ein langer dunkler Flur, von dem verschiedene Räume abzweigen. Aus einem schimmert Licht. Vorsichtig schaut Marion durch den Türspalt. Sie entdeckt die Hotelchefin im Gespräch mit Roberto.
Offenbar hat sie Marion bemerkt. „Kommen Sie ruhig herein. Ich habe mich bei Herrn Pauli für seinen grandiosen Auftritt bedankt. Er gehört nun ganz Ihnen." Anschließend stellt sie Marion dem Weihnachtsmann offiziell als Reporterin für den Kutterwalder Anzeiger vor, bevor sie aus dem Raum rauscht.
Sogleich lüftet Roberto kurz seinen Bart. „Brauchen Sie wirklich noch ein Foto? Ich bin kurz vor dem Ersticken."
„Ja, bitte." Marion zückt ihre Kamera und lichtet den Weihnachtsmann in mehreren Posen ab.
„Boah, ich hätte es keine Sekunde länger mehr ausgehalten", meint Roberto und reißt sich Bart und Mütze vom Kopf. Die Schweißperlen rinnen ihm über die Stirn. „Machen Sie es sich bequem." Er deutet auf einen Stuhl, der alles andere als behaglich wirkt, denn es handelt sich um einen Holzschemel.
Trotzdem setzt sich Marion hin, während Roberto hinter einem Paravent verschwindet. Dabei plappert er jedoch weiter: „Sie sind die Tochter von Annabelle, stimmt's?"
Marion bejaht.
„Habe ich das eben richtig verstanden? Sie heißen auch Fritsch?"
„Ja." Will Roberto herausfinden, ob sie verheiratet ist? Heutzutage kann man schließlich seinen eigenen Nachnamen behalten. Wahrscheinlich möchte er sie nur korrekt ansprechen.
Fast fällt Marion vom Stuhl vor Erstaunen, als Roberto umgezogen und breit grinsend vor den Paravent tritt. Er trägt nämlich den gleichen Rentierpullover wie sie und grinst. „Ich schätze, wir haben am selben Wühltisch unser Unwesen getrieben. Tut mir leid. Ich habe keinen anderen Pulli dabei."

Marion schüttelt ein Lachanfall, in den Roberto einstimmt. „Das ist wirklich zu komisch. Jetzt denkt nachher jeder, wir gehen im Partnerlook."
„Schlimm?"
„Für Sie oder mich?", fragt Marion.
„Sollen wir uns nicht duzen, wenn wir schon als Zwillinge auftreten?", schlägt Roberto vor, statt eine Antwort zu geben. „Wie ich von Johanna hörte, sind wir uns schon mal als Kinder auf einer Silvesterfeier begegnet."
Marion kichert weiter. „Das ist zwar kein Grund, um sich zu duzen, aber ich bin einverstanden. Wie du bereits weißt, heiße ich Marion."
„Roberto."
„Also, Roberto, lass uns das Interview führen. Ich habe heute nur eine Tütensuppe gegessen und einen Bärenhunger."
„Da haben wir noch etwas gemeinsam. Zu mehr hat es bei mir heute auch nicht gereicht." Robertos offene Art macht ihn sympathisch. Tatsächlich entsteht dadurch eine vertraute Atmosphäre.
Marion holt ihr Tablet aus der Tasche, während Roberto vor dem Spiegel Platz nimmt und beginnt, sich mit einem Tuch die Schminke aus dem Gesicht zu wischen.
„Wie oft bist du schon als Weihnachtsmann aufgetreten?", startet Marion das Verhör.
„Das erste Mal."
„Häh? Ich dachte, du machst das jedes Jahr."
„Nein. Mein Bruder Paolo spielt hier sonst den Weihnachtsmann. Er ist jedoch für meine Eltern nach Italien gefahren, um Nachschub an Weinflaschen und Pesto für den Laden zu besorgen. Das duldete keinen Aufschub. Deshalb bin ich für ihn eingesprungen."
„Allmählich wirst du mir unheimlich. Da haben wir erneut eine Gemeinsamkeit." Marion erzählt ihrem Interviewpartner von Carens Unglück.
„Ach, deine arme Freundin. Das tut mir leid. Allerdings habe ich ihr deswegen unsere Begegnung zu verdanken",

flirtet Roberto ungeniert und zwinkert Marion mit einem Auge zu. Ungeschminkt kommt seine Attraktivität zum Vorschein. Nicht nur seine Augen wirken anziehend, sondern ganz besonders sein Lächeln, das seine Wirkung auf Marion nicht verfehlt. Sie fühlt ihr Erröten. Irritiert stolpert sie zur nächsten Frage: „Wie alt bist du?“ Sofort beißt sie sich auf die Lippen.
Prompt meint Roberto sichtlich amüsiert: „Weihnachtsmänner kennen kein Alter.“
„Klar, wie dumm von mir. Ich bin als Reporterin einfach aus der Übung.“ Die Frage ist ihrem persönlichen Interesse an dem gutaussehenden Mann geschuldet.
Roberto kratzt sich am Kinn, als hätte der angeklebte Rauschebart einen Juckreiz hinterlassen. „Wenn du mir dein Alter verrätst, sage ich dir meins.“
„Du kannst es selbst ausrechnen. Vor zwanzig Jahren haben wir zusammen Silvester verbracht. Da war ich zehn.“
„Okay, ich fünfzehn.“
„Dann hätten wir das geklärt.“ Anschließend erkundigt sich Marion, wie Roberto sich als Weihnachtsmann auf der Bühne gefühlt hat.
„Mega. Die strahlenden Kinderaugen haben mich selbst in meine Kindheit zurückversetzt. Ich habe Weihnachten immer geliebt.“
„Und wie feierst du heute Weihnachten?“, bohrt Marion nach, die inzwischen gerne Robertos Status wüsste.
„Immer noch mit der ganzen Sippschaft. Meine Mutter ist Italienerin. Entweder fahren wir nach Südtirol in ihre alte Heimat, oder die Verwandten reisen hierher. Es ist immer ein riesiges Fest.“
„Traumhaft.“
„Und bei dir, Marion?“
„Hey, ich führe das Interview“, täuscht Marion Entrüstung vor. „Später können wir uns gerne privat darüber unterhalten.“
„Gebongt. Jetzt lass uns endlich das Büfett plündern.“

Roberto löscht das Licht im Raum und führt Marion zurück zum Festsaal.
Inzwischen ist das Essen für Marion nebensächlich geworden. Ihr Appetit konzentriert sich auf das nähere Kennenlernen des Weihnachtsmanns. Was wird sie heute noch über ihn herausfinden? Allzu plump darf sie nicht zu Werke gehen, weil Johanna, Gerti und Annabelle bestimmt ihre Ohren spitzen. Zum Glück ist Marion als ausgebildete Reporterin in der Lage, geschickt vorzugehen, um ihren Gesprächspartnern das zu entlocken, was sie wissen möchte.

♥

KAPITEL 4

Leider hat Marion während des Essens kaum Gelegenheit, mit Roberto zu reden. Er sitzt nämlich zwischen seiner Tante Johanna und Gerti, die ihn mit Beschlag belegen und ihn unaufhörlich abwechselnd zutexten. Ab und zu wirft er Marion einen Hilfe suchenden Blick zu.
Was bleibt ihr jedoch anderes übrig, als ihn bloß anzulächeln?
Offenbar bemerkt Annabelle in diesem Moment Robertos Pullover und flüstert Marion zu: „Wie lustig. Er trägt den gleichen Pulli wie du. Den hat ihm bestimmt seine Frau gekauft. Ein Mann würde so etwas nicht freiwillig anziehen."
„Frau? Er ist verheiratet?", zischt Marion, indem sie versucht, ihre Enttäuschung zu verbergen.
„Ja, soweit ich Johanna verstanden habe, heißt seine Frau Eva."
Wie konnte Marion nur so naiv sein und glauben, solch ein attraktiver Mann würde noch als Single durch die Gegend laufen? Wie dumm von ihr. Womöglich hat Roberto sogar Kinder.
„Wirst du Tom mitnehmen?", reißt Annabelle Marion aus ihren Spekulationen.
„Wohin?", fragt sie geistesabwesend.
„Auf die Fraueninsel zum Adventsdinner."
„Nein, natürlich nicht. Du wirst mich begleiten, Mamimaus."
„Ich? Wirklich? Das finde ich süß von dir."
Marion schmunzelt. „Wenn jemand das verdient hat, dann du. Wir machen am nächsten Wochenende einen richtig gemütlichen Adventsausflug."

„Super, ich freue mich total." Annabelle gießt Marion aus einer Thermoskanne Glühwein in einen Becher. „Den musst du unbedingt probieren."
Sie stoßen an.
Allein der Duft von Zimt, Nelken, Vanille und Rotwein betört Marions Nase. Das Getränk schmeckt im wahrsten Sinne des Wortes himmlisch. Allerdings spürt Marion gleich nach dem ersten Schluck, dass sie vorsichtig mit dem Alkohol sein sollte. Schließlich muss sie am nächsten Tag einen klaren Kopf zum Arbeiten haben.
Plötzlich stellt ihr eine Hand von hinten einen Teller vor die Nase. Erstaunt dreht Marion sich um und starrt Roberto ins Gesicht.
„Die Lebkuchenmousse solltest du unbedingt probieren. Sie ist einfach köstlich."
„Danke, das ist aber nett von dir."
Ohne zu fragen, setzt sich Roberto neben Marion auf den freien Stuhl.
„Das ist der Platz von der Hotelchefin", macht sie ihn darauf aufmerksam.
„Jetzt nicht mehr. Es sind genug andere Stühle frei. Außerdem hat sie bestimmt zu tun."
„Wenn du meinst."
„Tante Johanna, reichst du mir bitte mal meinen Becher herüber?", verlangt Roberto von seinem Gegenüber.
„Sind wir dir zu langweilig geworden?", scherzt Johanna, indem sie ihm den Glühwein übergibt.
„Ich muss guten Wind bei der Reporterin machen." Er zwinkert seiner Tante grinsend zu. „Zum Wohl." Roberto hebt seinen Becher in Marions Richtung, die es ihm gleichtut.
„Wann erscheint dein Artikel?", beginnt er mit Smalltalk.
„Keine Ahnung. Ich muss ihn zunächst aufsetzen. Außerdem soll Caren ihn vorher lesen, bevor ich ihn an die Zeitung weiterleite."
„Ich bin gespannt, was du über mich und meinen Auftritt schreibst."

„Selbstverständlich nur Gutes. Du bist ein Naturtalent", neckt Marion.
„Meinst du als Weihnachtsmann?"
„Ja oder hast du noch andere verborgene Talente?", lehnt sich Marion aus dem Fenster.
Diese Vorlage lässt Roberto nicht ungenutzt. „Logisch. Bei Gelegenheit kann ich sie dir zeigen, wenn du magst."
„Bei welcher Gelegenheit?" Marion ist bereits ein wenig beschwipst, sonst würde sie ganz sicher nicht bei einem verheirateten Mann diese Frage stellen.
Zu spät.
„Ich lade dich an die Bar ein, sobald die Veranstaltung aufgelöst ist. Es wäre zu schade, den Abend so früh zu beenden."
„Okay, wenn deine Tante mitkommt", kokettiert Marion kichernd.
„Du meinst als Anstandswauau? Vergiss es. Ich hoffe, die Damen sind zu erschöpft, um uns zu begleiten, und gehen gleich ins Bett. Wie ich hörte, hast du mit deiner Mutter auch ein Zimmer hier."
„Du bist gut informiert."
In diesem Moment ergreift Annabelle das Mikrofon.
Marion hat gar nicht bemerkt, dass ihre Mutter den Tisch verlassen hat. „Liebe Kinder, liebe Gäste, liebe Helfer und Helferinnen. Ein schöner Abend neigt sich dem Ende entgegen. Ich danke allen Beteiligten für die tolle Organisation und allen Spendern für ihre Großzügigkeit. Ich wünsche den hier Anwesenden eine wunderbare Adventszeit und frohe Weihnachten. Bleibt gesund, damit wir uns nächstes Jahr an diesem Ort wiedersehen, und kommt gut nach Hause."
Annabelle erhält stehende Ovationen und von der Hotelchefin einen Korb voller Weihnachtsgebäck und einer Flasche Glühwein, mit dem sie an den Tisch zurückkehrt.
Nach und nach leert sich der Saal, denn die Kinder müssen am nächsten Tag in die Schule.

„Also, ich bin total müde und habe Kopfschmerzen vom Glühwein“, verkündet Gerti. „Kommst du mit ins Zimmer?“, wendet sie sich an Johanna.
„So früh? Ich gehe mit Annabelle noch ein bisschen an die Bar.“
Marion verkneift sich ein Schmunzeln, als sie Robertos Gesichtsausdruck betrachtet. Offenbar begrüßt er die Idee seiner Tante nicht.
„Begleitet ihr uns?“, fordert Annabelle Marion und Roberto auf.
„Ja, gerne.“ Marion erhebt sich, gefolgt von Roberto, der wie ein begossener Pudel wirkt. Den weiteren Verlauf des Abends hat er sich vermutlich anders vorgestellt. Das geschieht ihm recht. Seiner Frau würde es kaum gefallen, dass Roberto sich mit einer anderen vergnügt.
In der Bar herrscht gedämpftes Licht. Sie ergattern problemlos eine freie Nische, denn um diese Uhrzeit halten sich die Hotelgäste wahrscheinlich noch im Speisesaal auf.
Roberto pflanzt sich sofort neben Marion, ohne Johanna oder Annabelle eine Chance zu lassen.
„Die erste Runde geht auf mich“, verkündet Annabelle, „als Dankeschön für eure Unterstützung. Ihr wart alle großartig. Bestellt euch, was ihr wollt.“
Ein Kellner nimmt anschließend die Bestellung auf. Kurz darauf kehrt er nicht nur mit den Getränken zurück, sondern bringt außerdem eine Schale voll gebrannter Mandeln, Lebkuchen und Plätzchen.
„Ich explodiere bald“, prophezeit Annabelle. „Ich konnte schon beim Büfett nicht widerstehen.“ Direkt landet eine Hand voll Mandeln in ihrem Mund.
Johanna lässt sich ebenso wenig auffordern und schiebt sich einen Keks zwischen die Lippen.
Danach unterhalten sie sich über den gelungenen Abend, lästern über Marions und Robertos Rentierpullis und schmieden bereits Pläne für die nächste Gala.
Johanna richtet das Wort an ihren Neffen: „Machst du nun

deinem Bruder den Job als Weihnachtsmann zukünftig streitig?“
Roberto grinst. „Habt ihr eine Ahnung, wie heiß es unter dem Kostüm ist? Wahrlich kein Vergnügen. Allein die Freude der Kinder über die Geschenke hat mich das durchstehen lassen. Ich trete den Job gerne wieder an Paolo ab.“
Marion trinkt einen Schluck von ihrem Weißwein, bevor sie feststellt: „Deine Hilfe hatte auch etwas Positives. Wenn wir beide nicht eingesprungen wären, hätten wir uns nicht wiedergetroffen.“
„Ja, ein unverhofftes Highlight an diesem Abend“, bestätigt Roberto.
„Warum hast du Eva nicht mitgebracht?“, fragt Johanna aus heiterem Himmel. „Nun hat sie deinen Auftritt nicht bewundern können.“
Robertos Lächeln scheint zu gefrieren, wie Marion registriert, als er antwortet: „Eva ist mit ihrem Beruf verheiratet. So früh am Nachmittag macht sie nie Schluss. Meistens macht sie nach Dienstschluss Hausbesuche.“
Zu gerne hätte Marion erfahren, was Robertos Frau arbeitet, aber sie möchte nicht so neugierig sein. Vielleicht weiß ihre Mutter es. Bis dahin muss sie sich wohl oder übel gedulden. Dafür hakt sie bei Roberto nach: „Betreiben deine Eltern den Laden zusammen mit dir und Paolo?“
Bevor Roberto Luft holt, antwortet Johanna: „Nein, der Laden muss bereits zwei Familien ernähren. Roberto hat eine Gärtnerei mit Kräutern als Spezialität.“
„Wow“, entfährt es Marions Mund. „Wieso kenne ich die nicht?“
„Weil du auch zu viel in deinem Büro hängst“, mischt sich Annabelle ein. „Ich habe dir sogar neulich mal Petersilie und Basilikum von dort mitgebracht.“
„Tatsächlich?“ Marion erinnert sich zwar an die Töpfe, nicht aber, woher sie stammen. Ab und zu kauft Annabelle mit für sie ein, wenn die Zeit knapp wird und sie nicht vor Ladenschluss aus dem Büro kommt.

„Am besten besuchst du mich einfach mal in der Gärtnerei", schlägt Roberto vor. „Ich gebe dir gerne Auskünfte über Kräuterkunde."
„Ich fürchte, das müssen wir auf nach Weihnachten verschieben. Vorher bin ich zu beschäftigt und abends zu müde für Aktivitäten."
„Apropos müde. Ich gehe jetzt auch ins Bett", verkündet Annabelle. „Was ist mit dir, Marion?"
„Ich bleibe ein bisschen länger."
„Okay, aber du hast meine Chipkarte fürs Zimmer einstecken. Gibst du sie mir bitte?"
Marion kramt in ihrer Handtasche und überreicht das Gewünschte ihrer Mutter.
Nachdem Johanna sich ebenfalls verabschiedet hat, meint Roberto: „Na, endlich sind wir allein. Ich fühle mich von meiner Tante immer beobachtet wie als kleiner Junge früher, wenn wir in ihrem Garten tobten und sie ständig befürchtete, dass der Ball in der Fensterscheibe landete." Er starrt auf die leeren Gläser. „Was trinken wir nun? Ich wollte dich ja einladen. Deine Mutter ist mir dazwischengefunkt."
„Am liebsten einen alkoholfreien Cocktail. Ich muss morgen sehr zeitig starten, um pünktlich in meiner Agentur zu sein."
„Ich sollte auch nicht zu viel Alkohol trinken." Daraufhin bestellt Roberto zwei alkoholfreie Drinks.
Dieses Mal dreht er den Spieß um, indem er Marion interviewt. Er möchte alles über ihre PR-Agentur und ihre Geschäftspartner wissen.
Zu Marions Bedauern erhält sie keine Chance, ihn über Eva auszuquetschen.
Als die Uhr über der Bartheke Mitternacht anzeigt, bläst Marion zum Aufbruch.
Dieses Mal betreten sie gemeinsam den Aufzug. Gleichzeitig begegnen sich ihre Finger auf dem Knopf zur dritten Etage, was sie zum Lachen bringt.
„Welche Zimmernummer habt ihr?", fragt Roberto.

„304."
„Aha, Johanna und Gerti haben 305 und ich 306."
Zuerst erreichen sie Marions und Annabelles Zimmer. Roberto macht keine Anstalten, zu seinem weiterzulaufen. „Ich warte, bis du sicher drin bist."
„Glaubst du, es kommt ein Feuer speiender Drache um die Ecke und verschlingt mich?", meint Marion kichernd.
„Ich würde dich jedenfalls mit meinem Leben verteidigen."
„Oh, das ist also das andere Talent von dir", witzelt Marion, während sie in ihrer Tasche nach der Chipkarte sucht. Dann fällt es ihr plötzlich wie Schuppen von den Augen. „Ich habe nur eine Karte mitgenommen, und die habe ich meiner Mutter gegeben. Die Zweite liegt im Zimmer auf dem Nachttisch."
„Es bleibt dir nichts anderes übrig, als zu klopfen. Vielleicht ist deine Mutter noch wach."
Marion probiert es. Keine Reaktion. „Sie hört mich wahrscheinlich nicht, wenn sie die Tür zum Eingangsflur geschlossen hat. Außerdem benutzt meine Mutter Ohrstöpsel wegen des Schnarchens meines Vaters. Auch nach seinem Tod hat sie die Angewohnheit beibehalten. Was soll ich tun?"
Roberto grinst. „Es gibt zwei Möglichkeiten: Du hämmerst Johanna und Gerti aus dem Schlaf und legst dich zu ihnen auf die Besucherritze, oder du nimmst mein Angebot an, in meinem Zimmer zu übernachten."
„Spinnst du?", lautet Marions erster Impuls. „Ich steige doch nicht zu einem fremden Mann ins Bett."
„Ich bin kein Fremder. Du kennst mich seit zwanzig Jahren, und wir tragen Zwillingspullover."
Gegen ihren Willen schmunzelt Marion. Was soll ihr schon passieren? Roberto wird sicher nicht gleich über sie herfallen. Außerdem hat sie Pfefferspray gegen wilde Tiere in der Handtasche. „Also schön. Bevor wir weiter diskutieren und andere Gäste stören, komme ich mit dir."
Robertos Zimmer verfügt nicht nur über ein Doppelbett,

sondern zusätzlich über eine Ausziehcouch.
„Du darfst gerne im Bett schlafen“, bietet Roberto an. „Ich penne überall.“
„Nicht nötig. Ich nehme das Sofa.“
„Wie du magst. Ich lasse dir den Vortritt im Bad. Eine zweite Zahnbürste habe ich nicht dabei, aber meine Zahnpasta kannst du mitbenutzen. Du findest sie im Kulturbeutel.“
„Danke für deine Großzügigkeit.“ Mit dem Finger will sich Marion wenigstens die Zähne reinigen und sucht in Robertos Beutel danach. Auf einmal hält sie ein Päckchen Kondome in der Hand. Wozu braucht ein verheirateter Mann die Dinger? Aus purer Neugier schaut sie aufs Verfallsdatum. Tatsächlich sind sie bereits vor einem Jahr abgelaufen. Soll Marion sie im Müll entsorgen? Lieber nicht. Wenn Roberto es bemerkt, könnte das übergriffig wirken.
Ein ganz anderes Problem stellt das mangelnde Nachthemd dar. Der Rentierpulli ist extrem warm, und in der langen Hose will Marion ebenso wenig schlafen. Notgedrungen zieht sie sich bis auf ihre Unterwäsche aus und schlingt eines der Badehandtücher um ihren Körper.
Glücklicherweise hat Roberto bereits das Bettzeug von der zweiten Betthälfte auf das Sofa gelegt, sodass Marion unter die Decke huscht. Erst darunter getarnt entledigt sie sich des Handtuches.
Roberto dagegen kehrt aus dem Bad in einer Boxershorts und einem T-Shirt zurück.
Marion erahnt unter seinen Klamotten einen durchtrainierten Körperbau.
Ob Roberto mit seiner Frau Sport betreibt oder eher allein? Inzwischen ist Marion jedoch zu müde, um ihn auszuquetschen. Kurz nachdem Roberto ihr eine gute Nacht gewünscht und das Licht gelöscht hat, holt das Traumland Marion zu sich. Wie lange sie bereits geschlafen hat, weiß sie nicht, als ein Brummton sie weckt. Ein Blick aufs Handy, das aus der Handtasche neben dem Sofa

guckt, zeigt Annabelle auf dem Display an. Marion drückt auf den grünen Hörer und flüstert: „Was gibt's, Mamimaus?"
„Das fragst du mich?", vernimmt Marion Annabelles empörte Stimme. „Wo steckst du? Es ist vier Uhr morgens, und du liegst nicht neben mir. Da darf ich mich wohl Sorgen machen."
„Ich bin in einer Minute bei dir, aber du musst mir bitte die Tür öffnen, okay?"
„Warum? Hast du keine Zimmerkarte?"
„Nein. Erkläre ich dir später." Bevor Roberto von dem Gespräch wach wird, schnappt sich Marion ihre Kleidung nebst Handtasche und verlässt leise das Zimmer.
Annabelle traut offenbar ihren Augen nicht, als sie Marion die Tür öffnet. „Ich fasse es nicht. Was hast du angestellt?", plustert sie sich auf. Ihre Augen sind weit aufgerissen.
„Gar nichts, Mamimaus. Beruhige dich."
„Ich bin auf deine Erklärung gespannt, warum du in Unterwäsche durch den Gang läufst. Ich hoffe, du hast dich in keiner Besenkammer verirrt."
Gegen ihren Willen lacht Marion über Annabelles Anspielung auf die Eskapade eines bekannten Tennisspielers. Mit wenigen Sätzen schildert sie ihrer Mutter von dem Dilemma mit der Zimmerkarte und dass sie ihr Klopfen wohl nicht wahrgenommen hat. Tatsächlich liegt die zweite Chipkarte auf dem Nachttisch.
„Das tut mir leid", bedauert Annabelle. „Das habe ich auch nicht bemerkt, dass du gar keine Karte dabei hast. Wie peinlich. Was soll Roberto von dir denken?"
„Wieso? Es war seine Idee, bei ihm zu schlafen. Du musst es ja Johanna nicht gleich auf die Nase binden. Er wird es seiner Tante sicher nicht ausposaunen und seiner Frau schon gar nicht."
„Hoffentlich hat dich niemand in Robertos Zimmer gehen sehen."
„Quatsch. Es war keiner im Flur."

„Wieso hast du dir keine Ersatzkarte an der Rezeption besorgt?", fällt Annabelle plötzlich ein.
„Weil die ab 23 Uhr nicht mehr besetzt ist. Es war bereits später, als wir die Bar verlassen haben. Wegen meiner Schusseligkeit wollte ich außerdem keinen Alarm schlagen und die Notfallglocke läuten. Hättest du das an meiner Stelle getan?"
„Hm ... vielleicht, bevor ich zu einem fremden Mann ins Bett steige", gibt Annabelle nach kurzer Überlegung zu bedenken.
Marion kichert. „Roberto ist der Neffe deiner Freundin und damit nicht fremd."
„Stimmt."
„Jetzt lass uns noch ein bisschen schlafen." Zuvor putzt sich Marion mit ihrer Bürste die Zähne und schminkt sich gründlich ab. Was für eine Wohltat, den BH auszuziehen und gegen ein Nachthemd zu tauschen.

♥

KAPITEL 5

Marions Handywecker meldet sich unerbittlich früh. Zunächst fehlt ihr die Orientierung. War sie nicht auf einem Sofa eingeschlafen?
Ihre Mutter holt sie in die Realität zurück: „Guten Morgen, mein Kind. Was macht dein Kopf?"
Automatisch fasst sich Marion an die Stirn, die sich kalt anfühlt. Erst jetzt dämmert es ihr, was Annabelle meint. „Ich habe keinen Kater, falls du das wissen willst."
„Dann ist es ja gut. Wer benutzt zuerst das Bad?"
„Geh ruhig. Ich drehe mich nochmal kurz um." Tief ihr Gesicht ins Kissen vergrabend lässt Marion die Nacht Revue passieren. Ob Roberto ihre Flucht schon bemerkt hat? Hätte sie ihm Bescheid geben sollen? Allerdings kann er sich denken, dass sie nicht Opfer eines Raubüberfalls geworden ist, sondern von ihrer Mutter ins Zimmer gelassen wurde. Dummerweise haben sie ihre Handynummern nicht ausgetauscht. Sonst könnte Marion ihn wenigstens jetzt benachrichtigen. Roberto soll sie nicht undankbar in Erinnerung behalten. Vielleicht hat Annabelle seine Nummer im Handy gespeichert? Bestimmt standen die beiden wegen der Gala in Kontakt. Widerwillig krabbelt Marion unter der warmen Decke hervor und klopft an die Badezimmertür, um ihre Mutter um Erlaubnis zu bitten, Robertos Nummer zu kopieren. Indes erhält sie keine Antwort, sondern lauscht dem Wasserrauschen aus der Dusche. Egal, ihre Mutter wird gewiss nichts dagegen haben. Marion sucht das Smartphone in Annabelles Tasche. Vergeblich. In diesem Moment klingelt es auf deren Nachttisch. Neugierig ergreift Marion es. Auf dem Display erscheint ein Name, den sie nie zuvor aus dem

Mund ihrer Mutter gehört hat. Wer ist Michael? Natürlich nimmt sie den Anruf nicht entgegen. Stattdessen schaut sie nach Robertos Nummer und sendet sie auf ihr eigenes Handy.
Anschließend tippt sie eine Nachricht an Roberto ein:

Bitte entschuldige mein plötzliches Verschwinden. Meine Mutter hatte sich auf meinem Handy gemeldet, und ich konnte in unser Zimmer zurückkehren. Danke für Deine Hilfe. Irgendwann revanchiere ich mich.

Gruß, Marion

Mit solch einer schnellen Antwort hat sie nicht gerechnet:

Guten Morgen, meine flüchtende Reporterin. Als ich aufgewacht bin, hat mich das Bettzeug neben mir tatsächlich irritiert und ich habe Dich unter der Decke vermutet. Ich hatte gehofft, Du hättest meine Nähe gesucht.
Scherz beiseite. Sehen wir uns gleich beim Frühstück?

Gruß vom Weihnachtsmann

Ursprünglich hatte Marion die Absicht, ohne Frühstück im Hotel loszufahren. Sie kommuniziert es mit Annabelle, die gerade aus dem Bad tritt. „Brauchst du unbedingt einen Kaffee hier im Hotel? Ich möchte so schnell wie möglich ins Büro."
„Papperlapapp. Mit leerem Magen leistest du ohnehin nichts. Außerdem ist das Frühstück eine Wucht und bereits im Übernachtungspreis inbegriffen. Das Geld schmeißen wir nicht zum Fenster hinaus", beharrt Annabelle.
„Also schön, aber verquatsche dich bitte nicht mit Johanna und Gerti."
Da Marion keine Zeit verschwenden will, vergisst sie zunächst, ihre Mutter nach besagtem Michael zu fragen.

Nach einer Katzenwäsche im Bad drängt sie zur Eile. „Du hast dich hoffentlich nicht konkret mit deinen Freundinnen verabredet, oder?“
„Wieso? Warum nicht? Natürlich frühstücken wir wie jedes Jahr nach dem Gala-Abend gemeinsam, es sei denn, Johanna und Gerti oder Roberto werden verschlafen.“
Mit einem mulmigen Gefühl betritt Marion wenig später den Speisesaal. Halten ihre Mutter und Roberto dicht, indem sie nichts von Marions nächtlichem Abenteuer erzählen? Es wäre ihr sonst mehr als peinlich, auch der unbekannten Frau von Roberto gegenüber. Marion möchte nicht in seiner Haut stecken, wenn Eva davon Wind bekäme.
Sollte sie gehofft haben, die anderen nicht anzutreffen, wird sie eines Besseren belehrt.
Johanna stürzt sofort auf sie zu: „Wir sitzen dort drüben und haben für euch freigehalten.“ Demonstrativ zeigt sie auf einen Tisch direkt am Fenster, vom dem aus Roberto ihnen aufmunternd zuwinkt. Keine Flucht möglich. Er springt gleich auf und rückt zunächst Annabelle einen Stuhl neben Johanna zurecht, während er den neben sich offenbar für Marion vorgesehen hat.
„Gut geschlafen?“, fragt er sie scheinheilig.
„Geht so“, zischt Marion ihm zu, die das Thema nicht unbedingt vertiefen will.
Unbeirrt fährt Roberto fort: „Ich habe geträumt, ein Engel läge neben mir im Bett.“
„Kein Wunder“, mischt sich Gerti ein. „Du hast deinen Weihnachtsmannauftritt nachträglich im Traum verarbeitet.“
„Wahrscheinlich.“ Roberto lacht, während Marion am liebsten im Erdboden versinken möchte. Das Thema ist ihr zu heikel. Deshalb ist sie froh, als die Kellnerin nach ihrem Getränkewunsch fragt.
„Kaffee mit aufgeschäumter Milch bitte.“
„Für mich auch“, tutet Annabelle in ihr Horn.
„Soll ich jemandem etwas vom Büfett mitbringen?“, bietet

Marion an.
Johanna und Gerti lehnen dankend ab, während Roberto und Annabelle ihr folgen.
Wie Annabelle bereits verraten hat, bleiben keine Frühstückswünsche offen. Eier werden nach Wahl frisch zubereitet, egal, ob Spiegelei, Rührei oder Omelett. Sogar einen Pfannkuchen könnte sich Marion bestellen. Stattdessen begnügt sie sich mit einem Müsli mit mehr Obst als Körnern oder Haferflocken.
„Du bist ja bescheiden", stellt Roberto plötzlich neben ihr fest. „Schau dir meinen Teller an."
Marion wirft automatisch einen Blick darauf und nickt anerkennend. „Frühstück und Mittagessen in einer Mahlzeit. Du hast wohl einen Pferdemagen."
Er flüstert ihr zu: „Es hungert mich eher nach dir. Da ich dich nicht haben kann, esse ich aus Frust." Sein schelmisches Lächeln verrät, das Gesagte nicht ganz ernst zu meinen.
Trotzdem schießt Marion die Röte ins Gesicht. Um davon abzulenken, lässt sie einen Versuchsballon los: „Was sagt deine Frau dazu, wenn es dich nach anderen gelüstet?"
Sofort wechselt Robertos Lächeln zu einer versteinerten Miene. Statt eine Antwort zu geben, wendet er sich in Richtung Tisch ab. Offenbar hat Marion das schlechte Gewissen in ihm geweckt. Geschieht ihm recht. Ihre Empathie hält sich in Grenzen.
Eilig verschlingt sie ihr Müsli und drängt ihre Mutter zur Abfahrt.
„Wie wäre es, wenn du allein zurückfährst?", schlägt Annabelle vor. „So bist du schneller im Büro ohne den Umweg zu mir. Ich muss den Transporter ohnehin zum Autoverleih zurückbringen. Dort steht nämlich mein Wagen. Die Straßen sind außerdem inzwischen vom Schnee geräumt, sodass ich selbst das Ungetüm steuern kann."
„Hey, habt ihr mich vergessen? Ich muss mit euch zurück", protestiert Roberto.

Annabelle hat die Lösung: „Ganz einfach. Marion nimmt dich mit. Dann können Johanna, Gerti und ich ohne Hetze eine Weile bleiben und über den gestrigen Abend plaudern."
„Mich fragt wohl niemand", mischt sich Marion ein. „Wo liegt deine Gärtnerei überhaupt?", wendet sie sich an Roberto, der ihr die Adresse nennt.
Dummerweise liegt sie genau auf dem Weg zu ihrer Agentur. Eine Ausrede fällt damit flach.
„Also schön. Brechen wir auf", fordert Marion Roberto resigniert auf. „Holen wir unser Gepäck und checken aus."
Eine Viertelstunde später starten Marion und Roberto in ihrem Auto. Zunächst herrscht eine beklemmende Stille zwischen ihnen, bis das Telefon klingelt. Über ein Headset telefoniert Marion mit Tom, der ein Problem mit einem Kundenauftrag hat. Glücklicherweise zieht sich ihr Gespräch bis zur Gärtnerei hin. „Ich muss Schluss machen, Tom. Wir reden gleich im Büro weiter."
Roberto scheint nicht aussteigen zu wollen, als Marion auf dem Parkplatz vor seinen Betrieb anhält.
„Wer war das am Telefon?", erkundigt er sich neugierig.
„Einer meiner Geschäftspartner. Entschuldige bitte, aber der Job geht vor, auch wenn ich mich lieber mit dir unterhalten hätte", lügt sie druckreif.
„Wir holen das nach. Wann hast du Zeit?", prescht Roberto vor.
Marion ringt sich ein süffisantes Lächeln ab. „Vielleicht im nächsten Jahr. In der Adventszeit habe ich keine Minute frei."
„Ach, und wie sieht es mit deinem Gewinn aus? Willst du den etwa in den Wind schlagen?"
Allmählich reißt Marions Geduldsfaden. „Das geht dich wohl kaum etwas an, Weihnachtsmann. Bitte steig jetzt aus. Ich habe es wirklich eilig."
„Zu Befehl. Es war mir ein Vergnügen, dir nach zwanzig Jahren zu begegnen. Einem weiteren Wiedersehen von meiner Seite steht nichts im Weg."

„Mal sehen“, lenkt Marion versöhnlich ein. Sie glaubt ohnehin nicht an ein erneutes Treffen, allein wegen Eva, die sicher Einwände dagegen hätte. Was sich so verheiratete Männer einfach herausnehmen. Intuitiv fühlt sich Marion mit Robertos Frau solidarisch und setzt in diesem Moment ein inneres Häkchen an ihn.
Nachdem er endlich sein Gepäck aus dem Kofferraum entfernt hat, düst Marion davon, ohne in den Rückspiegel zu schauen. Der Weihnachtsmann in Gestalt von Roberto ist für sie Geschichte.

♥

KAPITEL 6

Erst am späten Abend findet Marion nach einem arbeitsintensiven Tag Zeit, den Artikel über den Charity-Abend zu verfassen und die geeigneten Fotos auszusuchen.
Mit etwas Wehmut betrachtet sie die Bilder von Roberto. Seine Augen üben eine gewisse Faszination auf Marion aus. Überhaupt ist dieser Typ ein echter Hingucker und Charmeur. Zum wiederholten Mal beklagt sie, dass solche Männer immer vergeben sind. Allerdings hat Marion es in den vergangenen Jahren versäumt, sich entsprechend umzuschauen. Der Aufbau der PR-Agentur stand stets im Vordergrund, und für Tom als Liebhaber interessiert sie sich nicht. Demnach ist es schwierig für sie, überhaupt jemanden kennenzulernen. Schon oft hat Caren ihr vorgeschlagen, es über eine Dating-Plattform zu versuchen, aber das lehnt Marion strikt ab. Ihrer Ansicht nach tummeln sich dort höchstens Loser, die auf natürlichem Weg niemanden finden. Hat ihre Freundin etwa recht? Ist dieser Trend die einzige Möglichkeit, um auf Dauer nicht allein zu bleiben? Hat Marion zu romantische Vorstellungen vom Blitz, der sie treffen könnte? Ihre bisherigen Partner hat sie nie länger als einige Monate ertragen. Immer war das berühmte Haar in der Beziehungssuppe. Mal entpuppte sich einer als Klugscheißer, der ständig an ihr herumnörgelte, mal wurde sie nebenher betrogen, mal lebte jemand auf ihre Kosten. Alles Erfahrungen für die Mülltonne.
Was genau stört sie überhaupt an Tom? Er ist zuverlässig, fürsorglich, erfolgreich, sieht nett aus und scheint Marion wirklich zu verehren. Vielleicht gibt sie ihm irgendwann

eine Chance. Wer weiß, ob er nicht doch Mr. Right für sie ist?
Eine halbe Stunde, nachdem Marion ihren Bericht mit den Fotos an Caren abgesendet hat, platzt der Anruf der Freundin in ihre Gedankenwelt.
Carens Stimme überschlägt sich vor Begeisterung: „Du hast nichts verlernt, Baby. Was für ein berührender Artikel. Die Spendengelder werden für das nächste Jahr nur so fließen. Sag, was ist da für ein schnuckeliger Weihnachtsmann am Werk gewesen? Seine Augen sind bestechend. Daran habe ich erkannt, dass es sich nicht um Paolo handelt."
„Stimmt. Es ist sein Bruder Roberto. Er ist für ihn eingesprungen."
„Ausgerechnet bei dir", mault Caren.
„Du hast Igor. Also sei zufrieden", ermahnt Marion ihre Freundin und kichert. „Wie geht es dir heute?"
„Gut so weit. Ich bin wieder zuhause und kann die meisten Artikel im Homeoffice erledigen. Nur persönliche Interviews übernimmt ein Kollege für mich. Inzwischen war ich hier bei meinem Hausarzt. Normalerweise hätte er mich bis Neujahr krankgeschrieben, aber in der Vorweihnachtszeit lasse ich den Kutterwalder Anzeiger nicht im Stich."
„Du bist eben Reporterin durch und durch. Ich würde dem Stress bei einer Zeitung nicht mehr standhalten."
Caren spottet: „Das sagst ausgerechnet du mit deiner 60-Stunden-Woche?"
„Du übertreibst."
„Nein, tue ich nicht. Seit du die Agentur hast, sehen wir uns viel seltener privat."
„Ab dem Heiligabend wird es besser", prognostiziert Marion. „Am ersten oder zweiten Feiertag habe ich für dich Zeit, wenn du magst. Ich bringe etwas zu essen mit. Von der Weihnachtsgans meiner Mutter bleibt sicher genug übrig."
„Mal schauen. Ich kann dir nichts versprechen. Dieses Jahr

muss ich mich zusätzlich mit Igors Familie arrangieren. Ein Teil des Clans will uns aus Minsk besuchen. Ich weiß gar nicht, wie viele das werden."
„Du Ärmste", bedauert Marion ihre Freundin. In solchen Momenten ist sie froh, keinen Partner zu haben, den sie mit dessen Verwandten teilen müsste. Als Marions Großeltern noch lebten, gab es jedes Jahr Streit, wann, wohin und zu wem es an den Feiertagen gehen sollte.
Annabelle bestand allerdings darauf, den Heiligabend zuhause zu feiern, um Marion wenigstens ein Ritual zu erhalten. Den ersten Weihnachtstag verbrachten sie meistens bei den Großeltern mütterlicherseits, den zweiten bei denen väterlicherseits. Nach und nach änderte sich das Prozedere im Laufe der Jahre, weil die einen im Altenheim landeten und nicht mehr beweglich waren oder verstarben. Inzwischen sind Marion und ihre Mutter allein übrig geblieben. Sie bringt es deshalb nicht übers Herz, zum Beispiel einmal über die Feiertage irgendwo hinzufliegen oder einen Skiurlaub zu buchen. Annabelle weigert sich nämlich hartnäckig, Marion zu begleiten. Zuhause ist für sie Weihnachten am schönsten. Die Vorfreude darauf steigert sie lieber mit der Plätzchenbackerei als mit dem Kofferpacken.
Insgeheim genießt Marion auch die besondere Atmosphäre im Elternhaus, wenn es festlich geschmückt ist und es überall nach den typisch weihnachtlichen Düften riecht. Sogar ihr ehemaliges Jugendzimmer dekoriert Annabelle mit Tannengirlanden und einer Lichterkette über dem Himmelbett. Die Kissen tauscht sie gegen solche mit Weihnachtsmotiven aus. Es ist ihr nie zu lästig, alle Dinge jedes Jahr immer wieder aus- und einzupacken.
Marions Vater hatte einst eine riesige Kiste aus Holz gebaut, in der alle Weihnachtsutensilien ihren Platz finden. Sie steht heute noch im Keller und erfüllt ihren Dienst. Annabelle mag sich nicht von den liebgewonnenen Dekorationsstücken trennen, genauso wenig, wie sie das Haus verkaufen will. Es ist viel zu groß für sie allein, und

Marion schneidet das Thema immer wieder an, dass eine Wohnung für ihre Mutter praktischer wäre und ausreichen würde. Annabelle bildet sich jedoch ein, das Haus für Marion behalten zu wollen. Sie wäre sicher froh, es mal mit einer eigenen Familie übernehmen zu können. Bisher hat sich Marion standhaft geweigert, zurück zu Annabelle zu ziehen, um ihre Unabhängigkeit zu bewahren, obwohl sie dadurch die hohe Miete für ihre Wohnung sparen könnte. Auch wenn sie ihre Mutter sehr liebt, mischt sich diese zu stark in ihre privaten Angelegenheiten. Marion ist froh, dass Annabelle ihr bisheriges, chaotisches Liebesleben nicht im Detail mitbekommen hat. Ihre altmodischen Ansichten wären dabei erschüttert worden.
In diesem Moment erinnert sich Marion an den mysteriösen Anruf von Michael. Sofort wählt sie Annabelles Nummer, um sie nach ihm zu befragen. Besetztzeichen. Vergeblich versucht es Marion mehrmals innerhalb von zwei Stunden. Mit wem quatscht ihre Mutter so lange? Johanna oder Gerti? Wohl kaum, denn mit denen hat sie ausgiebig beim Frühstück geplaudert. Marion will unbedingt endlich herausfinden, was es mit diesem unbekannten Mann auf sich hat. Deshalb schreibt sie ihrer Mutter folgende Nachricht:

Bei Dir ist dauernd besetzt. Bitte melde dich so schnell wie möglich bei mir.

Es fällt Marion leider kein plausibler Grund ein, warum Annabelle sie noch so spät anrufen sollte. Sie löscht ihre Mitteilung wieder. Morgen findet ohnehin ihr wöchentlicher Mutter-Tochter-Abend statt. Seit Marions Vater gestorben ist, besteht dieses Ritual, bei dem Annabelle für sie beide etwas Leckeres kocht. Für Marion bedeutet es oft Stress, ihre Verabredung einzuhalten, wenn sich die Arbeit mal wieder auf dem Schreibtisch türmt und ein Auftrag unbedingt fertig werden muss. Trotzdem hat sie es bisher immer geschafft, pünktlich bei ihrer Mutter

zum Essen zu erscheinen. Meistens übernachtet Marion danach auch in ihrem ehemaligen Zimmer, weil ein Glas Wein obligatorisch ist. Zugegebenermaßen sind ihre Zusammenkünfte ein Highlight mitten im Alltag. Natürlich tischt Annabelle regelmäßig Marions Lieblingsspeisen auf: Kohlrouladen mit Salzkartoffeln, Zwiebelkuchen oder Semmelknödel mit Champignon-Rahm-Soße. Beim Gedanken an die Gerichte läuft Marion das Wasser im Mund zusammen. Für morgen Abend hat sie sich eine Gemüselasagne gewünscht. Als Nachtisch gibt es wahrscheinlich eine neue Kreation von Weihnachtskeksen. Marion hat es aufgegeben, in der Adventszeit Kalorien zu zählen. Zwei bis drei Kilos mehr kalkuliert sie jedes Jahr ein, die ab Neujahr wieder mittels einer Saftdiät abgespeckt werden. Außerdem hilft ihr das Skifahren dabei, das nach den Feiertagen auf dem Programm steht. Vielleicht kann Marion ihre Mutter überreden, sich doch wieder auf die Bretter zu stellen. Vor einem Jahr meinte sie plötzlich, zu alt dafür zu sein. Glücklicherweise hat sie die Skier bisher nicht entsorgt, und Marion traut Annabelle blaue Pisten durchaus zu. Caren fällt mit ihrem gebrochenen Bein ja leider aus. Ob Roberto Ski läuft? Warum beschäftigt sich Marion ständig mit ihm? Er will ihr einfach nicht aus dem Kopf gehen. Dabei ist das verschwendete Zeit.
Als hätte er telepathische Fähigkeiten, trudelt in diesem Moment eine Nachricht von ihm ein:

Hallo Reporterin,
wie war Dein Tag? Was machst Du gerade?
Neugierige Grüße vom Weihnachtsmann

Der Mann hat Nerven. Normalerweise läge Marion längst im Bett, aber heute ist sie innerlich irgendwie aufgewühlt. Hängt das mit Roberto zusammen? Soll sie ihm direkt antworten? Damit würde sie zu erkennen geben, noch wach zu sein. Nicht, dass er anruft. Wahrscheinlich würde seine sexy Stimme ihr den Schlaf rauben. Ob er wieder seine Boxershorts nebst T-Shirt trägt? Ist er womöglich so dreist, neben seiner schlafenden Frau liegend mit Marion heimlich zu kommunizieren? Das würde ihm keine Punkte bei ihr einbringen. Deswegen entscheidet sich Marion gegen eine Antwort. Soll er sich ein anderes Opfer suchen, mit dem er sich außerhalb seiner Ehe vergnügt. Marion ist sich dafür zu schade. Trotzdem verfolgt der Gedanke an Roberto sie bis in ihre Träume. Als einer seiner helfenden Engel fliegt sie mit ihm im Rentierschlitten über die Milchstraße. Eine kuschelige Felldecke wärmt sie beide, genauso wie die heißen Küsse, die sie austauschen. Im wahrsten Sinne des Wortes schmecken sie himmlisch nach Zimt und Vanille.

Richtig enttäuscht ist Marion, als sie aufwacht und realisiert, dass die Szene reine Illusion war. Sie muss sich Roberto unbedingt aus dem Kopf schlagen.

Dieser Vorsatz scheitert einige Stunden später, als ein Kurier im Büro auftaucht und Tom ein Paket in die Hand drückt. Er trägt es in die Küche, in der Marion gerade im Eiltempo eine Tütensuppe vertilgt.

„Ein Weihnachtspräsent von einem Kunden?“, erkundigt sie sich bei Tom.

„Wahrscheinlich. Ich habe nichts bestellt.“ Er nimmt die Karte ab, die an die Verpackung geheftet ist. „Sie ist an dich adressiert.“ Tom will sie an Marion weiterreichen, die abwimmelt: „Bestimmt hat der Kunde bloß meinen Namen gewählt, obwohl das Geschenk für uns alle ist. Lies die Karte bitte mal vor.“ Ein fataler Fehler, wie sich kurz darauf herausstellt.

Toms Gesichtsausdruck verfinstert sich:

Hallo, meine Lieblingsreporterin,

da Du womöglich meine Nachrichten nicht erhalten hast, schicke ich Dir auf diesem Wege meine Einladung in meine Gärtnerei zur Kräuterkunde. Vorab schon mal eine kleine Kostprobe. Deine Privatadresse kenne ich leider noch nicht, während ich Deine

Geschäftsadresse leicht im Netz gefunden habe.
Es grüßt Dich herzlich,
Dein Weihnachtsmann

Tom knallt die Karte auf den Küchentisch. „Was ist das für ein Spaßvogel? Weißt du, welcher Kunde sich dahinter verbirgt?“

Marion unterdrückt mühsam ein Lachen. „Es handelt sich nicht um einen Kunden.“

„Um wen dann? Habe ich etwas verpasst? Ein neuer Verehrer, den du mir verheimlichst?“ Toms Miene verrät, dass es keine Scherzfrage ist. Seine spürbare Eifersucht droht, die Mittagspause zu vergiften.

„Hey, cool down. Roberto hat gestern auf der Charity-Veranstaltung den Weihnachtsmann für die Kinder gespielt. Er will sich offenbar einschleimen, damit ich ihn in meinem Artikel positiv erwähne.“

„Als ob du das nicht wegen deiner Mutter ohnehin tun würdest.“ Toms Stimme klingt beleidigt.

Allmählich reagiert Marion sauer, weil Roberto ihn nichts angeht. „Hast du ein Problem mit dem Geschenk? Ich weiß ja nicht einmal, was sich unter der Verpackung verbirgt.“

„Mir egal. Ich arbeite weiter.“ Ohne ein weiteres Wort verschwindet Tom aus der Küche. Er verhält sich wirklich wie ein verliebter Gockel. Irgendwann kommt Marion an einem erklärenden Gespräch nicht vorbei. Tom muss endlich einsehen, dass aus ihnen niemals ein Paar wird.

Neugierig reißt Marion das Papier auf. Der Duft von verschiedenen Minzegerüchen steigt ihr in die Nase. Drei Töpfe sind dafür verantwortlich. Mit den Fingern reibt Marion jeweils an den Blättern und schnüffelt an ihnen. Auch ohne die beigefügte Anleitung identifiziert sie eine Apfelminze, die sich für Tees, Smoothies oder Salate eignet, eine Ananasminze für fruchtige Süßspeisen und eine Schokoladenminze für Kuchen. Wie nett von Roberto. Er kann nicht wissen, dass Marion nur ganz selten den Kochlöffel schwingt. Deshalb wird sie die Töpfe am Abend mit zu Annabelle nehmen. Das muss Roberto aber nicht erfahren. Sogleich schreibt sie ihm:

Danke für die Überraschung. Ich freue mich sehr darüber.
Gruß von der Ersatz-Reporterin

Anscheinend reicht Roberto die kurze Mitteilung nicht.

Wann sehen wir uns? Ich lasse „zu viel Arbeit" als Ausrede nicht gelten.

Zwar schmeichelt Marion seine Hartnäckigkeit, aber sie will sich nicht emotional in Schwierigkeiten manövrieren.

Was sagt denn deine Frau dazu?

Auf diese Frage bleibt ihr zur Abwechslung nun Roberto die Antwort vorläufig schuldig.
Den ganzen Nachmittag über würdigt Tom Marion keines Blickes, was sie albern findet. Eine Aussprache verschiebt sie jedoch wegen der Anwesenheit von Milan, der einen lädierten Eindruck erweckt.
„Was ist los mit dir?", hakt Marion deshalb nach, weil seine Augen fiebrig glänzen. Ihr schwant Übles.
„Ich fühle mich total schlapp. Unsere Söhne sind erkältet und schlafen zurzeit schlecht. Ich habe mich um sie gekümmert, damit Lina nicht gestört wurde. Sie hatte heute Frühdienst."
„Das tut mir leid. Hoffentlich steckst du dich nicht an. Wir brauchen dich hier."
„Keine Sorge. Ich bin bloß ein wenig müde."
„Soll ich dir einen Tee kochen?", bietet Marion an, die sich ernsthaft um die Gesundheit ihres Partners sorgt. Er wirkt bereits krank.
„Das wäre wirklich nett vor dir", nimmt Milan das Angebot an.

Tom hält sich komplett aus ihrem Dialog heraus und starrt teilnahmslos auf seinen Bildschirm.
Sein Verhalten reizt Marion: „Soll ich dir auch einen Tee aufbrühen, Tom?“
„Meinetwegen“, brummt er, ohne aufzuschauen.
Marion schmunzelt in sich hinein und nutzt gleich die Gelegenheit, die Apfelminze auszuprobieren. Wie es auf dem Zettel steht, wirkt sie als Tee schleimlösend. Also genau das Richtige gegen Erkältungen. Natürlich kostet Marion erst einmal selbst von dem Getränk. Es schmeckt tatsächlich fruchtig lecker nach Apfel.
Für Milan und Tom füllt sie zwei Becher damit und bringt den Männern den Tee.
Zunächst äußert sich Milan: „Hm ... eine neue Mischung? Echt gut.“
Kurz darauf schließt sich Tom seiner Meinung an: „Wo hast du den gekauft, Marion?“
Sie lacht in sich hinein. „Selbst aufgebrüht. Das Geschenk von Roberto enthält drei Töpfe mit verschiedenen Minzekräutern.“
„Wer ist Roberto?“ Milan schaut Marion irritiert an.
„Der Weihnachtsmann“, erklärt Tom mürrisch.
„Aha, anscheinend kapiere ich den Witz nicht.“
„Brauchst du auch nicht, aber ich erzähle es dir trotzdem.“
Anschließend erfährt Milan, um wen es sich bei Roberto handelt.
„Die Gärtnerei kenne ich. Lina kauft dort sehr gerne Kräuter, aber Apfelminze hat sie bisher nicht angeschleppt. Werde ich ihr gleich auftragen. Vielleicht hilft der Tee unseren Kindern, schneller die Erkältung zu besiegen.“
„Du kannst meinen Topf haben“, bietet Marion an.
„Wirklich?“
„Klar, ich kann mir jederzeit neue Minze besorgen.“
„Danke, da sage ich nicht nein“, äußert Milan.
Marion und Milan diskutieren eine Weile über heilende Gewürze, während Toms Gesicht immer länger wird. Der

Tee mundet ihm offensichtlich plötzlich nicht mehr, denn er lässt ihn stehen.
Den Grund glaubt Marion zu kennen: Eifersucht auf Roberto. Da sie kein schlechtes Klima im Büro bezweckt, erwähnt sie nebenbei Milan gegenüber Robertos Frau Eva.
Siehe da, Tom trinkt wieder aus seinem Becher, und er kehrt zur Normalität zurück, indem er sich verbal einbringt: „Wann halten wir unsere Firmenweihnachtsfeier ab?"
Marion grinst. Wie leicht Tom zu manipulieren ist. „Wie immer. Wir gehen einen Tag vor Heiligabend zusammen zum Italiener", bestätigt Marion.
„Wer bestellt den Tisch?", fragt Tom.
Milan mischt sich ein: „Du."
Marion verrät, dass sie längst reserviert hat. „Bringst du Lina mit, Milan? Ich würde sie gerne mal wiedersehen."
„Das hängt von ihrem Dienstplan ab. Wenn sie mitkommt, muss meine Schwiegermutter zum Babysitten Zeit haben."
„Dann überlegt es euch frühzeitig." Mit einem Seitenblick zu Tom ergänzt sie: „Du kannst natürlich auch jemanden mitnehmen."
„Haha, du bist meine Begleitung", entgegnet er schlagfertig. Dieser Punkt geht eindeutig an ihn.

♥

KAPITEL 7

Mit einer halbstündigen Verspätung, die Marion ihrer Mutter allerdings vorher angekündigt hat, erreicht sie am Abend nach getaner Arbeit ihr Elternhaus.
Annabelle freut sich über die beiden Kräutertöpfe. „Wo hast du die aufgetrieben?"
Marion erklärt es ihrer Mutter.
„Wie aufmerksam von Roberto. Willst du sie wirklich nicht behalten?"
„Nein, ich koche doch so gut wie nie. Es wäre schade um die Kräuter."
„Okay, dann benutze ich sie gerne für unsere kulinarischen Treffen." Annabelle trägt sie in die Küche, in der es herrlich duftet.
„Hm ... ich habe einen riesigen Appetit", gesteht Marion.
„Wieder nur eine Tütensuppe konsumiert?", trifft Annabelle den Nagel auf den Kopf.
„Ja, wir arbeiten unter Strom zurzeit. Für ein ausgiebiges Mittagessen bleibt kein Raum."
„Du lebst zu ungesund. Zum Denken brauchst du eine ausgewogene Ernährung."
„Ja, Mamimaus. Das Thema müssen wir nicht vertiefen. Einmal in der Woche, manchmal sogar zusätzlich am Wochenende, verwöhnst du mich mit gesunden Gerichten."
„Das reicht aber nicht", protestiert Annabelle erneut. „Ich könnte für dich vorkochen, und du nimmst das Essen mit ins Büro. Eine Mikrowelle habt ihr schließlich extra angeschafft."
„Das ist wirklich süß von dir. Ich mag mich aber mittags nicht großartig mit einer langen Pause aufhalten. Nach

Weihnachten läuft wieder alles normal. Dann essen Tom, Milan und ich regelmäßig gemeinsam etwas Nahrhaftes, versprochen." Marion will nicht, dass sich ihre Mutter mit dem Vorkochen aufdrängt, obwohl sie es nur gut meint. Seit sie Witwe ist, kümmert sie sich umso intensiver um Marion, was diese oft einzwängt. Trotzdem bringt sie Verständnis für Annabelle auf, die nach Beschäftigung sucht. Die Organisation der Weihnachtscharity füllt ihren einsamen Alltag natürlich nicht aus. Auch ihre Unterstützung einmal in der Woche bei der Tafel hilft dabei nicht viel weiter. Zumindest bringen Johanna und Gerti Abwechslung in Annabelles Leben, indem sie öfter mit den beiden telefoniert oder sich zum Kaffeeklatsch verabredet. Wie Marion allerdings weiß, geht ihrer Mutter deren Thema *Enkelkinder* zuweilen auf die Nerven, weil sie nicht mitreden kann. Dabei ahnt Marion, wie gerne sie selbst Oma wäre. Den Wunsch kann sie Annabelle vorläufig nicht erfüllen.

„Hältst du mir bitte mal deinen Teller hin?", reißt Annabelle Marion aus ihren auf Wanderschaft gegangenen Gedanken.

Sie tut, wie ihr befohlen, und ihre Mutter geizt nicht mit der Lasagne, die wohl für vier Personen und nicht für zwei bemessen ist.

Besonders freut sich Marion über den Salat, dessen Zubereitung ihr im Moment zu lästig wäre.

Nachdem sie sich die Bäuche vollgeschlagen haben, fragt Annabelle: „Übernachtest du hier?"

„Ja, hatte ich vor. Warum?"

„Na, weil wir deshalb ohne schlechtes Gewissen ein Verdauungsschnäpschen trinken dürfen." Sie fischt zwei Gläser aus der Vitrine und die Flasche aus dem Kühlschrank.

„Prost." Annabelle stößt mit Marion an.

„Prost."

„Meine neuen Kekse probieren wir im Wohnzimmer vor dem Kamin. Einverstanden?"

„Erst räumen wir die Küche auf“, schlägt Marion vor.
„Quatsch. Das mache ich morgen nach dem Frühstück. Ich habe genug Zeit, wenn du wieder ins Büro fährst.“
„Überredet.“
„Mach es dir schon mal auf dem Sofa bequem. Ich komme gleich nach.“
Marion klemmt sich die Schnapsflasche unter den Arm und nimmt die beiden Gläser mit. Bestimmt trinken sie noch etwas davon.
Beim Anblick des lodernden Feuers wird es Marion romantisch ums Herz. Ungewollt denkt sie an Roberto und wie es wäre, mit ihm auf der Couch zu kuscheln. Wie bekommt sie ihn aus dem Sinn? Plötzlich fällt ihr der Name Michael auf dem Display ihrer Mutter ein.
Gleich als Annabelle im Sessel Platz genommen hat, fragt sie scheinheilig nach ihm: „Wer ist Michael, Mamimaus?“
Ihre Mutter zuckt zu Marions Belustigung zusammen, und ihre Gesichtsfarbe läuft rot an, was nicht der Wärme des Kaminfeuers zuzuschreiben ist. „Michael?“ Sie tut so, als würde sie überlegen. „Wie kommst du auf den Namen?“
„Als du im Hotel im Bad warst, ging dein Handy. Entschuldige, aber ich habe auf das Display geschaut, den Anruf jedoch nicht entgegengenommen.“
„Warum hast du mir nichts davon gesagt?“
„Weil wir uns beeilt haben, zum Frühstück zu gehen. Ich habe es schlichtweg vergessen.“
„Hm ... Michael ist ein flüchtiger Bekannter“, bringt Annabelle zögerlich über die Lippen.
„Ach, so flüchtig, dass er morgens vor sieben Uhr bereits bei dir anruft?“
„Vielleicht hat er aus Versehen auf meine Nummer gedrückt“, versucht sich Annabelle herauszureden.
„Okay, du willst es mir offenbar nicht verraten, wer der mysteriöse Mann ist“, täuscht Marion die beleidigte Leberwurst vor.
„Ich kenne ihn gar nicht“, behauptet Annabelle plötzlich.
„Was heißt das genau? Ein Fremder hat offensichtlich

deine Nummer gespeichert und meldet sich bei dir, bevor der Hahn kräht? Mama, du willst mich hoffentlich nicht veräppeln."
„Nein, ich kenne Michael bloß nicht persönlich, sondern wir haben einige Male miteinander übers Handy geplaudert. Demnächst treffen wir uns mal live."
Allmählich dämmert es Marion, will aber der Realität nicht ins Auge sehen. „Du hast ihn dir doch nicht über eine Dating-Plattform geangelt?"
Annabelle gießt sich und Marion zunächst einen weiteren Schnaps ins Glas. „Ich bin rein zufällig auf der Plattform *Finder* gelandet."
„Wie lange ist das her?", tastet sich Marion unbeirrt vor.
„Hm ... drei oder vier Wochen."
„Das bedeutet, du hast dich dort angemeldet?" Marion kippt sich den Inhalt des Schnapsglases in einem Zug die Kehle hinunter.
„Ja, was ist dabei? In meinem Alter lernt man nicht mal eben beim Bäcker jemanden kennen."
„Das tut man auch in meinem Alter nicht", kontert Marion. „Auf diesen Plattformen tummelt sich ein Haufen gestörter Leute. Du weißt meine Einstellung dazu."
„Ich muss aber nicht unbedingt an einen Triebtäter geraten", verteidigt sich Annabelle. „Michael hat alle Karten offengelegt."
„Ach, sei nicht so naiv. Er kann alles gefakt haben, angefangen vom Foto, über sein Alter, bis hin zum Beruf und Familienstatus. Das ist keine Kunst. Du hast ihm hoffentlich nicht deine Adresse verraten."
„Für wie blöd hältst du mich? Natürlich nicht."
„Nicht für blöd, aber gutgläubig. Immerhin hat er deine Handynummer."
„Seine kann ich bei Bedarf jederzeit blockieren. Du machst dir unnötige Sorgen, mein Kind."
„Hast du dich konkret mit ihm verabredet?", hakt Marion nach. Sie sieht ihrer Mutter an, dass dies bereits geschehen ist.

„Ich habe ihm für Freitag ein Treffen vorgeschlagen."
„Ist der Typ aus der Gegend?"
„Ja, aus Traunstein."
Marion seufzt leise vor Erleichterung. Wenigstens liegt der Ort etliche Kilometer entfernt. „Am besten trefft ihr euch auf der Hälfte in einem Café, das du sonst nicht aufsuchst."
„Wieso?"
„Wenn du ihn nicht magst, weiß er nicht, wo du sonst verkehrst, und kann dich nicht belästigen."
Zum Glück leuchtet ihrer Mutter dies anscheinend ein. „Wie weitsichtig du bist. Daran hätte ich nicht gedacht."
„Am liebsten wäre es mir, du würdest den Kontakt zu diesem Mann abbrechen. Womöglich handelt es sich um einen Heiratsschwindler, der einsame Witwen ausbeutet."
Annabelle plustert sich auf: „Jetzt mach aber mal einen Punkt. Nur weil du Dating-Plattformen verteufelst, muss ich es nicht tun. Lass mir ein bisschen Abenteuer. Mein Leben ist eintönig genug. Den ganzen Tag Plätzchen zu backen, die dann keiner isst, macht mich nicht glücklich. Ich werde Michael nicht gleich mit nach Hause schleifen und mit ihm ins Bett steigen."
Marion lenkt ein, als sie Annabelles Empörung registriert. Sie ist ihrer Mutter unabsichtlich aus Sorge auf die Füße getreten. Das tut ihr leid. „Ich weiß, dass du nichts überstürzt. Trotzdem sei bitte vorsichtig. Sobald du Näheres über Michael erfahren hast, sag mir Bescheid. Caren hat Möglichkeiten, seine Identität zu überprüfen."
„Du meinst sein polizeiliches Führungszeugnis anzufordern?" Annabelle lacht künstlich. „Wir wissen nur die Vornamen voneinander. Niemand kann dem anderen nachspionieren."
Marion widerspricht: „Doch, kann man. Wenn du dir zum Beispiel sein Autokennzeichen merkst, reicht das für Caren."
„Jetzt bist du naiv. Michael kann sich ein Auto ausleihen oder mit öffentlichen Verkehrsmitteln anreisen. Wenn er

wirklich etwas auf dem Kerbholz hat, wird er sich tarnen. Ich nenne mich übrigens auf meinem Account Brunhilde und nicht Annabelle. Genauso kann sein Name ebenfalls ein Pseudonym sein."

Endlich lacht Marion befreit auf. „Okay, ich habe eine schlaue Mutter, die sich nicht an der Nase herumführen lässt. Trotzdem würde ich gerne Mäuschen spielen und euch beobachten."

„Gut, dass das nicht geht. Auch ich schätze meine Privatsphäre. Ich suche ein Café am Chiemsee aus, zu dem ich mit dem Bus fahren kann. Zufrieden? Er kann mich dadurch schlecht bis nach Hause verfolgen."

„Wie wär's, wenn ich dich hinbringe? Er kennt mich ja nicht. Ich trinke in gebührendem Abstand einen Kaffee."

Marion gefällt diese Idee.

Ihrer Mutter weniger. „Du bist ja schlimmer als ich früher, wenn du ein Date hattest. Ich habe dir vertraut. Du mir nicht?"

Marion gibt sich geschlagen: „Du hast recht. Entschuldige. Ich habe sowieso keine Zeit dafür. Am Samstag machen wir beide uns auf der Fraueninsel mit dem Gutschein einen schönen Tag. Es bleibt doch dabei?"

„Logisch. Ich freue mich schon sehr darauf."

Anschließend probiert Marion die neue Plätzchenvariante mit Krokant und Nougat. „Echt lecker. Hast du dir die Zutaten selbst ausgedacht?"

„Nein, das Rezept stammt von Johanna. Wir tauschen uns öfter aus."

„Wer soll die ganzen Kekse vertilgen?"

„Ich nehme einen Teil mit zur Tafel. Die Bedürftigen sind immer dankbare Esser."

„Was ist überhaupt mit Wolfgang? Seid ihr noch zusammen eingeteilt?", informiert sich Marion aus heiterem Himmel. Sie vermutet, dass er ihrer Mutter nicht ganz gleichgültig ist, denn wenn sie von ihm erzählt, leuchten ihre Augen verdächtig.

„Ich habe Wolfgang schon länger nicht mehr gesehen.

Womöglich hilft er nicht mehr mit."
„Hast du dich nicht bei deinen Kolleginnen erkundigt, warum er nicht mehr kommt?", bohrt Marion nach.
„Wie sähe das aus? Ich mag nicht neugierig erscheinen."
„Das hat mit Neugierde nichts zu tun, sondern mit Interesse an einem Menschen, mit dem du zusammenarbeitest. Vielleicht ist er krank?"
„Meinst du?" Annabelle schaut nachdenklich. „Ich frage morgen mal nach Wolfgang. Unsere Leiterin muss es schließlich wissen, was mit ihm los ist."
„Tu das. Ich gehe jetzt zu Bett. Dein Essen war wie immer köstlich, aber nun braucht mein voller Magen etwas Ruhe."
Zum Abschied haucht Marion ihrer Mutter einen Gute-Nacht-Kuss auf die Wange.
„Schlaf schön, mein Kind."
„Danke, du auch." Erst in ihrem Himmelbett fällt Marion ein, dass sie Annabelle über Roberts Ehe ausfragen wollte. Wegen Michael hat sie das ganz vergessen. Am Samstag auf der Fraueninsel wird sie es nachholen.

♥

KAPITEL 8

Die restliche Woche vergeht wie im Flug. Marion arbeitet zehn bis zwölf Stunden am Tag und fällt abends wie ein Mehlsack ins Bett.

Von Roberto hat sie nichts mehr gehört, nachdem sie sich für die Kräutertöpfe bedankt hatte. Es ist für sie besser so. Trotzdem taucht sein Gesicht immer mal wieder vor ihrem inneren Auge auf. Sie kann nichts dagegen unternehmen. Er hat einen prägenden Eindruck auf sie hinterlassen. Und Marion auf ihn? Ob Roberto auch ab und zu an sie denkt?

Am Freitagmorgen wacht Marion mit Bauchschmerzen auf. Sie basieren nicht auf falscher Ernährung, sondern auf der Sorge um Annabelles Treffen mit Michael. Soll sie es ihrer Mutter nicht lieber ausreden? Abenteuer hin oder her, sicher gibt es andere Möglichkeiten, jemanden kennenzulernen. Warum muss es ausgerechnet über eine Dating-Plattform sein?

Nach dem Zähneputzen ruft Marion gleich bei Annabelle an, obwohl ihr bewusst ist, dass sie gerne länger schläft. Heute lässt Marion keine Gnade walten. Allerdings reagiert Annabelle nicht. Klar, denn sie wird ihre Ohrstöpsel wieder eingesetzt haben. Da kann Marion lange versuchen, sie zu erreichen. Alternativ schickt sie ihrer Mutter eine Nachricht:

Guten Morgen, Mamimaus,

Du schläfst leider noch. Ich möchte an Deine Vernunft appellieren, Dich nicht mit einem völlig Fremden wie Michael zu treffen. Ich verstehe, dass Du nach Abwechslung suchst, aber bitte nicht auf dieser Ebene. Wir schauen nach anderen Optionen. Vielleicht gibt es eine Seniorenrunde irgendwo, zu der Du stoßen kannst. Dort sind

Gleichgesinnte und keine potenziellen Betrüger. Oder Du machst einen Fotokurs. Der ist doch schon lange auf Deiner To-Do-Liste. Ich muss jetzt los. Bitte sei mir nicht böse. Ich habe bloß Angst um Dich.

Liebe Grüße,
Deine besorgte Tochter

Unterwegs zum Büro bekommt Marion ein schlechtes Gewissen. War ihre Nachricht zu übergriffig? Gönnt sie ihrer Mutter einfach kein Abenteuer? Hat sie überhaupt das Recht, sich einzumischen? Schließlich ist Annabelle lebenserfahren genug, um Situationen richtig einzuschätzen.

Glücklicherweise spannt Milan Marion im Büro direkt mit einem Problem ein, sodass sie ihre Mutter zunächst vergisst. Ein Kunde ist unzufrieden mit einem Werbetext.

Leider ist Marions Konzentration nicht die beste. Erst als Tom sich ebenfalls einschaltet, fällt ihnen zu dritt eine Verbesserung ein, die der Kunde später akzeptiert.

Bis zur Mittagspause telefoniert sich Marion das Ohr heiß. Heute bestellen sie ausnahmsweise Essen beim Inder um die Ecke und gönnen sich eine halbe Stunde Auszeit.

Endlich kommt Marion dazu, auf ihr Handy zu schauen. Zu ihrem Schrecken hat ihre Mutter nicht auf ihren Appell reagiert. Ist sie beleidigt? Marion könnte es ihr nicht verübeln. Sie ist wohl mit ihrer Maßregelung zu weit gegangen.

Zur verabredeten Zeit mit Michael im Café am Chiemsee ist es mit Marions Aufmerksamkeit endgültig vorbei. Es hat wenig Zweck, einen neuen Text zu formulieren. Wahrscheinlich käme nur Mist dabei heraus.

Milan verabschiedet sich bereits ins Wochenende und freut sich auf ein bisschen Erholung. In den vergangenen Tagen hat er sich mit seiner Erkältung tapfer an seinen Arbeitsplatz geschleppt. Ab sofort schwört er auf Apfelminzetee, der seinen Söhnen und ihm angeblich schnell geholfen hat. Lina ist sogar von einer Ansteckung verschont geblieben, weil sie den Tee zur Vorbeugung getrunken hatte.

Als Milan verschwunden ist, erkundigt sich Tom: „Was treibst du so am Wochenende?“

Bei anderen Leuten ist das eine völlig belanglose Floskel, aber bei ihm zielt sie auf persönliches Interesse ab, eventuell etwas mit Marion zu unternehmen.

Dieses Mal benötigt sie keine Ausrede, um ihm einen möglichen Korb zu geben. „Ich löse meinen Gewinn auf der Fraueninsel ein, von dem ich dir erzählt habe.“

„Gilt der nicht für zwei Personen“, bohrt er scheinheilig nach.

Marion nimmt ihm gleich den Wind aus den Segeln. „Stimmt. Ich nehme meine Mutter mit, die sich sehr darauf freut.“

„Das hat sie sich auch verdient. Die Organisation der Weihnachtsgala kostet sicher viel Zeit und Nerven. Allein einen geeigneten Weihnachtsmann dafür zu engagieren, stelle ich mir echt schwierig vor.“

Absichtlich überhört Marion Toms ironischen Unterton, der offenbar auf Roberto abzielt. Außerdem befindet sie sich nicht in der Stimmung, schlagfertig zu antworten. Vielmehr kommt Annabelle ihr wieder in den Sinn. Ob sie gerade Michael begegnet oder wie auch immer der Kerl in Wahrheit heißt? Ihr Magen zieht sich automatisch in Wellen zusammen.

Tom scheint ihren verkniffenen Gesichtsausdruck zu bemerken. „Was ist los? Verträgst du das indische Curry von heute Mittag nicht? Ich fand es ziemlich scharf.“

Marion schüttelt mit dem Kopf und zögert, ob sie Tom einweihen soll. „Es hat nichts mit dem Essen zu tun, sondern mit meiner Mutter.“

„Wieso? Ist sie krank?“

„Nein.“

„Willst du es mir nicht erzählen?“, drängt Tom.

„Also gut“, beginnt Marion und berichtet ihm von der

Dating-Plattform und Michael.
„Und deine Mutter trifft sich gerade in diesem Moment in besagtem Café?“
„Ja. Am liebsten würde ich sie kontrollieren, aber das würde sie mir nie verzeihen.“
Nachdenklich kratzt sich Tom am Kinn. „Wir könnten mit meinem Auto hinfahren und ein bisschen spionieren. Mich hat deine Mutter nicht im Fokus und wird mich nicht bemerken. Ich schieße heimlich ein Foto von dem Typen. Du schaust dich derweil auf dem Parkplatz um. Vielleicht findest du ein Auto mit Traunsteiner Kennzeichen.“
„Hm ...“ Unschlüssig tritt Marion von einem Fuß auf den anderen. Auf keinen Fall darf Annabelle spitzkriegen, dass sie zusammen mit Tom Miss Marple kopiert. Wie peinlich wäre das denn? Trotzdem wirft sie ihre Bedenken über den Haufen. An Arbeiten ist ohnehin nicht mehr zu denken. Sie brächte nichts Brauchbares mehr zustande. „Bist du mit deinem Pensum fertig?“, startet sie einen untauglichen Versuch, das Bespitzeln noch zu stoppen.
„Nicht ganz, aber ich nehme mir einen Auftrag mit nach Hause.“
„Okay, dann los, sonst erwischen wir die beiden nicht mehr.“
Plötzlich ist Marion Feuer und Flamme.
Praktischerweise verfügt Toms Auto über eine Sitzheizung, denn es ist bitterkalt. Zunächst muss er die Scheiben von den Eiskristallen befreien, die es sich tagsüber darauf gemütlich gemacht haben.
„Soll ich dir helfen?“, bietet Marion Tom an.
„Lass mal. Setz dich lieber ins Auto. Sonst erfrierst du mir noch.“
Seine Fürsorge tut Marion tatsächlich gut. Irgendwie fühlt sie sich beschützt und rechnet Tom hoch an, dass er für ihr Abenteuer seine Freizeit opfert.
Da er das Café am Chiemsee kennt, benötigt er kein Navi. Nach einer halben Stunde erreichen sie den Parkplatz, der sich trotz des widrigen Wetters gut gefüllt präsentiert. Das

Café ist berühmt für seine Torten und die großen Stücke, die es für einen günstigen Preis gibt.
„Am besten kaufe ich uns an der Theke Kuchen und schaue mich unauffällig im Gastraum um“, überlegt Tom laut.
„Wenn du meine Mutter und den Kerl fotografierst, verrät dich der Blitz womöglich“, wendet Marion ein.
„Hm ... daran habe ich gar nicht gedacht. Dann verzichte ich eben auf ein Foto.“
„In Ordnung. Ich suche derweil das passende Auto von Michael und lichte das Kennzeichen ab. So viele Traunsteiner werden wohl kaum heute hier Kaffee trinken.“
„Alles klar. Was magst du für einen Kuchen?“
„Einen Bienenstich bitte.“ Erst als Tom im Café verschwunden ist, wird sich Marion bewusst, dass er mit dem Kauf einen Zweck verfolgt. Bestimmt will er den Kuchen später bei Marion essen. Das kann sie ihm wohl nicht verweigern.
Auf dem Parkplatz und in der näheren Umgebung findet sie keinen Wagen mit Traunsteiner Kennzeichen. So ein Mist. Auf der anderen Seite vielleicht auch positiv, weil Michael Annabelle nicht in sein Auto einsteigen lassen kann. Das ist schon mal beruhigend.
Nach zehn Minuten kehrt Tom bereits mit einer Schachtel in der Hand zurück. An seinem Gesichtsausdruck liest Marion nicht ab, ob seine Mission erfolgreich war oder nicht. Erst als er auf dem Fahrersitz wieder Platz genommen hat, wird ihre Neugier befriedigt.
„Fehlanzeige. Ich habe deine Mutter nirgends entdeckt. Hat sie sich vielleicht die Haare gefärbt oder eine neue Brille, sodass ich sie nicht erkannt habe?“
„Nein. Sie sieht nicht anders aus als neulich, als sie uns die Dose Plätzchen ins Büro gebracht hat. War sie womöglich auf der Toilette? Hast du einen Mann allein an einem Tisch entdeckt? Vielleicht hat Michael auf meine Mutter gewartet.“

„Bedauere. Darauf habe ich extra geachtet. Die lange Schlange vor der Verkaufstheke kam mir zugute, um alles in Ruhe zu inspizieren. Es saßen hauptsächlich Familien mit Kindern an den Tischen. Ein einzelnes Paar war gar nicht dabei."
„Seltsam. Wahrscheinlich sind sie schon weg. Hoffentlich ist Annabelle dem Kerl nicht auf den Leim gegangen und mit ihm irgendwo anders hingefahren. Ich drehe durch."
Tom legt seine Hand beruhigend auf Marions Schoß. „Jetzt male den Teufel nicht an die Wand. Es gibt noch genug andere Varianten."
„Welche zum Beispiel?" Marion wirft Tom einen zweifelnden Blick zu.
„Sie waren sich nicht sympathisch und haben sich nach dem Kaffee schnell wieder getrennt. Deine Mutter ist vermutlich bereits längst mit dem Bus auf dem Rückweg."
„Hoffentlich behältst du recht." Auf einmal hat Marion eine Eingebung. Sie schaut im Handy nach dem Busfahrplan. „Womöglich hat sie den Bus vor einer Viertelstunde erwischt. Wenn wir uns beeilen, sind wir vor ihm an der Haltestelle, an der sie aussteigen muss, und fangen meine Mutter ab."
Tom protestiert: „Dann weiß sie aber, dass wir ihr nachspioniert haben. Willst du das?"
„Keine gute Idee", stimmt Marion kleinlaut zu. „Geben wir es auf."
„Und essen lieber den Kuchen und trinken eine Tasse Kaffee", ergänzt Tom, während er sein Auto startet.
„Wo, im Büro? Ich habe meinen Wagen dort stehen."
„Der Kaffee ist in der Büroküche alle. Ich kaufe morgen eine neue Packung für nächste Woche."
Täuscht sich Marion oder grinst Tom schelmisch? Ob das mit der leeren Kaffeedose stimmt? Sie hat länger keinen mehr selbst aufgebrüht.
„Zu dir oder zu mir?", lässt Tom nichts anbrennen.
„Zu dir." Marion entscheidet sich für Toms Wohnung, damit sie es in der Hand behält, das Zusammensein zu

beenden.
„Meinetwegen, wenn du darüber hinwegsiehst, dass es bei mir nicht perfekt aufgeräumt ist."
„Kein Problem. Während der Woche schaut es bei mir auch aus wie bei Hempels unter dem Sofa", gesteht Marion. „Samstags ist mein Putz- und Waschtag."
„Bei mir auch. Womit wir eine Gemeinsamkeit hätten." Tom lacht und parkt direkt auf dem Bürostellplatz neben Marions Fahrzeug.
„Okay, bis gleich", meint sie zu Tom.
Wenig später sitzen sie sich am Esstisch gegenüber mit dem Kuchenteller vor der Nase.
Tom hat gleich vier Stücke gekauft: zweimal Bienenstich und zweimal Apfelkuchen mit Sahne. Zur Erklärung meint er: „Ich dachte, lieber etwas mehr. Das erspart uns das Abendessen."
„Was bin ich dir schuldig?" Marion beginnt, in ihrer Handtasche nach der Geldbörse zu suchen.
„Natürlich nichts. Lass bloß stecken, sonst werde ich böse", täuscht er offensichtlich Empörung vor.
„Aber das geht nicht. Du opferst deine Zeit, kutschierst mich durch die Gegend und bezahlst deine eigene Belohnung."
Tom lächelt hintergründig. „Du kannst mich ja anderweitig belohnen."
Vorsichtshalber kommentiert Marion seinen Vorschlag nicht. Jetzt wäre ein günstiger Moment, um mit ihrem Geschäftspartner Klartext zu reden. Tom hat ihr das Thema geradezu auf dem Tablett serviert. Zunächst möchte sie jedoch ihren Bienenstich und den Kaffee mit aufgeschäumter Milch genießen. Für Marions Geschmack ist Toms Wohnung picobello sauber und ordentlich. Was meint er wohl mit *nicht aufgeräumt*? Welchen Anspruch mag er sonst an sich stellen? Meint er etwa sein Bad oder Schlafzimmer? Sie will es gar nicht herausfinden. Nach dem letzten Bissen fasst sie ihren ganzen Mut zusammen.
„Tom?"

„Ja, noch einen Kaffee?“, fragt er mit treuherzigem Blick. Marion nickt. Ihre Ansprache bleibt ihr im Hals stecken. Wie feige von ihr. Erneut setzt sie an: „Ich würde gerne etwas mit dir be ...“
Ein schriller Klingelton unterbricht ihren Redefluss.
„Entschuldige bitte.“ Tom springt vom Stuhl auf und nimmt den Anruf auf dem Festnetz entgegen. „Hallo, Dad. Schön, dass du dich meldest. Warte bitte kurz.“
Er wendet sich an Marion: „Dauert nicht lange. Bin gleich zurück.“ Dann verschwindet er in den Flur.
Marion schnauft erst einmal durch. Aufschub. Wohl in ihrer Haut fühlt sie sich nicht bei dem Gedanken, Tom gleich zu verletzen. Er hat sich heute wieder einmal als guter Freund bewährt. Warum kann sie ihn nicht lieben? Alles wäre so einfach. Statt weiter zu grübeln, nutzt Marion Toms Abwesenheit, um auf ihr Smartphone zu schauen. Oh Schreck. Drei Anrufe von Annabelle zeigt das Display an. Warum hat Marion sie nicht gehört? Der Grund dafür liegt in der Lautlos-Einstellung, wie sie alsbald feststellt. Bei einem Anruf hat ihre Mutter eine Sprachnachricht hinterlassen:

Wo steckst du, mein Kind? Ich erreiche dich auf keinem Netz. Ist etwas passiert? Bitte melde dich sofort, wenn du das abgehört hast. Ich brauche dringend deine Hilfe.

Mit klopfendem Herzen drückt Marion auf die Rückruftaste. Alle möglichen Fantasien schießen ihr in den Kopf. Warum benötigt Annabelle ihre Hilfe? Ist sie in den Klauen von Michael gefangen? Hat er ihr etwas angetan? Das würde sich Marion nie verzeihen. Warum hat sie nicht eher auf ihr Handy geschaut?
Schließlich erklingt die Stimme ihrer Mutter: „Endlich. Was ist los?“
„Das frage ich dich, Mamimaus. Du hörst dich total verschleimt an. Wo bist du überhaupt?“
„Ich liege im Bett. Es hat mich erwischt: Halsschmerzen,

Schnupfen und Fieber. Kam alles ganz plötzlich letzte Nacht."

„Und damit hast du dich zum Café am Chiemsee geschleppt?", hakt Marion fassungslos nach.

„Quatsch. Ich musste das Date natürlich absagen."

Marion fällt ein schwerer Stein vom Herzen. Alle Sorge umsonst, auch die Fahrt zum Chiemsee. „Du glaubst gar nicht, wie froh ich bin."

„Wie? Du freust dich über meinen grippalen Infekt?"

„Nein, überhaupt nicht, aber vielleicht ist deine Erkrankung ein Zeichen von oben, dass du den Mann nicht treffen sollst."

„Papperlapapp. Erzähl du mir lieber mal, warum du nicht an dein Handy gegangen bist", verlangt Annabelle zu wissen und schnieft.

„Ich habe es dummerweise auf lautlos gestellt. Entschuldige. Ich komme sofort bei dir vorbei und versorge dich."

„Bitte bringe mir einige Sachen aus der Apotheke mit. Wenn du dich beeilst, hat sie noch geöffnet." Anschließend nennt Annabelle Marion die entsprechenden Medikamente.

„Ich mache mich direkt auf die Socken", verspricht Marion. Gerade, als sie das Gespräch beendet hat, kehrt Tom zurück. „Ich fahre morgen mit meinem Vater Ski. Wir mussten kurz etwas bereden. Ich hoffe, du hast dich nicht gelangweilt."

„Nein, ich habe mit meiner Mutter telefoniert und muss sofort in die Apotheke."

„Ist etwas passiert?"

„Sie ist krank geworden. Daher fiel ihr Date ins Wasser. Da ich mein Handy auf lautlos stehen hatte, konnte sie mich den ganzen Nachmittag über nicht erreichen."

„Ach, du meine Güte."

„Es tut mir leid, dass wir vergeblich an den Chiemsee gefahren sind und du deine Zeit verplempert hast."

„So sehe ich das nicht. Jede Minute, die ich mit dir verbringe, ist niemals verschwendet. Schade nur, dass du

mich so schnell verlässt. Ich habe noch eine gute Flasche Wein im Keller."
„Die trinken wir ein anderes Mal", zieht sich Marion aus der Affäre, obwohl sie ihr Versprechen nicht ernst meint.
„Ich nehme dich beim Wort. Gleich am Sonntag? Morgen bist du ja bereits beschäftigt." Tom fasst sich an die Stirn. „Wobei dich deine Mutter gar nicht auf die Fraueninsel begleiten kann, wenn sie krank ist. Soll ich meinem Vater absagen und einspringen?"
Das hat Marion noch gefehlt. „Auf keinen Fall. Dein Vater freut sich bestimmt auf euren Ausflug. Ich versuche, das Dinner auf einen anderen Tag zu verschieben." Dabei weiß sie genau, dass das nicht geht.
Als Tom ihr im Flur in den Mantel hilft, kommt er ihrem Gesicht sehr nahe. Ehe Marion es verhindern kann, haucht er ihr einen Kuss auf den Mund. Erschrocken weicht sie zurück. „Bitte lass das", fordert sie vehement und stößt Tom von sich, der sein Gesicht verzieht.
„Entschuldige. Ich wusste nicht, dass ich dir anscheinend zuwider bin."
„Das bist du nicht, aber wir sind Geschäftspartner und sollten die Grenze nicht überschreiten."
„Ich dachte, wir sind auch Freunde. Habe ich mich da gründlich getäuscht?" Starr heftet Tom seinen Blick auf Marion.
„Können wir das ein anderes Mal besprechen? Die Apotheke schließt gleich."
Zum Glück lenkt Tom ein: „Natürlich. Bitte schreib mir, wie es deiner Mutter geht. Bestell ihr gute Besserung von mir."
„Danke, das mache ich." Marion flüchtet erleichtert aus der Höhle des Löwen in dem Bewusstsein, heute die Beziehung zwischen sich und Tom verschlimmert, statt endlich geklärt zu haben.

KAPITEL 9

Marion findet ihre Mutter in einem bedauernswerten Zustand vor. Fiebrig glänzende Augen blicken ihr entgegen, und Berge von verbrauchten Taschentüchern auf dem Boden verstreut zeugen von einer massiven Erkältung.
Sogleich verabreicht sie ihr die besorgten Medikamente und brüht ihr einen Apfelminzetee auf, den sie als Aufgussbeutel in der Apotheke erhalten hat. Was Milan und seiner Familie geholfen hat, nutzt bestimmt auch Annabelle.
„Wo hast du dir den Infekt bloß eingefangen?“, rätselt Marion. „Bei der Tafel?“
Annabelle verneint. „Ich hatte diese Woche gar keinen Dienst dort. Viren schwirren überall in der Luft. Ich kann mich beim Einkaufen angesteckt haben.“
„Wie dem auch sein, ich bleibe heute Nacht hier und passe auf dich auf.“
„Das ist total lieb von dir. Was ist mit dem Dinner morgen Abend?“, will Annabelle wissen.
„Ich lasse es ausfallen, denn verschieben kann man es nicht.“
„Och, das wäre zu schade. Magst du Tom nicht fragen, ob er dich begleitet?“
„Der fährt mit seinem Vater Ski.“
„Wenn er früh genug von der Piste zurück ist, klappt es vielleicht.“ Annabelle bleibt hartnäckig.
„Du weißt genau, wie vollgestopft die Straßen aus den Skigebieten sind. Ich habe keine Lust, auf glühenden Kohlen auf Tom zu warten. Im Winter pendeln die Schiffe außerdem nur eingeschränkt zwischen Festland und

Fraueninsel."
Annabelle schnäuzt sich in ein neues Taschentuch, bevor sie einen weiteren Vorschlag unterbreitet: „Soll ich Gerti oder Johanna fragen, ob eine von den beiden Zeit hat?"
Marion lacht. „Das ist nicht dein Ernst, oder?"
„Warum nicht? Eine kommt bestimmt mit."
„Untersteh dich. Ich mag deine Freundinnen, stelle mir aber ein romantisches Adventsdinner in anderer Begleitung vor. Wenn ich es nicht mit dir genießen kann, verzichte ich lieber."
Annabelle schmollt. „War bloß eine Idee."
Eilig lenkt Marion ein: „Du meinst es gut, aber bitte akzeptiere meinen Entschluss." Sie setzt sich mit etwas Abstand auf die Bettkante ihrer Mutter. „Hast du heute überhaupt schon etwas gegessen?"
„Nein. Das Schlucken tut so weh, als hätte sich ein Haufen Reißnägel in meinem Hals festgesetzt."
„Ich koche dir eine Nudelsuppe, wie du es früher für mich getan hast. Wenn du nichts isst, kommst du nicht zu Kräften."
„Aber ..."
„Nichts aber. Keine Widerrede." Mit Schwung springt Marion auf, sammelt zunächst mit ihren Fingerspitzen alle gebrauchten Taschentücher vom Boden auf und entsorgt sie in der Toilette. Danach sucht sie im Küchenschrank nach den Zutaten für die Suppe, für die sie Brühe und kleine Nudeln benötigt. Beides findet sie bei den Vorräten.
Ihr Smartphone in der Hosentasche kündigt durch Brummen eine Nachricht an, als sie das Wasser gerade zum Kochen anstellt. Marions Neugierde siegt. Auf dem Display liest sie Toms Namen. Oh je, sie hat ihr Versprechen nicht eingehalten, ihn über den Zustand ihrer Mutter zu informieren. Das holt sie umgehend nach:

Annabelle hat einen grippalen Infekt. Nichts Bedrohliches. Ich übernachte bei ihr und kümmere mich um sie. Danke nochmals für Deine Unterstützung und entschuldige bitte mein Verhalten beim

Abschied. Ich musste mich wegen der Apotheke beeilen und war deswegen barsch zu Dir. Das tut mir im Nachhinein echt leid. Viel Spaß beim Skifahren. Wir sehen uns Montag im Büro.

Gruß, Marion

Die Zuckerbrot-und-Peitsche-Taktik, die Marion bei Tom anwendet, ist kontraproduktiv. Auf diese Weise löst sie ihr Problem mit ihm auf Dauer nicht. Das Hamsterrad dreht sich weiter.
Marion trägt die Suppe auf einem Tablett ins Schlafzimmer zu Annabelle.
Vorsichtig und langsam schlürft ihre Mutter die Flüssigkeit Löffel für Löffel, bis der Teller leer ist. „Danke, mein Kind. Ich habe zwar gar keinen Geschmack, aber die Suppe tat gut." Sichtlich erschöpft sinkt Annabelle in ihr Kissen zurück. „Ich bin froh, dass du hier schläfst. Das gibt mir ein behütetes Gefühl. Du hast dir deinen Feierabend bestimmt anders vorgestellt."
„Kein Problem. Ich hatte nichts Besonderes vor und passe gerne auf dich auf."
Annabelle ringt sich ein Lächeln ab. „Du bist das Beste, was ich jäh zustandegebracht habe. Ohne dich wäre mein Leben leer und einsam."
Bevor die Stimmung komplett ins Rührselige kippt, fragt Marion: „Brauchst du noch etwas?" Sie möchte durch ihr banales Angebot verhindern, dass ihre Mutter gleich in Tränen ausbricht und ihr Witwendasein beklagt. Das wäre ihrer Genesung nicht zuträglich.
„Tabletten habe ich genommen und werde nun schlafen. Mach du es dir gemütlich. Eine Flasche Glühwein vom Gala-Abend findest du im Kühlschrank. Wo die Keksdosen stehen, weißt du." Annabelle kann nicht ahnen, dass Marion sich den Bauch bereits mit Bienenstich bei Tom vollgeschlagen hat.
„Okay, schlaf schön, Mamimaus. Wenn du mich brauchst, schrei nach mir. Ich lasse deine und meine Tür offen."

„Danke, meine Liebe. Schlaf du auch gut."
Beim Hinausgehen löscht Marion das Licht und erhitzt danach den Glühwein in einem Topf. Allen bereits vertilgten Kalorien zum Trotz schnappt sie sich die Plätzchendose und kuschelt sich mit ihnen und dem Getränk auf dem Sofa in eine Decke. Zum Ausklang des aufregenden Tages hilft nur ein Liebesfilm.
Glücklicherweise besitzt Annabelle ein entsprechendes Abo, sodass Marion diesbezüglich auf ihre Kosten kommt. *Die Hochzeit meines besten Freundes* mit Julia Roberts in der Hauptrolle hat sie zwar schon ein gutes Dutzend Mal gesehen, aber der Film begeistert sie immer wieder aufs Neue. Liegt der Grund etwa darin, dass sie ihr eigenes Verhältnis zu Tom mit der Handlung assoziiert? Ein Psychologe könnte ihr darauf vielleicht eine Antwort geben. Wenn Marion ehrlich zu sich ist, handelt es sich bei Tom um eine Art besten Freund. Das hat er heute erneut bewiesen. Wer sonst wäre spontan mit ihr an den Chiemsee gefahren, um ihre Mutter möglicherweise aus den Fängen eines Betrügers zu befreien? Für solch eine Aktion fällt ihr nur Caren ein. Die Freundin hat Marion in der vergangenen Woche sträflich vernachlässigt und sich nicht einmal erkundigt, ob sie in irgendeiner Form ihre Hilfe benötigt. Allerdings wird bestimmt Igor für sie einkaufen oder Caren zum Arzt fahren. Trotzdem regt sich Marions schlechtes Gewissen. Wenigstens ist sie als Reporterin für die Freundin eingesprungen.
Nach dem Film schreibt Marion eine Nachricht an Caren:

Ich bin eine treulose Tomate. Bitte entschuldige, dass ich mich in den vergangenen Tagen nicht gemeldet habe. Ich gelobe Besserung. Wie geht es Dir? Kann ich etwas für Dich tun oder liest Igor Dir jeden Wunsch von den Augen ab? Melde Dich bitte, wenn Du meine Hilfe trotzdem benötigst.

Eine gute Nacht,
Deine Marion

Nach dem Abschicken der Zeilen fühlt sich Marion erleichtert. Nichts liegt ihr ferner, als ihre Freundin zu enttäuschen oder im Stich zu lassen. Seit Ewigkeiten gehen sie gemeinsam durch dick und dünn. Trösten bei Liebeskummer inbegriffen. All das, was Marion nicht mit ihrer Mutter bereden möchte, landet in Carens Ohr und umgekehrt. Es gibt niemanden, der so viel über Marions Liebesleben weiß wie ihre Busenfreundin.

Eine Antwort auf ihre Mitteilung erhält sie wohl vorläufig nicht. Wahrscheinlich schläft Caren längst in den Armen von Igor, der sich heimlich, still und leise nicht nur in ihr Herz, sondern auch in ihre Wohnung geschlichen hat. Igor ist nämlich arbeitslos, was er zunächst verschwiegen hatte. Als er wegen angeblichen Eigenbedarfs aus seinen vier Wänden geflogen war, kroch er bei Caren unter, die ihm blind vor Liebe seitdem Asyl gewährt.

So ganz blickt Marion nicht hinter Igors Fassade. Was genau er gearbeitet hat, weiß nicht einmal Caren, die ihm einfach vertraut. Ihre sonstige Schnüffelnase als Reporterin bleibt offenbar eingemottet. Einen Vorteil hat Igors Arbeitslosigkeit allerdings: Er hat genügend Zeit für Caren und den Haushalt. Auf diese Weise kann er sich wenigstens für seine kostenlose Unterkunft revanchieren.

Während des zweiten Liebesfilms, den Marion eingeschaltet hat, fallen ihr immer wieder die Augenlider zu, bis sie sich entschließt, lieber das Bett aufzusuchen.

Wie ihrer Mutter versprochen, lässt sie ihre Tür geöffnet, so wie Annabelle es früher für sie getan hat. Marion litt als Kind eine Zeitlang unter einer Albtraumphase. Sie stand in einer wiederkehrenden Szene an einem Abgrund, wurde von einer Gestalt geschubst und fiel in die Tiefe. Kurz vor dem Aufprall auf einem Felsen erwachte Marion plötzlich schweißgebadet und schrie nach ihrer Mutter, die sofort ins Zimmer eilte und sie beruhigte. Manchmal war Marion so aufgeregt, dass sich Annabelle für den Rest der Nacht zu ihr legte. Zum Glück hörten die Träume eines Tages auf. Woher und warum sie kamen, ist Marion bis heute ein

Rätsel. Es fehlte der Zusammenhang zu etwas Erlebtem, das Rückschlüsse auf ihre Träume hätte geben können.
Der Glühwein zeigt seine Wirkung, indem Marion einschläft, kaum, dass sie sich die Decke in ihrem Himmelbett bis ans Kinn gezogen hat.

♥♥♥

Als Marion am nächsten Morgen aufwacht, ist es draußen bereits hell. Leise schleicht sie sich zum Schlafzimmer ihrer Mutter, aus dem ein Schnarchgeräusch dringt. Folglich bleibt Marion Zeit, sich zu duschen und das Frühstück zuzubereiten.
Annabelle besitzt eine Regenwalddusche. Marion benutzt diese Überkopfdusche jedes Mal, wenn sie im Elternhaus übernachtet. Es lohnt sich nicht, in ihrer eigenen Mietwohnung eine zu installieren, da dieses Schauervergnügen nicht billig ist. Deshalb genießt Marion es jetzt umso länger. Immer wieder wandert ihre Hand zum Hahn, um das Wasser abzuschalten, um es wieder aufzuschieben. Es ist so schön behaglich unter der Brause. Wahrscheinlich wartet Annabelle längst auf ihren Tee. Schweren Herzens trocknet sich Marion schließlich mit einem vorgewärmten Handtuch ab und kleidet sich an.
Als sie an Annabelles Tür lauscht, scheint diese es zu bemerken.
„Marion? Bist du das?“
„Guten Morgen, Mamimaus. Wie hast du geschlafen? Geht es dir besser?“
„Ja, ich fühle mich tatsächlich wohler, und das Fieber scheint auch gesunken zu sein.“
„Das sind ja gute Nachrichten. Ich koche uns einen Tee. Was möchtest du essen?“
„Bitte nichts Kratziges für meinen Hals.“
„Wie wäre es mit einem Rührei? Das ist weich und leicht zu schlucken“, schlägt Marion vor.

„Wenn es dir nicht zu lästig ist, gerne.“
„Quatsch. Das ist ruckzuck in der Pfanne fertig. Schaffst du es an den Tisch, oder soll ich es dir am Bett servieren?“
„Ich schaffe es aufzustehen“, verkündet Annabelle. „Bitte reiche mir meinen Morgenmantel dort drüben auf dem Stuhl.“
Marion hilft ihrer Mutter beim Anziehen.
„Ich putze mir die Zähne und komme dann in die Küche.“
Währenddessen verquirlt Marion die Eier mit einer Prise Salz, Muskatnuss und Pfeffer. Mit kleingehackter, frischer Petersilie aus dem Topf landet das Gemisch in der Pfanne.
Später lobt Annabelle Marions Rühreier. „Du darfst sie jetzt immer machen. Echt lecker gewürzt.“
„Schmeichlerin. Schließlich habe ich dir alles abgeschaut.“
Da es ihrer Mutter offensichtlich besser geht, wagt Marion einen Vorstoß: „Wie bist du mit deinem Date verblieben? Hast du mit Michael etwas Neues vereinbart?“
Annabelle nippt an ihrem Apfelminzetee. „Erst einmal nicht. Ich habe ja keine Ahnung, wie lange meine Erkältung dauert. Also habe ich ihn vertröstet.“
Damit gibt sich Marion nicht zufrieden: „Das heißt, du bleibst mit ihm in Kontakt?“
„Ja, warum nicht? Er hat mir sehr nett geschrieben und mir sogar seine Hilfe angeboten, wenn ich jemanden zum Einkaufen brauche.“
„Ach, nee. Da wollte er dir wohl geschickt deine Adresse aus den Rippen leiern. Wie hast du darauf reagiert?“
„Musst du immer gleich an das Schlechte im Menschen denken?“, braust Annabelle mit krächzender Stimme auf. „Ich glaube an das Gute. Warum sollte mir Michael Böses wollen? Ich bin weder reich noch berühmt.“
Marion widerspricht: „Du hast ein Haus und eine beachtliche Rente. Bist also für einen Heiratsschwindler durchaus eine lukrative Partie.“
„Er weiß gar nichts über meine Verhältnisse. Was du immer mit deinem Heiratsschwindler bezweckst. Gönnst du mir keine neuen Kontakte?“

„Natürlich. Im Gegenteil. Ich wünsche mir allerdings, dass du diese nicht unbedingt über eine Plattform kennenlernst.“
Annabelle stöhnt auf. „Lassen wir dieses Thema lieber. Wir drehen uns damit im Kreis. Überleg stattdessen, wen du heute Abend mit auf die Fraueninsel nehmen könntest, oder hast du der Insellaube das Essen schon abgesagt?“
„Nein, noch nicht. Ich habe mich entschlossen, allein hinzufahren, falls du eine Weile ohne mich auskommst.“
Erstaunt schaut Annabelle Marion an. „Klar, es geht mir ja wieder halbwegs gut. Es wäre nur lieb, wenn du für mich einkaufen würdest. Dazu bin ich zu schlapp.“
„Kein Problem. Ich erledige das gleich. Leg du dich hin. Soll ich dir eine Zeitschrift mitbringen?“
„Ja, warte, wenn du mir einen Zettel mit Stift gibst, schreibe ich alles auf.“
Gesagt, getan. Eine halbe Stunde später macht sich Marion auf den Weg zum Supermarkt. Warum soll sie sich ihren Gewinn nicht allein gönnen, statt ihn verfallen zu lassen? Ein Bummel über den idyllischen Weihnachtsmarkt auf der Fraueninsel mit dem anschließenden Dinner wird sie für ihre entbehrungsreiche Woche entschädigen. Vielleicht findet sie sogar Weihnachtsgeschenke für ihre Mutter und Caren. Milan und Tom erhalten ebenfalls eine Kleinigkeit von ihr als Anerkennung für die harmonische Zusammenarbeit.
Von der Vorfreude auf den Ausflug angetrieben, erledigt Marion die Einkäufe im Eiltempo. Bevor sie zum Chiemsee aufbricht, muss sie sich in ihrer Wohnung passend umziehen.

KAPITEL 10

Um den Weihnachtsmarkt vor dem Adventsessen ausgiebig zu bestaunen, bricht Marion bereits am Nachmittag nach Gstadt am Chiemsee auf. Aus dem Netz hat sie sich die Abfahrtszeiten der Schiffe gemerkt. Es wäre unangenehm, eins zu verpassen und in der Kälte auf die nächste Gelegenheit warten zu müssen. Zum Glück verkehren die Boote an den Adventswochenenden öfter zur Insel und zurück als sonst im Winter. Der Markt ist nämlich ein Touristenmagnet und über die Grenzen des Chiemgaus hinaus beliebt. Das macht sich auch bei der Parkplatzsuche in Gstadt bemerkbar. Obwohl der Schnee rieselt und die Sicht auf den See getrübt ist, findet Marion erst nach längerem Herumkurven endlich eine Lücke, aus der gerade ein SUV herausfährt.

Zum Glück trägt sie Stiefel und wintertaugliche Klamotten. Vorausschauend hat Marion sogar ihre wasserabweisende Skijacke übergestülpt.

Am Anleger empfängt sie eine lange Schlange, in die sie sich nach dem Ticketkauf einreiht.

Kinder schreien, Leute drängeln sich an Marion vorbei, um wahrscheinlich einen warmen Platz im Schiffskörper zu ergattern. Sie nimmt es mit Gelassenheit hin. Die Überfahrt dauert lediglich zehn Minuten. Notfalls übersteht Marion sie in einem geschützten Eck auf Deck. Auf das Gedränge im Innenbereich verspürt sie ohnehin keine Lust.

Endlich tauchen schemenhaft die Lichter des Bootes in der Ferne auf. Beim Näherkommen handelt es sich nicht nur um Positionslampen, sondern das Schiff ist mit bunten Girlanden geschmückt, was wohl die Vorfreude auf den

Weihnachtsmarktbesuch einleiten soll.
Wie erhofft, ist die geschützte Ecke an Deck frei, weil sich die Massen zunächst in den Innenraum stürzen. Erst nach und nach gesellen sich Passagiere zu Marion, die offensichtlich keinen Platz mehr im Warmen gefunden haben.
Auf dem Wasser fühlt sich die Temperatur durch den Fahrtwind kälter an. Automatisch zieht sich Marion die Kapuze über ihre Mütze und den Schal bis kurz unter die Nase. Trotzdem klappern ihre Zähne. Dicke Schneeflocken klatschen Marion mitten ins Gesicht. Wie schade, dass ausgerechnet jetzt eine Wetterverschlechterung eintritt. Ihren Ausflug hat sich Marion anders ausgemalt. Allerdings entpuppen sich der unangenehme Wind und der Schneefall wenig später als Vorteil.
Nachdem das Schiff alle Insassen ausgespuckt hat, strömen die Menschen nämlich schnurstracks in die nahegelegenen Lokale, um wohl erst einmal aufzutauen.
Dagegen steuert Marion die am Ufer aufgestellten Weihnachtsstände an. Ohne Gedränge betrachtet sie die Auslagen. Ihren Warengutschein löst sie bei einem regionalen Anbieter von Honig und Marmelade ein. Die anderen Aussteller präsentieren hauptsächlich ihr Kunsthandwerk. Gestricktes, Geknüpftes oder Geschnitztes begeistern Marion gleichermaßen. Da fällt ihr die Auswahl für Geschenke gar nicht so leicht.
„Suchst du etwas für mich?“, ertönt plötzlich eine Stimme hinter ihr, als Marion gerade eine geklöppelte Tischdecke für Annabelle begutachtet.
Überrascht dreht sie sich um und entdeckt einen Mann, der sich genau wie sie dick eingemummelt hat.
„Roberto?“
Er lacht. „Schön, dass du mich trotz meiner Winterverkleidung erkennst.“
In der Tat gelingt es Marion allein wegen seiner markanten Augen, die über seinem Schal belustigt blitzen.
„Was tust du denn hier?“, fragt sie sinnloserweise aus

Verlegenheit.
„Was alle Besucher auf einem Weihnachtsmarkt tun. Sich hübsche Sachen anschauen."
„Bist du allein?", hakt Marion nach, indem sie den Blick hinter Roberto schweifen lässt, aber weit und breit außer einer Familie am gegenüberliegenden Stand niemanden sieht.
„Wen sollte ich bei mir haben?"
„Wollen Sie die Decke nun oder nicht?", mischt sich die Verkäuferin mit Ungeduld im Tonfall in Robertos und Marions Geplänkel.
„Ja, bitte packen Sie sie mir ein." Nachdem Marion gezahlt und die Tüte ergriffen hat, schlägt Roberto vor: „Darf ich dich zu einem Glühwein dort drüben an der Bude einladen?"
„Meinetwegen, aber ich nehme lieber einen alkoholfreien Punsch. Schließlich bin ich mit dem Auto unterwegs."
Praktischerweise verfügt der Getränkeausschank über ein Vordach und einen Wärmepilz, sodass der inzwischen pfeifende Wind weitestgehend abgefangen wird.
Als sie mit ihren Bechern anstoßen, wiederholt Marion ihre Frage: „Was machst du hier?" Sie glaubt nicht wirklich an einen Zufall.
„Hm ... versprich mir vorher, dass du nicht ausrastest."
Marion versteht nur Bahnhof. „Wieso? Ich kann dir nicht verbieten, einen Weihnachtsmarkt zu besuchen." Allmählich dämmert es ihr. „Du weißt, dass ich heute meinen Gewinn einlöse. Hat es damit zu tun? Spionierst du mir nach?"
„Nicht direkt."
„Und indirekt?" Marions Geduld wird auf die Probe gestellt.
„Annabelle hat mich angerufen", presst Roberto hervor.
„Was hat meine Mutter damit zu tun?"
„Sie schickt mich als Begleiter für das Dinner, weil sie es nicht mit dir wahrnehmen kann. Es tat ihr so leid, dass das zweite Essen sonst verfällt."

Marion weiß in dem Moment nicht, ob sie lachen oder weinen soll. Ihre Mutter hätte das vorher mit ihr abklären müssen. Hinter ihrem Rücken einfach Roberto zu engagieren, geht gar nicht. Dementsprechend reagiert Marion: „Du gehorchst einer fremden Frau und nimmst in Kauf, dass ich davon nicht begeistert bin?“
Er schmunzelt. „Eine Strafe ist Annabelles Bitte erstens nicht, und zweitens hatte ich bei unserer letzten Begegnung nicht den Eindruck, dir gänzlich unsympathisch zu sein. Außerdem statte ich tatsächlich jedes Jahr dem Inselweihnachtsmarkt einen Besuch ab. Warum nicht dieses Wochenende?“
Noch zeigt sich Marion nicht einsichtig. „Hast du nicht in der Adventszeit Hochbetrieb in deiner Gärtnerei? Wer springt da für dich ein?“ Ihre Frage zielt darauf ab, dass Roberto endlich seine Frau Eva ins Spiel bringt.
Indes tut er ihr den Gefallen nicht. „Ich leiste mir den Luxus, samstags um 14 Uhr zu schließen. Kräuter muss niemand unbedingt danach kaufen.“ Erwartungsvoll schaut Roberto Marion an. „Soll ich das nächste Schiff besteigen und zurückfahren?“
Einen Moment zögert Marion. Im Grunde kann sie der Gesellschaft von Roberto nicht widerstehen. Außerdem erscheint es ihr wenig prickelnd, das Menü allein am Tisch zu verspeisen. Wenn es kein Gewinn wäre, würde sie darauf verzichten. Sie spürt bereits die mitleidigen Blicke auf sich gerichtet, die andere Gäste ihr möglicherweise als Single zuwerfen. Deshalb nimmt Marion normalerweise ein Buch oder eine Zeitschrift mit, wenn sie irgendwo allein ins Café oder ein Restaurant geht. Dann bemerkt sie nicht, ob sie unter Beobachtung steht. Deshalb wiegelt sie ab: „Wenn du extra hierhergekommen bist und meine Mutter dich als ihren Ersatz auserkoren hat, gehen wir eben zusammen zur Insellaube. Es wird auch allmählich Zeit, denn den Tisch habe ich in zehn Minuten reserviert.“
„Danke, es ist mir ein Vergnügen, dich zu begleiten.“ Roberto zwinkert Marion übermütig zu.

Auf dem Weg zum Restaurant bläst ihnen der Sturm die Schneeflocken ins Gesicht. Innerhalb kurzer Zeit haben sich die Wege unter der weißen Pracht komplett versteckt. Gut, dass Marion die Insel in- und auswendig kennt. Sie hakt sich bei Roberto unter, was ihr ein seltsames Gefühl beschert. Es wirkt vertraut und selbstverständlich. Insgeheim ist sie Annabelle plötzlich dankbar, die Initiative ergriffen zu haben. Marion hätte sich niemals getraut, Roberto um seine Gesellschaft zu bitten.
Bereits an der Tür der Insellaube hören sie Stimmen und Musik nach draußen dringen. Die Gaststube präsentiert sich überfüllt. Dieser Umstand ist wahrscheinlich dem schlechten Wetter geschuldet, und viele Weihnachtsmarktbesucher sind mit ihren Kindern vor der Kälte und dem Sturm ins Warme geflüchtet.
Mehrere Kellner jonglieren mit ihren Tabletts durch die Reihen und schenken Marion und Roberto keine Beachtung.
„Ich frage an der Theke nach, wo wir sitzen“, beschließt Marion.
Roberto folgt ihr.
Eine Angestellte zapft ein Bier nach dem anderen, als Marion ihr Anliegen vorträgt.
„Einen Moment bitte. Heute ist hier die Hölle los. Wir sind mit dem Personal auf solch einen Ansturm nicht vorbereitet gewesen.“ Endlich findet die Frau Zeit, sich ihnen zu widmen. „Auf welchen Namen haben Sie reserviert?“
Marion nennt ihn.
„Ah, ja, Tisch Nr. 27.“ Sie zeigt auf die Tür eines Nebenraumes.
Mit Erleichterung stellt Marion fest, dass es in dieser Stube weitaus geräuschloser zugeht. Alle Tische sind mit einem Adventskranz bestückt. An den Wänden hängen mehrere Tannengirlanden mit bunten Kugeln, und auf den Fensterbänken schauen Engel, Weihnachtsmänner und Rentiere den Gästen beim Essen und Plaudern zu.

Windlichter in den Nischen sorgen für eine romantische Atmosphäre.
„Wirklich hübsch dekoriert“, lobt Roberto anerkennend, während er Marion aus der Jacke hilft und sich selbst aus seiner schält.
Zu Marions Überraschung trägt Roberto seinen Rentierpullover, der ihr sofort ein Grinsen entlockt. „Ich habe unser Zwillingsmerkmal im Schrank gelassen.“
„Schade. Seit ich weiß, dass du den Gleichen hast, mag ich ihn viel lieber.“
Flirtet Roberto wieder mit ihr? Manchmal zweifelt Marion, ob er sich nicht eher über sie lustig macht.
Ihr Tisch befindet sich in einer lauschigen Ecke durch eine Trennwand vom nächsten abgeschirmt.
Ganz gentlemanlike überlässt Roberto ihr die Wahl des Sitzplatzes, die auf die Bank mit den vielen Kissen fällt. Die Bezüge beinhalten weihnachtliche Motive. Jedes Detail ist liebevoll gestaltet. In diesem Raum fühlt sich Marion sofort wohl, was nicht zuletzt an Robertos Anwesenheit liegt.
Der Kellner nimmt von Marion den Gewinngutschein entgegen. „Herzlichen Glückwunsch. Sie können zwischen drei Menüs wählen. Entweder den Hauptgang mit Fleisch oder Fisch oder vegetarisch. Die Vorspeisen und der Nachtisch sind bei allen identisch.“ Anschließend erklärt er die einzelnen Gerichte mit den Beilagen.
Während Marion sich für die vegetarische Variante entscheidet, wählt Roberto den Fisch. Neben Mineralwasser gönnen sie sich ein Glas Wein. Damit werden sie die Promillegrenze kaum überschreiten.
„Bist du öfter auf der Fraueninsel?“, beginnt Roberto mit Smalltalk und zündet mit einem Feuerzeug, das er aus seiner Hosentasche zaubert, eine Kerze auf dem Adventskranz an.
„Eher im Sommer als im Winter. Ich komme ganz gerne am Abend nach der Arbeit hierher, um den Sonnenuntergang zu genießen, wenn die Tagestouristen

die Insel verlassen haben."
„Allein?"
„Eher nicht."
„Wer begleitet dich?"
„Du bist sehr neugierig", tadelt Marion grinsend und schiebt sich einen Löffel mit Kürbiskernsuppe in den Mund, die der Kellner inzwischen als Vorspeise serviert hat.
„Sagen wir lieber, ich bin an deinem Leben interessiert", kontert Roberto und betupft sich die Lippen mit der Stoffserviette, bevor er am Weinglas nippt.
„Carens Eltern besitzen ein Segelboot, mit dem wir am Wochenende manchmal am Steg der Insellaube anlegen. Oft essen wir hier etwas auf der Panoramaterrasse. In der Dämmerung segeln wir wieder zurück. Aber auch mit meiner Mutter besuche ich die Insel häufig. Sie mag das selbst hergestellte Marzipan der Klosterfrauen so gerne. Ich habe ganz vergessen, ihr welches zu kaufen. Wie dumm von mir."
„Soll ich schnell zum Laden laufen?", bietet Roberto an.
„Mitten im Menü?", vergewissert sich Marion ungläubig.
„Ja, für dich und Annabelle würde ich das tun."
„Das ist wirklich süß von dir, aber das Klostergeschäft hat längst geschlossen." Robertos spontanes Angebot verschafft ihm etliche Pluspunkte bei Marion. Von Minute zu Minute wächst der Drang, mehr über Robertos Familienstand zu erfahren. Beim Dessert, einer Lebkuchenmousse, wagt sie endlich einen Vorstoß: „Was sagt deine Frau dazu, wenn du einfach abhaust, um mit mir den Abend zu verbringen? Ist sie nicht sauer?"
„Pah ... Eva ist völlig egal, was ich tue." Es klingt bitter aus seinem Mund.
„Entschuldige, aber das verstehe ich nicht."
„Eva und ich sind seit einigen Monaten getrennt und bloß noch auf dem Papier verheiratet."
„Oh, das tut mir leid", lügt Marion, denn sie verspürt eine gewisse Erleichterung. Sie lehnt sich weiter aus dem

Fenster: „Wollt ihr euch scheiden lassen?"
„Darauf läuft es wohl hinaus."
Für Marion hört es sich so an, als würde Roberto dies bedauern. Also scheint der Bruch von Eva auszugehen, was sich gleich darauf bestätigt.
„Eva hat sich in einen Kollegen verliebt", rückt Roberto mit der Sprache heraus. „Ich kann nichts dagegen tun. Sie behauptet, buchstäblich beim ersten Aufeinandertreffen mit ihm vom Blitz getroffen worden zu sein."
„Was arbeitet sie denn?" Marion knabbert an dem Schokoladenblatt, das die Mousse verziert.
„Eva ist im Jugendamt tätig. Vor einigen Monaten bekam ihre Abteilung einen neuen Vorgesetzten. Es hat wohl gleich zwischen den beiden gefunkt. Unsere nunmehr drei Jahre andauernde Ehe zählt plötzlich nicht mehr." Er seufzt leise.
Insgeheim ist Marion froh, dass Eva nicht beruflich mit Roberto verbandelt ist. Solche Konstellationen haben sich bei Trennungen in ihrem Freundeskreis als sehr kompliziert entpuppt. Für beide Seiten ist die Geschäftsverbindung nach der Scheidung meistens auf Dauer unerträglich und geht über kurz oder lang den Bach hinunter. Nicht selten wird sie ganz zerschlagen, und beide Parteien stehen vor den Trümmern ihrer Existenz.
Das ist auch für Marion ein entscheidendes Kriterium, nichts mit Tom anzufangen. „Wohnt ihr noch zusammen?"
„Ja. Ich möchte lieber heute als morgen, dass Eva endlich mit Sack und Pack verschwindet, aber sie hat mich angefleht, sie bis nach Neujahr nicht aus meinem Haus zu werfen. Zum Glück gehört es mir allein."
„Warum?"
„Ihr Vater hatte im Sommer einen Herzinfarkt. Eva will ihn deswegen nicht bis nach Weihnachten aufregen. Ihre Eltern besuchen uns immer an den Feiertagen, und ich soll das Spiel auf heile Familie vorgaukeln. Den Heiligabend wird sie jedoch heimlich bei ihrem Geliebten verleben und

mich allein unter dem Weihnachtsbaum sitzen lassen."
„Warum spielst du das Theater mit?"
„Ich tue es meinem Schwiegervater zuliebe. Wir beide mögen uns. Als er noch gesund war, hat er mir öfter im Betrieb geholfen. Er ist leidenschaftlicher Hobbygärtner und besitzt gerade bei Kräutern sehr viel Wissen. Ein weiteres Problem ist die enge Freundschaft zwischen Evas und meinen Eltern. Es wird ihnen das Herz brechen, wenn wir im Januar die Scheidung einreichen."
„Tatsächlich beneide ich dich nicht um diese Situation", beteuert Marion.
„Ich mich auch nicht. Bitte verrate deiner Mutter nichts. Möglicherweise plaudert sie es an Johanna weiter, und damit wüsste es meine ganze Familie."
„Meinetwegen."
„Wie gestaltet sich bei dir das Weihnachtsfest?", lenkt Roberto von seinem Dilemma ab.
„Ich habe nur noch meine Mutter, mit der ich alle Feiertage verlebe. Zur Auflockerung kommen manchmal deine Tante Johanna und Gerti zum Kaffee vorbei, oder ich mache mit Caren einen langen Spaziergang. Nach den Festtagen fahre ich gewöhnlich in die Berge zum Skilaufen. Leider klappt es mit Caren dieses Jahr wohl nicht. Ich glaube kaum, dass sie bis dahin ihr Bein wieder belasten darf."
„Vielleicht bin ich nicht nur ein guter Ersatz als Weihnachtsmann, sondern auch als Begleiter auf der Piste", bietet sich Roberto an.
„Musst du nicht arbeiten?"
„Ich habe qualifizierte Angestellte, die es mir erlauben, zwischendurch mal einen Tag blau zu machen."
„Vielleicht komme ich auf dein Angebot zurück."
„Wieso vielleicht?" Roberto rollt mit seinen Augen. „Glaubst du, ich bin dir skitechnisch nicht ebenbürtig?", neckt er sie.
„Ich treffe ungerne Verabredungen so weit im Voraus", weicht Marion aus. So sehr ihr Roberto gefällt, so

skeptisch ist sie, Pläne mit ihm zu schmieden. Er scheint an seiner Frau nach wie vor zu hängen. Als bloßer Zeitvertreib möchte Marion nicht dienen, um ihn über die Trennung hinwegzutrösten. Hinterher versöhnt sich Roberto wieder mit Eva, und Marion hat umsonst Gefühle in ihn investiert.
Der Kellner tritt plötzlich an ihren Tisch heran: „Darf ich Sie fragen, ob Sie das letzte Schiff ans Festland erwischen müssen?“
Roberto reagiert erstaunt: „Warum wollen Sie das wissen?“
„Weil es in zehn Minuten abfährt.“
„Oh, nein.“ Erschrocken schaut Marion auf ihre Armbanduhr. „Wir haben uns total verquatscht.“
„Der Abend war viel zu kurz“, bedauert Roberto. „Ich könnte stundenlang mit dir reden.“
„Jetzt sollten wir nicht trödeln. Los, wir müssen uns beeilen.“ Schnell legt Marion dem Kellner einen Schein als Trinkgeld auf den Tisch, bevor sie zur Garderobe eilen.
Draußen fegt ein Schneesturm über die Insel.
Marion kann die Hand vor Augen nicht sehen. Hoffentlich schaukelt das Schiff nicht zu stark, denn sie hören bereits die Wellen ans Ufer klatschen, als sie den Anleger erreichen. Eine Traube von Leuten schimpft lautstark.
„Was ist los?“, erkundigt sich Roberto bei einem mutmaßlichen Passagier, der vor ihnen steht.
Marion schwant Übles, denn sie bemerkt das abfahrende Schiff.
„Das letzte Boot ist weg“, klagt der Mann. „Wir haben es verpasst. Es ist überpünktlich abgehauen. Sonst gibt es einen Puffer von einigen Minuten.“
„Was machen wir jetzt?“ Marion schlägt das Elend unter die Augen. „Ich muss zurück zu meiner Mutter.“
Roberto wendet sich Marion zu. „Beruhige dich. Du hast gesagt, dass es Annabelle besser geht. Es bleibt uns nichts anderes übrig, als auf der Insel zu übernachten.“
Robertos Vorschlag stößt bei Marion nicht auf Begeisterung. Das Déjà-vue-Erlebnis in Robertos Hotelzimmer

nach der Charity-Veranstaltung läuft vor ihrem inneren Auge ab. Sie will es auf keinen Fall wiederholen. Trotzdem scheint die Situation ausweglos.
„Wir sollten uns beeilen", flüstert Roberto Marion in diesem Moment zu.
„Womit?"
„Alle, die wie wir das Schiff verpasst haben, werden sich ein Zimmer suchen. Denen müssen wir zuvorkommen."
„Auch das noch."
So schnell die Füße es durch den Tiefschnee schaffen, kehren Roberto und Marion zur Insellaube zurück. Doch sie haben die Rechnung ohne die Adventszeit gemacht. Auch ohne Schneesturm und versäumtem Schiff sind alle Zimmer ausgebucht. „Sie werden auf der ganzen Insel nichts finden", informiert sie die Wirtin.
„Und privat?", bohrt Roberto nach. „Kennen Sie jemanden, der uns bei sich beherbergen würde?"
„Ich habe bereits einige Gäste vermittelt, aber nun ist das Kontingent ausgeschöpft."
„Was ist mit dem Kloster?", mischt sich Marion ein. „Dort gibt es doch auch Zimmer."
„So spät kann ich da nicht mehr anrufen. Nachtruhe ist den Nonnen heilig."
Roberto tippt sich an die Stirn. „Wie sieht es mit einem Wassertaxi aus?"
„Schlecht. Die fahren bei so heiklen Bedingungen nicht mehr. Das können Sie vergessen." Die Wirtin scheint zu überlegen. „Eine Möglichkeit gibt es vielleicht, ans Festland zu gelangen."
„Welche?", fragen Roberto und Marion wie aus einem Mund.
„Mitglieder der Wasserwacht haben hier gegessen und sind vor einigen Minuten aufgebrochen. Die wollen mit ihrem Boot auf jeden Fall zurück nach Gstadt. Vielleicht dürfen Sie mit ihnen fahren."
„Danke für den Tipp." Roberto packt Marion an der Hand und läuft mit ihr zum Steg. Tatsächlich entdecken sie

Lichter eines Bootes. Ist es etwa schon gestartet? Keuchend erreichen sie den Anlegeplatz.
Ein Mann löst gerade die Leine vom Poller.
„Halt“, schreit Roberto. „Nehmen Sie uns bitte mit? Wir sind obdachlos. Kein Schiff, kein Zimmer.“
Der Typ mustert Marion von oben bis unten, die extra eine besonders ängstliche Miene aufsetzt. Er nickt schließlich. Offensichtlich hat er Mitleid mit ihr. „Okay, aber auf eure eigene Verantwortung. Der See ist aufgewühlt, und unser Kahn wird mächtig schaukeln.“
Allein auf das Boot zu gelangen, erfordert eine akrobatische Meisterleistung. Fast wäre Marion ausgerutscht und im Wasser gelandet, wenn Roberto sie nicht im letzten Augenblick festgehalten hätte.
Leichenblass streift sich Marion die Rettungsweste über, die ihr jemand von der Crew gereicht hat. Gar nicht so einfach, sie über der dicken Skijacke zu schließen. So sperrig muss es sich in einer Ritterrüstung anfühlen.
Roberto und Marion folgen der Anweisung des Steuermanns, sich in die Kajüte zu begeben. Eng an Roberto geklammert, versucht Marion, das Essen im Magen zu behalten. Achterbahnfahrten sind Peanuts gegen die Berg- und Talbewegungen auf den Wellen.
„Denk an etwas Schönes“, regt Roberto an, der offenbar ihren desolaten Zustand bemerkt.
Glücklicherweise ist die Entfernung von der Insel zum Festland nicht allzu groß.
Auf wackeligen Beinen bedankt sich Marion bei der Crew, als das Boot vertäut ist.
„Kein Problem. Wir sind eben immer zur Rettung Schiffbrüchiger oder Gestrandeter im Dienst“, versichert der Steuermann grinsend. „Kommt gut nach Hause und eine schöne Adventszeit weiterhin.“
Leichter gesagt, als in die Tat umgesetzt. Innerhalb der vergangenen Stunden ist die Schneedecke mächtig angewachsen. Räumfahrzeuge? Fehlanzeige.
„Wo hast du dein Auto geparkt?“, erkundigt sich Roberto.

„Auf dem großen Platz weiter oben."
„Ich auch. Wahrscheinlich müssen wir unsere Wagen erst einmal vom Schnee befreien."
Marion hat Mühe, mit Roberto Schritt zu halten. Tränen schießen ihr nicht nur vor Kälte in die Augen, sondern vor allem vor Erschöpfung. Das Schaukeln im Boot hat ihr den Magen umgedreht. Ihr ist speiübel. Sie sieht sich nicht in der Lage, ihr Auto nach Hause zu steuern. „Halt, warte bitte, Roberto", schreit Marion hinter ihm her.
Er bleibt sofort stehen. „Sind wir schon an deinem Auto vorbei?"
„Nein, aber ich schaffe das Fahren nicht. Mir ist schlecht."
Roberto kommt auf sie zu und nimmt sie wie ein kleines Kind in die Arme. „Wir holen dein Auto morgen ab, und ich bringe dich mit meinem nach Hause oder zu deiner Mutter. Wohin du willst."
„Danke", haucht Marion erleichtert. „Zu meiner Mutter bitte."
Nachdem Roberto allein den Schnee von seinem Wagen geräumt hat, benötigen sie für die Strecke nach Kutterwald eine Stunde länger als sonst, da nur Schritttempo möglich ist. Ohne Navi wären sie aufgeschmissen, da die Sicht durch die Windschutzscheibe miserabel ist.
Marion merkt Roberto die Anspannung an, obwohl er so tut, als hätte er alles im Griff. Vermutlich will er ihr keine Angst einjagen. Das rechnet sie ihm hoch an. Sie hat genug damit zu tun, ihren Magen unter Kontrolle zu behalten.
Endlich stoppt Roberto vor Annabelles Haus.
Es brennt Licht aus ihrem Schlafzimmer.
Da Marion ihre Mutter über die Lage per Smartphone benachrichtigt hatte, ist sie wohl wach geblieben und wartet auf sie.
Der Abschied von Roberto fällt kurz aus. „Danke für alles. Es tut mir leid, dass der Abend so chaotisch endet", bedauert Marion.
„Das ist nicht deine Schuld. Ich hätte die Uhr genauso wie du im Blick behalten sollen, und Frau Holle war heute

einfach zu übereifrig. Ruf mich morgen an, wenn ich dich nach Gstadt bringen soll, um dein Auto abzuholen."
„Nicht nötig. Ich nehme mir ein Taxi."
„Weißt du, wie teuer das ist? Rausgeschmissenes Geld. Ich komme. Keine Widerrede."
„Also schön. Ich melde mich. Sei vorsichtig auf deinem Heimweg."
„Keine Sorge. Es ist ja nicht mehr so weit."
Marion schaut Roberto hinterher. Ihr Winken sieht er wahrscheinlich durch das Schneetreiben nicht mehr.
Annabelle ruft gleich vom oberen Stock hinunter, kaum, dass Marion das Haus betreten hat. „Bist du okay, mein Kind?"
„Ja, ich komme gleich hoch." Zunächst entledigt sich Marion ihrer nassen Klamotten.
„Wie schaust du denn aus?", stellt Annabelle einige Minuten später entsetzt fest. „Was ist alles passiert?"
In groben Zügen schildert Marion die Ereignisse. Sie ist nicht einmal mehr in der Lage, Annabelle wegen ihrer Eigenmächtigkeit hinsichtlich Roberto Vorwürfe zu machen. „Bitte sei mir nicht böse. Ich bin hundemüde. Morgen erzähle ich dir die Details. Geht es dir soweit gut?"
„Ja, ich habe viel geschlafen und den Wundertee aus der Thermoskanne getrunken, den du mir heute Morgen aufgebrüht hattest."
„Da bin ich froh. Schlaf gut, Mamimaus."
„Du auch. Erhol dich von allem."
Marion schafft es gerade, sich bis auf die Unterwäsche auszuziehen und plumpst ohne Nachthemd und Zähneputzen ins Himmelbett. Obwohl ihr die Augen fast zufallen, siegt die Neugier, ihr Handy zu inspizieren. Hat Roberto eine Nachricht geschickt?
Marion wird nicht enttäuscht:

Hallo Reporterin,
eben bin ich ohne weitere Probleme zuhause eingetroffen. Nur den

Hauseingang musste ich zunächst freischaufeln. Unglaublich, wie viel Schnee sich dort in den vergangenen Stunden aufgetürmt hatte. Trotz aller Widrigkeiten habe ich die Zeit mit Dir sehr genossen. Das will ich Dir unbedingt noch mit auf den Weg ins Traumland geben. Ich hoffe, Du bist nicht sauer auf Annabelle, mich auf die Fraueninsel entsendet zu haben. Geht es ihr gut?

Bis morgen,
Dein Weihnachtsmann

Marion müsste sich selbst belügen, sich über Robertos Zeilen nicht zu freuen. Sie beantwortet ihm kurz seine Frage nach dem Zustand ihrer Mutter und bestätigt, dass auch sie sich in seiner Gesellschaft wohlgefühlt hat. Damit gibt sie sich keine Blöße. Dass er ihr dauernd im Kopf herumschwirrt, verrät sie ihm natürlich nicht. Gegen ihren Willen freut sich Marion allerdings bereits auf das Wiedersehen am nächsten Tag, um ihr Auto von Gstadt abzuholen. Als Dank wird sie Roberto unverfänglich auf einen Kaffee bei sich einladen. Glücklicherweise ist ihre Wohnung aufgeräumt und frisch geputzt.
Mit dem Gedanken an diesen Plan schläft Marion sogleich ein.

♥

KAPITEL 11

Der Genesungsprozess von Annabelle erlaubt es Marion, die Zelte im Elternhaus vorerst abzubrechen. Zwar schnieft ihre Mutter noch, aber die Halsentzündung ist wenigstens abgeklungen. Ab sofort schwört Marion auf die Apfelminzeblätter aus Robertos Kräutergärtnerei.

Als würde Annabelle den Gedanken an den Weihnachtsmann erahnen, fragt sie: „Bist du mir böse wegen Roberto?“

Marion zündet gerade die zweite Adventskerze auf dem Küchentisch zum Frühstück an. „Zunächst war ich schon perplex, als er plötzlich hinter mir auftauchte. Im Nachhinein bin ich jedoch froh darüber, weil ich allein nicht nach Hause hätte fahren können. Außerdem ist Roberto ein charmanter Unterhalter.“

„Dann bin ich beruhigt. Ich hoffe, er hat nun keinen Ärger mit seiner Frau. Roberto hat so spontan ohne Rücksprache mit ihr zugesagt, dass ich mich echt gewundert habe. Scheint ja eine tolerante Ehe zu sein. Ich muss Johanna mal bei Gelegenheit dazu interviewen.“

„Das würde ich an deiner Stelle lieber unterlassen.“ Marion beißt sich auf die Lippen, denn sie erinnert sich rechtzeitig an das Versprechen, die Trennungsabsichten von Roberto und Eva nicht zu erwähnen.

Prompt reagiert Annabelle: „Warum nicht? Ist doch nichts Schlimmes. Heutzutage gibt es eben unterschiedliche Lebensformen. Ich wäre allerdings nicht dafür geeignet und hatte früher Mühe, meine Eifersucht zu unterdrücken.“

„Tatsächlich? Davon hast du nie etwas erzählt? Hattest du denn Grund bei Papa?“

„Nicht wirklich, aber jede Frau, die ihm etwas näher auf die Pelle rückte, hätte ich am liebsten vergiftet."
Marion kichert. „Du hast dich gut getarnt. Ich habe nie etwas davon bemerkt."
„Das solltest du auch nicht, und dein Vater erst recht nicht. Ich habe mich dafür geschämt, weil er mir nie Anlass für Eifersüchteleien geliefert hat." Annabelle dreht den Spieß um: „Hast du diese Charaktereigenschaft von mir geerbt?"
„Nicht, dass ich wüsste." Marion überlegt einen Moment. „Halt, ich war mal tierisch eifersüchtig auf ein Mädchen in der Tanzschule früher. Da war ich in einen Typen aus der Parallelklasse verknallt. Ich wollte ihn mir bei der Damenwahl jedes Mal krallen, aber die Tussi war immer einen Tick schneller."
„Hat er dich denn nie aufgefordert?" Annabelle hält im Bestreichen ihres Brötchens mit Marmelade inne.
„Doch, ein einziges Mal. Er hatte so schweißnasse Hände, dass es mit meiner Schwärmerei für ihn von einer Sekunde auf die andere vorbei war. Die andere dürfte ihn von da an geschenkt haben."
Sie lachen beide darüber, bis Annabelle nachbohrt: „Erinnerst du dich an keine andere Begebenheit für einen Eifersuchtsanfall?"
Marion wird das Thema lästig. Warum hackt ihre Mutter darauf herum? „Wahrscheinlich habe ich meine bisherigen Partner nicht genug geliebt, um so zu empfinden. Vielleicht gaben sie mir aber auch keinen Grund. Ich weiß es nicht mehr."
Endlich lässt Annabelle es dabei bewenden.
Nachdem Marion das schmutzige Geschirr in die Spülmaschine verfrachtet und den Tisch aufgeräumt hat, verabschiedet sie sich von ihrer Mutter, die es sich auf dem Sofa mit einer Decke gemütlich macht. „Brauchst du noch irgendetwas? Die Thermoskanne habe ich mit Tee gefüllt."
„Danke, mein Kind. Ich kann mir selbst helfen. Sieh du zu, dass du dein Auto zurückbekommst. Grüße Roberto

bitte von mir und sag ihm, dass ich demnächst in seiner Kräutergärtnerei vorbeischaue."
„Mache ich", verspricht Marion, während sie die Gardine am Fenster beiseiteschiebt, um zu sehen, ob Roberto bereits vor dem Haus auf sie wartet. Dabei hat er noch zehn Minuten Zeit, um pünktlich zu ihrer verabredeten Zeit einzutreffen. Marion mag sich kaum eingestehen, dass sie sich auf ihn freut. Eine innere Unruhe verrät es ihr. Ungeduldig starrt sie auf den Vorplatz. Kein Roberto in Sicht. Sofort spekuliert Marion, ob seine Frau ihn am Wegfahren hindert? Sie schaut auf ihr Smartphone. Keine Mitteilung von ihm. Soll sie Roberto anrufen oder einige Minuten zugeben? An den Wetterverhältnissen kann seine Verspätung nicht liegen. Es schneit nicht mehr, und die Straße sieht geräumt aus. Nach weiteren zehn Minuten reißt Marions Geduldsfaden. Sie ruft Roberto an. Sein Handy ist zwar eingeschaltet, aber nach fünf Klingeltönen schaltet sich der Anrufbeantworter ein, auf den sie spricht: „Hallo, hier ist Marion. Wo bleibst du?"
Es dauert keine Minute, bis sich Roberto endlich meldet: „Entschuldige bitte. Mein Auto springt nicht an. Ich fürchte, die Batterie ist leer. Ich lade sie gerade auf. Deshalb kann ich dir nicht genau sagen, wann ich dich abholen kann. So ein Mist. Brauchst du deinen Wagen dringend oder passt es, wenn wir am Nachmittag nach Gstadt fahren?"
Theoretisch würde es Marion reichen, aber sie will sich nicht von Roberto abhängig machen. „Kein Stress. Ich finde eine andere Möglichkeit", lehnt sie deshalb seinen Vorschlag ab.
Roberto bleibt hartnäckig: „Bist du sicher? Ich halte mein Versprechen, dich nach Gstadt zu bringen."
„Das ist sehr nett von dir, aber wer weiß, wie sich das Wetter entwickelt. Ich benötige mein Auto für morgen zu einem Kundentermin und kann nicht riskieren, dass es am Chiemsee einschneit."
„Das verstehe ich. Es tut mir total leid." Robertos Stimme

klingt echt frustriert.
„Kein Problem. Ich finde eine Lösung."
„Okay, sehen wir uns trotzdem wieder?", beharrt Roberto.
Marion weicht aus. „Ja, irgendwann bestimmt." Womöglich ist Robertos leere Batterie ein Zeichen aus dem Universum, sich nicht zu intensiv mit ihm zu beschäftigen.
Annabelle liest vermutlich an Marions Miene ab, dass etwas nicht stimmt, als sie bei ihr im Wohnzimmer auftaucht.
„Der Pünktlichste ist unser Weihnachtsmann wohl nicht", stellt Annabelle fest. „Willst du deine Jacke nicht so lange ausziehen, bis er kommt?"
„Er wird nicht erscheinen." Marion erklärt ihrer Mutter die Situation.
„Dann fahre ich dich eben", schlägt Annabelle vor.
„Auf keinen Fall", protestiert Marion. „Du bleibst schön zuhause, sonst erleidest du einen Rückfall. Ich bestelle mir ein Taxi."
„Bist du verrückt? Das ist sauteuer."
„Hast du eine bessere Idee?"
Annabelle scheint zu überlegen. „Ja. Frag Tom, ob er Zeit für einen Trip an den Chiemsee hat. Er tut dir den Gefallen sicher gerne."
Marion sträubt sich mit Händen und Füßen: „Das kommt gar nicht infrage. Ich wäre ihm etwas schuldig. Darauf wartet er nur."
„Sei nicht so stur. Ich wette, Tom tut es ohne Hintergedanken. Er mag dich einfach. Du nimmst ihm eine Dose voll Weihnachtsplätzchen mit. Es sind genug davon in der Vorratskammer. Bedien dich."
„Ach, Mamimaus." Marion stöhnt leise. „So einfach ist das nicht." Sie unterlässt es jedoch, ihre Mutter näher aufzuklären. Trotzdem reift in ihr der Entschluss, Tom tatsächlich zu kontaktieren. Dazu begibt sich Marion außer Hörweite von Annabelle in die Küche.
Tom meldet sich direkt, als hätte er auf ihren Anruf gehofft. „Hast du Sehnsucht nach mir?", begrüßt er sie

scherzhaft.
„Ich brauche deine Hilfe."
„Ach, nur deshalb rufst du mich an?", klingt Toms Stimme schlagartig enttäuscht.
„Es tut mir leid, wenn ich dich belästigen sollte."
„Schieß schon los. Wo drückt der Schuh?", fordert Tom Marion auf.
Sie schildert ihre verzwickte Lage. Dummerweise hat sie nicht bedacht, dass Tom eins und eins zusammenzählt und sie nicht behaupten kann, allein in der Insellaube beim Essen gewesen zu sein.
„Wer hat dich nach Hause gebracht?", verlangt er zu wissen.
Intuitiv bedient sich Marion einer Notlüge, indem sie tief Luft holt: „Stell dir vor, mir ist glücklicherweise der Weihnachtsmann auf der Insel begegnet. Er hat mich heimgefahren, weil ich mich bei dem Schneefall nicht ans Steuer meines Autos getraut habe."
„Willst du mich veräppeln?"
„Nein, das liegt mir fern. Mit Weihnachtsmann meine ich Roberto von der Gala neulich", fügt Marion erläuternd hinzu.
Schweigen am anderen Ende der Leitung.
„Hey, bist du noch da, Tom?"
„Ja. Du willst mir aber nicht einreden, dass du den Typen zufällig auf der Insel getroffen hast?"
Fieberhaft überlegt Marion, wie sie sich aus der Schlinge zieht, die sich um ihren Hals gelegt hat.
Ihre Mutter kommt ihr unbewusst zur Hilfe, die offenbar nach ihr sucht. „Mit wem telefonierst du?", fragt sie leise.
„Mit Tom", haucht Marion.
„Bestell ihm einen schönen Gruß von mir."
„Hab ich gehört", mischt sich Tom ein. „Demnach bist du bei deiner Mutter, stimmt's?"
„Ja."
„Ich mache mich sofort auf den Weg. Bis gleich."
Bevor Marion etwas erwidert, hat Tom das Gespräch

beendet. Nun hat sie ihn an der Backe.
In der Zwischenzeit hat Annabelle eine Keksdose für ihn bereitgestellt. „Toms Gage“, erklärt sie schmunzelnd. „Vielleicht knabbert ihr die Plätzchen bei einem Tee später gemeinsam.“
„Bitte hör auf mit den Verkupplungsversuchen, Mama. Das nervt.“
„Entschuldige. Manchmal gehen die Pferde mit mir durch. Ich habe kein Recht, dein Liebesleben zu beeinflussen.“
„Eben, weil es nämlich keins gibt.“ Die Keksdose für Tom stopft Marion in ihr Gepäck.
Es klingelt in diesem Moment an der Tür.
Marion schnappt ihre Übernachtungstasche. „Hab dich lieb, Mamimaus“, meint sie versöhnlich zum Abschied. „Pass auf dich auf und melde dich bitte, wenn du mich brauchst.“
Annabelle lächelt. „Gutes Gelingen. Wir können heute Abend telefonieren.“
Tom nimmt Marion an der Haustür die Tasche ab und verstaut sie in seinem Kofferraum. Anschließend hält er ihr die Beifahrertür auf. „Es kann losgehen.“
Geschickt vermeidet Marion, dass Tom sie hinsichtlich des Aufenthalts auf der Insel näher ausfragt. Immer wieder lenkt sie bei der kleinsten Gefahr das Thema auf Berufliches oder auf die Skitour mit seinem Vater. Erfreulicherweise funktioniert ihre Taktik. „Wie waren die Verhältnisse auf der Piste?“
„Fantastisch. Im Gegensatz zu euch hier hatten wir keinen Schneesturm im Zillertal. Es hat uns allerdings auf der Rückfahrt durch Inntal erwischt. Da standen wir lange im Stau, weil die Räumfahrzeuge nicht durchkamen.“
Toms Schilderungen enden auf dem Parkplatz, den sie erreichen.
Ihr Auto findet Marion nicht auf Anhieb, denn es ist komplett mit Schnee bedeckt. Erst das Betätigen ihres Schlüssels verrät seinen Standort. „Du kannst mich hier rauslassen und gleich heimfahren.“

Die Rechnung hat sie jedoch ohne ihren Chauffeur gemacht. „Ich habe nichts vor.“ Er parkt direkt neben Marions Auto. Vorausschauend hat Tom alles dabei, um ihren Wagen von der Schneelast zu befreien, angefangen von einem Handfeger bis hin zum Eiskratzer für die Scheiben.
Zu Marions Überraschung schlägt er nach Beendigung seiner Tätigkeit plötzlich vor: „Wollen wir nicht auf die Insel schippern? Ich war noch nicht auf dem Weihnachtsmarkt, und dein Besuch war ja anscheinend gestern auch nicht der Hit.“
Marions Begeisterung über Toms spontane Idee hält sich in Grenzen. Die Erinnerung an die stürmische Überfahrt mit Roberto kommt ihr in den Sinn. Ein skeptischer Blick in den Himmel fällt allerdings positiv auf. Die Sonne blinzelt sogar durch die Wolken. Keine Anzeichen für einen neuen Schneesturm in Sicht. Seltsam, wie launisch sich das Wetter von einem Tag auf den anderen präsentiert. Kann sie Tom die Bitte unter diesen Umständen wirklich versagen? Wohl kaum. Das Wetter bietet ihr keine Ausrede. „Meinetwegen.“ Zumindest ergibt sich die Gelegenheit, Marzipan für Annabelle einzukaufen.“
Die Schlange am zweiten Adventssonntag präsentiert sich auf dem Steg noch länger als am Vortag. Am liebsten würde Marion umkehren.
Tom dagegen scheint sich nicht an den Menschenmassen zu stören. „Hier tobt der Bär. Echte Weihnachtsstimmung. Ich liebe diesen Rummel.“
Marion teilt seine Euphorie nicht. Sie sehnt sich in ihre Wohnung. Ein Schaumbad mit Tannenduft wäre genau nach ihrem Geschmack. Stattdessen drängelt sich die Menge beim Ausstieg auf der Fraueninsel rücksichtslos an ihnen vorbei. Allein fürs Bezahlen des Marzipans benötigt sie gefühlte zehn Minuten an der Kasse. Im Gegensatz zu gestern knubbeln sich die Besucher vor den Weihnachtsbuden. Vor allem die Essstände sind überfüllt.

Mit Mühe gelingt es Tom, ihnen einen alkoholfreien Punsch zu besorgen. „Doch keine so gute Idee“, gibt er kleinlaut zu.
„Ich habe Hunger. Wollen wir etwas essen gehen?“, schlägt Marion vor. „Ich lade dich dafür ein, dass du mich zu meinem Auto gebracht hast.“
„Okay, gebongt.“
Die Idee in die Tat umzusetzen, scheitert indes. Kein einziger Sitzplatz in den verschiedenen Lokalen ist frei. Ohne Reservierung sind die Chancen gleich null. Eine Wartezeit von einer Stunde möchte weder Marion noch Tom in Kauf nehmen.
Resigniert entscheiden sie nach einem Spaziergang rund um die Fraueninsel, das nächste Schiff zu entern.
Aber Tom lässt sich nicht so leicht abschütteln. „In Gstadt finden wir vielleicht eher ein Restaurant, in dem wir ohne Reservierung essen können.“
„Von mir aus. Probieren wir es.“
Toms Hartnäckigkeit verdanken sie nach der Überfahrt mit dem Schiff einen freien Tisch, sogar mit Seeblick.
Im Vergleich zur Insellaube ist der Gastraum sehr spärlich mit Weihnachtsdekoration ausgestattet. Überhaupt fehlt es an Gemütlichkeit. Würde Robertos Anwesenheit mehr Glanz in die Hütte bringen? Hat sich Marion seinetwegen in der Insellaube so wohlgefühlt?
„An was denkst du?“, reißt Tom Marion aus ihren Überlegungen.
„Dass mir auf der Speisekarte nichts wirklich zusagt. Hast du etwas gefunden?“
„Negativ. Aber mit einer Chiemseerenke und Salzkartoffeln kann ich nichts falsch machen.“
„Okay, die nehme ich auch“, schließt sich Marion an.
Mit ihrem Magen sollte sie ohnehin vorsichtig sein.
Tom schenkt ihr ein strahlendes Lächeln, als sie dem Kellner ihre Wünsche genannt haben. „Ich stelle immer wieder fest, dass wir beide viele Gemeinsamkeiten haben. Damit meine ich nicht nur Berufliches. Du weißt, wie sehr

ich dich mag."
Jetzt ist die Gelegenheit, Tom reinen Wein einzuschenken. Marion rafft allen Mut zusammen: „Ich mag dich auch, aber ..." In diesem Moment läutet Marions Handy in der Tasche. „Entschuldige. Es könnte meine Mutter sein." Ohne auf das Display zu schauen, meldet sie sich. Zunächst versteht sie wegen Schluchzern kein Wort.
„Mama? Bist du das?", tastet sie sich erschrocken vor.
„Nein, ... ich bin's, Caren", stottert ihre Freundin.
„Was ist passiert?"
„Kannst du sofort zu mir kommen?", bettelt Caren und heult los.
Am Telefon würde Marion Carens Gestammel ohnehin nicht kapieren. „Ja, ich bin noch am Chiemsee. In einer Stunde kann ich bei dir sein. Reicht das?"
„Klar. So lange halte ich durch."
„Musst du ins Krankenhaus wegen deines Beines?", tastet sich Marion vor.
„Nein, es hat nichts mit meinem Bruch zu tun. Bitte beeil dich."
Marion verspricht es.
Tom mustert sie neugierig. „Caren?"
Marion nickt. „Ich muss sofort zu ihr."
„Warum?"
„Den Grund hat sie mir nicht genannt, aber sie klang ziemlich verzweifelt."
Die Renke schmeckt nicht schlecht, aber Marion ist der Appetit vergangen. Gleich nach dem letzten Bissen verlangt sie nach der Rechnung. Fast vergisst sie bei der Verabschiedung von Tom, der sie zu ihrem Auto begleitet hat, ihm die Plätzchendose aus ihrer Tasche, in die Hand zu drücken. „Mit besten Grüßen von meiner Mutter."
„Danke. Annabelle ist immer so fürsorglich. Derjenige, der sie einmal zur Schwiegermutter bekommt, ist ein Glückspilz."
Marion überhört absichtlich die Anspielung. Ihre Übernachtungstasche wandert von Toms Kofferraum in

ihren. Sie verabschiedet sich mit Dankesbekundungen von Tom.
„Schade, dass der Nachmittag so abrupt endet. Irgendwie ist bei uns der Wurm drin“, bedauert er.
„Scheint so. Wir sehen uns morgen im Büro. Ich hoffe, du bist mir nicht böse, dass ich dich ausgenutzt habe.“
„Davon ist keine Rede. Ich genieße jede Minute mit dir und habe dir gerne geholfen.“
Trotz Toms Versicherung sieht Marion ihm die Enttäuschung in seiner Mimik an. Das schlechte Gewissen wird sie so schnell nicht los.
Jetzt gilt es zunächst, Caren ihr Ohr zu leihen. Was mag ihr wohl zugestoßen sein? Warum tröstet Igor sie nicht? Marion hat völlig vergessen, nach ihm zu fragen. Wenn Caren jedoch nach ihr verlangt, ist sie selbstverständlich zur Stelle. Dafür sind beste Freundinnen schließlich da.

♥

KAPITEL 12

Caren besitzt eine schöne Wohnung am Stadtrand von Kutterwald. Besonders mag Marion den Blick von ihrer Terrasse auf die Bergkulisse. Im Sommer trinken sie darauf nach Feierabend zusammen so manches Glas Wein beim Sonnenuntergang. Seit Igor in Carens Leben getreten ist, sind die Treffen allerdings seltener geworden. Zwar bemüht er sich als Weißrusse mit seinen spärlichen Deutschkenntnissen, an ihrer Unterhaltung teilzunehmen, verstummt jedoch meistens nach kurzer Zeit. Offenbar wird es ihm zu anstrengend. Unter einem Vorwand zieht er sich dann in einen anderen Raum zurück. Marion bedauert dies nicht, weil sie mit Caren allein natürlich über Themen spricht, die Igor nichts angehen oder nicht interessieren. Eine Eigenschaft schätzt Marion allerdings an ihm: Er kann sehr gut kochen und verwöhnt sie ab und zu mit Gerichten aus seiner Heimat Minsk.

Marion braucht den Klingelknopf bei Caren gar nicht zu betätigen. Vermutlich hat die Freundin sie vom Fenster aus beobachtet, denn die Haustür wird aufgedrückt. Seltsamerweise empfängt Caren sie nicht an der Wohnungstür, die einen Spalt geöffnet ist.

„Hallo?“, macht sich Marion bemerkbar. „Kann ich reinkommen?“

„Ja. Ich bin im Schlafzimmer“, erhält sie zur Antwort.

Beim Betreten des Raumes erleidet Marion einen Schock. Er präsentiert sich zugemüllt mit unzähligen, benutzten Papiertaschentüchern, leeren Pizzakartons und Pappbechern. „Wie sieht es denn hier aus?“ Marion versteht die Welt nicht mehr. Normalerweise ist Caren sonst eine penible Person, die kein Staubkorn in ihrer Umgebung

duldet.
„Entschuldige bitte diesen Anblick. Mit meinem Bein habe ich es bisher nicht geschafft, Ordnung zu schaffen. Auf Krücken kann ich mich schlecht bücken.“
„Grüß dich erst einmal“, beginnt sich Marion der chaotischen Lage zu nähern. Dem bedauernswerten Zustand ihrer Freundin nach zu urteilen, handelt es sich um ein emotionales Problem. Deshalb sticht sie gleich ins Wespennest: „Wo ist Igor?“
Sofort heult Caren los. „Er ... er ist auf und davon.“
„Was soll das heißen?“ Marion setzt sich auf die Bettkante und ergreift Carens eiskalte Hand.
Die Freundin benötigt einige Sekunden, um sich zu sammeln. „Er ist wohl mit meinem Auto nach Minsk abgehauen.“
Marion steht immer noch auf dem Schlauch. „Igor fährt zu Besuch zu seiner Familie und lässt dich mit deinem Beinbruch einfach im Stich?“
Carens Brustkorb wölbt sich sichtbar, weil sie einen tiefen Luftzug nimmt. „Er ist nicht bloß auf Besuch, sondern anscheinend für immer in sein Heimatland zurück.“
Jetzt wird sich Marion des Ausmaßes der Katastrophe endlich bewusst. „Igor hat sich von dir getrennt?“
„Pah, nicht nur das. Er hat mich bestohlen. Da ich selbst in meinem Zustand kein Auto steuern kann, habe ich es ihm für die Einkäufe und Fahrten zum Arzt mit allen Papieren überlassen. Heute Morgen hat Igor es sich ausgeliehen, um angeblich einen Kumpel zu besuchen. In der Mittagszeit wollte er zurück sein, um für uns zu kochen. Als er nicht auftauchte, habe ich ihn angerufen. Fehlanzeige. Sein Handy war ausgeschaltet. Dabei hatte er mir versprochen, es stets anzulassen, um ihn jederzeit zu erreichen. Ich habe es ihm auch noch finanziert. Womöglich hat er den Chip entnommen, um nicht geortet werden zu können.“ Caren schnieft zwischendurch in ein frisches Taschentuch.
Marion merkt ihr an, dass sie sich bei der Schilderung der

Ereignisse extrem zusammenreißt.
„Soll ich dir ein Glas Wasser holen?“, bietet Marion an, die vermutet, dass Carens Kehle ausgetrocknet ist.
„Ja, gerne.“
Als sie wenig später die Flüssigkeit in einem Zug ausgetrunken hat, setzt Caren ihren Bericht fort: „Zunächst habe ich an einen Unfall gedacht. Da die Autopapiere aber auf meinen Namen lauten, wäre ich sicher sofort von der Polizei benachrichtigt worden. Ich spielte alle möglichen Szenarien in meinem Kopf durch. Dummerweise hatte ich die Nummer von dem angeblichen Kumpel gar nicht. Vielleicht hatte Igor bei ihm bloß die Zeit vergessen.“
„Wie kommst du überhaupt auf die Idee, Igor hätte dein Auto gestohlen?“
„Unbeweglich wie ich bin, habe ich zunächst nicht kontrolliert, ob Sachen von Igor fehlen. Da er vorher eine möblierte Wohnung hatte, ist er hier mit wenigen Habseligkeiten eingezogen. Im Grunde waren es hauptsächlich Klamotten, und die sind nicht mehr im Schrank. Keine Ahnung, wann er sie ohne mein Wissen gepackt hat. Ich naives Huhn habe rein gar nichts von seinem Plan gepeilt.“ Erneut laufen Caren die Tränen übers Gesicht. „Dieser verdammte Schweinehund hat mich die ganze Zeit ausgenommen wie eine Weihnachtsgans.“
„Trotzdem verstehe ich nicht, wieso du an Diebstahl denkst. Womöglich hat sich Igor dein Auto bloß geborgt.“
„Hat er nicht.“ Carens Gesichtsfarbe wechselt von Bettlakenweiß zu Paprikarot. „Er wusste, wo ich den Fahrzeugbrief verstecke. Der ist weg. Warum sollte er den mitnehmen, wenn er nicht beabsichtigt, mit dem Auto in den Osten zu verduften?“
„Das ist der Hammer“, resümiert Marion fassungslos. „Hast du die Polizei benachrichtigt?“
„Ja, telefonisch, aber ich muss in die Wache, um meine Anzeige zu Protokoll zu geben. Dafür brauche ich deine

Hilfe. Begleitest du mich?"
„Logisch. Wir fahren sofort hin. Hoffentlich schicken sie eine Fahndung raus, und Igor wird vor der Grenze gestoppt. In seinem Land ist dein Neuwagen ein Vermögen wert. Damit kann er seine Sippschaft lange ernähren, wenn er ihn verkauft."
„Wie konnte ich nur auf ihn hereinfallen?", jammert Caren verzweifelt, während ihr Marion beim Anziehen behilflich ist.
„Das nennt man blind sein vor Liebe", konstatiert Marion. „Du warst zu gutmütig. Ich dachte immer, Igor hätte ein eigenes Auto. Du hast ihm doch beim Kennenlernen die Parklücke weggeschnappt."
„Das war eine Schrottkiste. Die hat er kurz darauf verkauft, nachdem er arbeitslos wurde", klärt Caren auf.
„Weißt du überhaupt, was er gearbeitet hat?", hakt Marion nach.
„Angeblich war er in einer Kfz-Werkstatt beschäftigt, und die hat Pleite gemacht."
Marion verdreht die Augen. „Wenn das mal alles keine Lüge gewesen ist."
„Ich war zu blauäugig, um seine Vergangenheit zu überprüfen. Seine Zärtlichkeiten und seine Fürsorge haben mich total verhext. Ich werde nie wieder einem Mann vertrauen. Das schwöre ich hiermit." Als Zeichen hebt Caren zwei Finger.
„Jetzt legen wir dem Kerl erst einmal das Handwerk."
Auf ihren Krücken hüpft Caren mit äußerster Vorsicht zu Marions Auto. Obwohl der Weg freigeschaufelt ist, könnte er glatt sein.
Die Strecke zur Polizeistation beläuft sich gerade mal auf einen Kilometer. Ohne Beinbruch hätte Caren sie gut zu Fuß bewältigen können. Warum die Freundin kein Taxi beanspruchen will, ahnt Marion. Wahrscheinlich schämt sie sich allein, den eigenen Lebenspartner des Diebstahls zu bezichtigen, und braucht Marions moralische Unterstützung.

Sonntags scheint dic Polizeiwache dürftig besetzt zu sein, denn auf Marions Klingeln an der Pforte reagiert zunächst niemand. Ein erneuter Versuch ist erfolgreich. Nachdem Marion durch die Sprechanlage ihr Anliegen dokumentiert hat, wird ihnen die Tür geöffnet.
Erfreulicherweise hat eine Polizistin Dienst und zeigt Empathie für Carens Situation. Allerdings macht sie ihr wenig Hoffnung: „Ihr Typ hat sicher Deutschland bereits verlassen und längst das Kennzeichen gefälscht. Wir müssen unsere ausländischen Kollegen einschalten. Haben Sie ein Foto Ihres Freundes dabei?“, fragt die Beamtin Caren.
Die Bestohlene bejaht, kramt in ihrer Geldbörse und zieht ein Foto von Igor hervor.
Nachdem die Polizistin es eingescannt hat, reicht sie es Caren zurück, die die Rücknahme verweigert: „Bitte entsorgen Sie es im Mülleimer. Ich mag den Kerl nicht mehr sehen.“
„Verständlich“, lautet der Kommentar der Gesetzeshüterin, indem sie das Bild zerreißt und in den Papierkorb wirft.
Als Caren das Protokoll unterschrieben hat, wirkt sie erleichtert.
Die Polizistin überreicht ihr eine Kopie des Schriftstückes mit den Worten: „Für Ihre Versicherung.“
Sie verabschieden sich.
„Danke, dass du mich begleitet hast“, meint Caren zu Marion auf der Rückfahrt.
„Das war selbstverständlich. Ich werde mich ab sofort um dich kümmern.“
„Das ist sehr lieb von dir, aber du stehst genug unter Strom mit deinem Job. Ich werde meine Mutter bitten, für mich einzukaufen. Sie hatte komischerweise von Anfang an Vorbehalte gegen Igor, die ich natürlich ignoriert habe. Manchmal ist das Bauchgefühl von Müttern nicht das schlechteste.“
Sofort denkt Marion an Annabelle, die ihr unbedingt Tom

schmackhaft machen möchte. Besitzt sie den richtigen Riecher, wer zu Marion passt? Vor ihrem inneren Auge erscheint jedoch sofort Roberto, der dabei ist, sich in ihr Herz zu schleichen. Ob seine Batterie wieder geladen ist? Wie gerne würde sie bei ihm vorbeischauen und einen Tee oder Kaffee mit ihm trinken. Wie er wohl wohnt? Marion weiß nur, dass die Gärtnerei an sein Haus angrenzt. Eine Führung hat sie schließlich bei Roberto noch gut. Die Illusion, ihn heute wiederzusehen, zerschlägt Caren mit der Bitte, die Nacht bei ihr zu bleiben. „Ich möchte nicht allein sein, wenn sich die Polizei bei mir meldet", lautet ihr Argument.

„Kein Problem. Ich habe die Übernachtungssachen im Kofferraum, da ich bei meiner Mutter geschlafen habe."

Nachdem Marion ihrer Freundin aufs Sofa geholfen hat, verschwindet sie zurück zu ihrem Auto, um ihre Tasche zu holen. Die Gelegenheit bietet sich an, einige Nachrichten zu versenden. Als Erstes schildert Marion ihrer Mutter Carens Dilemma, und dass sie sich um ihre Freundin kümmert. Deshalb fällt der verabredete Anruf am Abend ins Wasser.

Ein Blick auf eingegangene Mitteilungen treibt Marions Puls ungewollt in die Höhe.

Roberto schreibt:

Hallo Lieblingsreporterin,
hast Du Dein Auto zurück? Falls nicht, kann ich Dich fahren. Die Batterie läuft wieder. Du hast übrigens den Beutel mit der Tischdecke und dem Honig vom Weihnachtsmarkt bei mir im Wagen vergessen. Soll ich ihn Dir vorbeibringen? Ich hätte Zeit und könnte Delikatessen aus dem Laden meiner Eltern vorher holen, die wir zusammen kochen würden. Was hältst Du von dieser Idee?

Liebe Grüße,
Dein Weihnachtsmann

Normalerweise wäre Marion Feuer und Flamme für

Robertos Vorschlag. Leider muss sie ihm absagen. Caren genießt ihre Priorität. Schweren Herzens antwortet sie ihm:

Es freut mich, dass die Batterie funktioniert. Einer meiner Geschäftspartner hat mich nach Gstadt gebracht. Leider bin ich inzwischen verabredet. Wie wäre es mit einer persönlichen Führung durch Deine Gärtnerei morgen Abend? Dann hole ich gleich den Beutel ab.

Einen schönen Restsonntag,
Deine Reporterin

Marion wartet einen Moment ab, ob Roberto sofort antwortet. Offenbar ist er beschäftigt. Vielleicht mit seiner Frau? Diese Überlegung gefällt Marion ganz und gar nicht. Wie gerne würde sie mit Annabelle darüber reden und sie um Rat fragen, ob es sich lohnt, in einen zwar angeblich getrennt lebenden, aber noch verheirateten Mann Gefühle zu investieren. Allerdings ahnt sie die Einstellung ihrer Mutter dazu bereits. Also besser, ihre Meinung nicht einzuholen. Außerdem hat Roberto sie um Verschwiegenheit gebeten.
Einen Moment ist Marion in Versuchung, sich Caren diesbezüglich anzuvertrauen, um die Freundin von ihrem eigenen Kummer abzulenken. Vorsichtshalber verzichtet sie darauf, denn Caren könnte sich bei jemandem verplappern.
Nachdem Marion den Müll in Carens Schlafzimmer entsorgt hat, köpft sie eine Weinflasche.
„Ich muss mich betäuben, um nicht ständig an Igor und seine Schandtat zu denken“, bekundet Caren und hebt ihr Glas. „Auf uns Frauen und die Freundschaft. Du hast mich heute schon wieder gerettet. Ich konnte mich noch gar nicht für deinen Einsatz bei der Weihnachtsgala revanchieren. Dein Guthabenkonto wächst.“
„Quatsch. Ich rechne keine Freundschaftsdienste auf. Du hast mir auch oft geholfen“, protestiert Marion und stößt

mit Caren an.
Anschließend tauschen sie sich über Anekdoten während ihrer gemeinsamen Zeit beim Kutterwalder Anzeiger aus, was Caren endlich ab und zu schmunzeln lässt.
An diesem Abend hören sie von der Polizei nichts mehr. Igor scheint wie vom Erdboden verschluckt.

KAPITEL 13

Während sich Marion mit dem Weinkonsum zurückgehalten hat, zeigt er bei Caren seine Wirkung. Leise Schnarchgeräusche lassen auf einen tiefen Schlaf Rückschlüsse zu. Deshalb weckt Marion ihre Freundin am nächsten Morgen nicht, als sie frühzeitig aufsteht. Da ein Kundenbesuch ansteht, entschließt sich Marion, vor der Arbeit nach Hause zu fahren, um sich dort zurechtzumachen. Für Caren kocht sie jedoch Kaffee und füllt ihn in eine Thermoskanne ab. Zusätzlich richtet sie den Frühstückstisch mit Brot, Butter und Marmelade her. Auf einem Zettel spricht sie Caren Mut zu. Außerdem soll sich die Freundin melden, wenn sie Hilfe benötigt.

Einmal mehr spült Marion später zuhause unter der Dusche die Erlebnisse des gestrigen Tages ab. Allzu lange darf sie nicht unter dem wohltuenden Wasserstrahl verweilen. Die Zeit bleibt nicht stehen.

Sorgfältiger als sonst fällt ihr Make-up aus. Fürs Büro verzichtet sie normalerweise auf Schminke, aber bei einem Treffen mit Kunden verhält es sich anders. Einige schließen von Marions Optik auf ihre beruflichen Fähigkeiten. Zwar verachtet sie dieses Vorurteil gerade in Bezug auf Frauen, aber sie spielt das Spielchen bei ganz neuen Klienten dennoch mit.

Aufgebrezelt betritt Marion das Büro, in dem Milan und Tom bereits in der Küche bei einem Kaffee ein Schwätzchen halten. Beide pfeifen bei Marions Anblick durch die Zähne.

„Wow. Hast du ein Date?“, legt Tom sogleich los.

„Ja, mit einem potenziellen Auftraggeber. Er will eine große Werbekampagne für sein Start-up mit mir

besprechen. Das Konzept habe ich euch vorige Woche gezeigt."
„Kann sein. Ich habe den Kopf so voll, dass ich manchmal nicht richtig aufpasse", räumt Milan ein und bereitet Marion ungefragt einen Kaffee mit aufgeschäumter Milch zu.
„Danke. Lieb von dir. Den brauche ich jetzt." Vorsichtig nippt sie aus dem dampfenden Becher, um sich die Zunge nicht zu verbrennen.
Als Milan aus der Küche an seinen Arbeitsplatz verschwindet, stellt Tom die Frage, auf die Marion schon gewartet hat: „Was ist mit Caren? Warum musstest du unbedingt zu ihr?"
Natürlich erzählt sie ihrem Partner nichts von der Pleite mit Igor. Zusammen mit Caren hat sie sich eine Erklärung für Tom ausgedacht. „Sie hatte einen plötzlichen Migräneanfall und keine Tabletten mehr. Igor war dummerweise gestern unterwegs und konnte ihr deswegen keine aus der Apotheke besorgen."
Tom ist nicht so leicht zu befriedigen. „Soweit ich weiß, hat Caren Eltern in Kutterwald. Wieso konnten die nicht einspringen?"
„Danach habe ich nicht gefragt. Wenn jemand Hilfe von mir braucht, kriegt er sie", gibt Marion patziger zur Antwort als gewollt. Manchmal nervt Toms Neugierde. Außerdem scheint er ihr keinen Glauben zu schenken. Um ein weiteres Nachbohren zu verhindern, verlässt auch sie die Küche abrupt. Viel Zeit bleibt nicht bis zum Termin. Trotzdem fährt Marion ihren PC hoch. Eine unangenehme Überraschung lauert in den eingegangenen Mails. Bereits am Samstag hat der mögliche Neukunde ihr Treffen für heute abgesagt. Er hätte sich für ein anderes Konzept von der Konkurrenz entschieden. So eine Enttäuschung. Sein Honorar war fest eingeplant. Durch die Betreuung ihrer Mutter und die Erlebnisse rund um die Fraueninsel und Caren hat Marion nicht wie üblich zwischendurch ihre Mails in Augenschein genommen. Den Stress mit dem

Outfit und der Schminke hätte sie sich sparen können. Trost findet Marion wenigstens bei Milan und Tom, die den vermasselten Auftrag nicht weiter tragisch finden. So etwas passiert in jedem Business. Kein potenzieller Auftrag ist vor dem unterschriebenen Vertrag sicher.
In diesen Momenten ist Marion froh über ihre Partner. Allein würde sie sicher in Selbstmitleid versinken und sich ständig Vorwürfe machen, ob sie mit dem Kunden eventuell falsch umgegangen ist oder ihre Ideen nichts taugen.
Bevor sich Marion ihrer Arbeit widmet, erkundigt sie sich bei Annabelle, wie sie die Nacht überstanden hat. Offensichtlich geht es ihrer Mutter bis auf den verbliebenen Schnupfen ganz gut.
Anders sieht es bei Caren aus. Bisher lief die Jagd nach ihrem Auto und Igor ins Leere. Die Polizei verströmt wenig Zuversicht, dass die Fahndung Erfolg verspricht. Dementsprechend mies fühlt sich Caren.
„Kann ich irgendetwas für dich tun?“, bietet Marion der Unglücklichen an.
„Danke. Meine Mutter kauft für mich ein und kocht heute. Die Grübelei macht mich bloß fertig. Mein Gedankenkarussell lässt sich nicht stoppen. Wie konnte ich auf Igor und sein Süßholzgeraspel hereinfallen? Das begreife ich im Nachhinein einfach nicht.“
„Viele Menschen besitzen schauspielerische Fähigkeiten. Hinter ihren Vorhang können wir nicht schauen. Mir fällt es auch mit zunehmendem Alter und Erfahrung schwerer, Vertrauen zu jemandem aufzubauen. Außerdem gestaltet es sich immer problematischer, überhaupt Leute kennenzulernen.“ Unweigerlich denkt Marion an ihre Mutter und ihren *Finder-Kontakt* Michael. Hoffentlich hat sich dieser erledigt. Sie möchte sich keine weiteren Sorgen machen müssen. Am besten nimmt sie Annabelle bei passender Gelegenheit noch einmal ins Gebet. Vorläufig besteht wegen ihrer Erkältung keine Gefahr.
Nachdem Marion ihre Freundin einigermaßen moralisch

aufgebaut hat, stürzt sie sich in die Arbeit, von der es auch ohne den geplatzten Auftrag genug gibt.
Am Nachmittag wächst Marions Vorfreude auf das Wiedersehen mit Roberto. Leider hat sie den Rentierpullover nicht dabei, aber extra deswegen vorher nach Hause zu fahren, wäre zu umständlich.
Weil Tom glaubt, Marion hätte sich wegen des Kunden so gestylt, schöpft er wohl keinen Argwohn, dass sie am Abend noch ein Date erwartet.
In einem unbeobachteten Moment bedient sich Marion aus den Bürovorräten einer Flasche Prosecco. Am Morgen hatte sie glatt vergessen, ein Mitbringsel für Roberto aus ihrer Wohnung mitzunehmen. Ohne eine kleine Aufmerksamkeit mag sie bei ihm nicht auftauchen.
„Ruh dich ein bisschen aus“, rät Tom, als sie sich ausnahmsweise heute als Erste in den Feierabend verabschiedet.
„Mache ich. Bis morgen.“
Wenig später biegt Marion auf den Vorhof von Robertos Gärtnerei ab, der auch als Parkplatz für seine Kunden dient. Gerade tritt eine Frau mit einem Handkoffer aus dem Haus, die in Marions Scheinwerferlicht recht attraktiv wirkt. Als sie ihr Auto abgeschaltet hat, klopft die Frau an ihre Seitenscheibe. Marion schnappt sich ihre Handtasche und den Prosecco und steigt aus.
„Sie können sofort wieder einsteigen“, fordert die Fremde auf.
„Wieso?“
„Die Gärtnerei ist bereits geschlossen.“
„Mag sein, aber ich möchte nichts kaufen“, klärt Marion auf und verschließt ihr Auto.
„Sind Sie mit meinem Mann verabredet?“
Es fällt Marion wie Schuppen von den Augen. Eva steht vor ihr.
„Wenn Sie Roberto meinen, dann ja.“
Eva schielt auf die Flasche Prosecco. „Gibt es etwas zu feiern?“ Ihr ironischer Unterton ist nicht zu überhören.

Die Rettung naht in Gestalt von Roberto, der wahrscheinlich ihren Dialog von der Haustür aus belauscht hat.
„Das ist Marion Fritsch, meine neue Werbeberaterin“, stellt er sie seiner Noch-Frau vor.
Sofort wechselt Evas Mienenspiel. „Entschuldigung, dass ich Sie angeblafft habe.“ Sie reicht Marion die Hand. „Ich konnte nicht wissen, dass Sie Roberto außerhalb der Geschäftszeiten unterstützen.“
„Während des Kundenbetriebes wäre ein Gespräch ungünstig“, fährt Marion auf Robertos Trittbrett mit.
Daraufhin wirft er ihr einen vielsagenden Blick zu. Offensichtlich möchte er das private Treffen mit Marion vor Eva geheim halten.
„Bringen Sie allen Neukunden eine Flasche Prosecco mit?“, fragt Eva sarkastisch.
Bevor Marion zu einer Antwort ausholt, greift Roberto ein: „Du solltest jetzt gehen, Eva. Sonst kommst du zu spät.“
Wohin Eva zu spät kommen soll, erwähnt er nicht, aber Marion denkt es sich natürlich. Evas Handkoffer lässt den Schluss zu, dass sie bei ihrem Geliebten übernachtet.
Hocherhobenen Hauptes verstaut Robertos Frau ohne einen weiteren Kommentar den Koffer in ihrem Flitzer und braust davon.
„Tut mir leid, dass du Eva begegnet bist. Sie hat sich frische Sachen geholt und herumgetrödelt. Ihretwegen habe ich nun nichts zu essen für uns vorbereitet. Hast du großen Hunger?“
Marion müsste lügen, um das zu verneinen. Kein Frühstück, außer dem Kaffeebecher, und eine Tütensuppe am Mittag füllen wohl kaum ihren Magen. „Was wolltest du uns denn kochen?“
„Schinken-Käse-Schnecken.“
„Hm ... die würde ich gerne probieren. Können wir sie nicht gemeinsam machen?“
„Gute Idee. Komm erst einmal herein.“
Wie es sich im Winter gehört, entledigt sich Marion ihrer

Stiefel und zieht stattdessen mitgebrachte dicke Socken an, die Annabelle ihr zum Skifahren gestrickt hat.
Überrascht schaut sich Marion in Robertos Küche um, in der sich gleichzeitig in einem Erker der Essbereich befindet. Wie in einer Tiroler Stube mutet die hölzerne Deckenvertäfelung an. Zahlreiche Kissen lockern die runde Sitzbank auf. Überall hängen getrocknete Kräutersträuße als Dekoration von den Wänden.
„Magst du den Teig ausrollen?", fragt Roberto.
„Gerne, wenn du mir eine Schürze leihst."
Roberto reicht ihr eine vom Haken an der Wand. „Ich habe Fertigteig gekauft. Der schmeckt genauso gut wie selbst gekneteter und klebt nicht an den Fingern."
Da Marion nicht zu den Kochkünstlerinnen zählt, kann sie nicht mitreden. Nachdem sie den Teig ausgerollt hat, belegt Roberto ihn mit gekochtem Schinken, streut geriebenen Käse und Oregano darüber und formt ihn zu einer Rolle, die er in Scheiben schneidet. Die Schnecken bräunen anschließend fünfzehn Minuten im Backofen.
Währenddessen öffnet Roberto die Flasche Prosecco.
„Nur halb voll bitte", verlangt Marion, als er ihr in ein Glas einschenkt.
Roberto grinst. „Hast du Angst, bei mir sonst übernachten zu müssen?"
„Nein, aber ich würde tatsächlich gerne die nächste Nacht in meinem eigenen Bett schlafen."
„Wieso? Warst du eine weitere Nacht bei deiner Mutter?"
„Bei Caren. Sie hat Probleme."
„Mit ihrem gebrochenen Bein?"
„Ja, mit dem auch", gibt Marion wortkarg Auskunft.
„Und du willst oder darfst nicht darüber reden?"
Ein Schluck Prosecco löst Marions Zunge. Da Caren ihr nicht grundsätzlich den Mund verboten hat und sie Robertos Geheimnis mit der Trennung von seiner Frau auch teilt, vertraut sie ihm die Misere der Freundin an.
„Dieser Hornochse. Hoffentlich schnappen sie den Saukerl. Ist denn Interpol eingeschaltet?"

„Keine Ahnung. Bisher gibt es offenbar keine Spur von Igor."
„Das tut mir leid." Roberto wirft einen Blick in den Backofen und erklärt die Schnecken für fertig. Auf einer großen Platte stellt er sie zusammen mit den Tellern auf den Esstisch. Dann zündet er zwei Kerzen des über dem Tisch hängenden Adventskranzes an.
Sofort fühlt sich Marion in dieser heimeligen Atmosphäre wohl. Dieser Zustand hält indes nicht lange an. Gerade als sie eine halbe Schnecke mit Genuss verzehrt hat, poltert Eva in die Küche. „Lasst euch nicht stören. Ich habe etwas vergessen." Neugierig kommt sie näher und beäugt den Snack. „Habt ihr eine Schnecke für mich übrig?"
Robertos Miene verfinstert sich. „Wenn es sein muss."
Eva scheint seine Unhöflichkeit zu ignorieren, indem sie sich aus dem Schrank einen Teller holt und mit auf die Bank setzt. Herzhaft beißt sie in das Hefegebäck. „Köstlich. Wenn Roberto ein Talent besitzt, dann ist es das Kochen", preist sie ihren eigenen Mann an.
Marion traut dem Frieden nicht. Vielmehr ahnt sie, dass Eva gar nichts vergessen hat, sondern nachschauen will, ob sie tatsächlich beruflich mit Roberto zu tun hat. Demnach ist es ihr nicht egal, was ihr Noch-Mann so treibt. Eine deprimierende Erkenntnis für Marion. Die beiden sind offensichtlich nicht miteinander fertig. Roberto ist alles andere als ein frisch gebackener Single. Sie wird sich die Finger lieber nicht an ihm verbrennen.
„Was wolltest du dir denn holen?", verlangt Roberto plötzlich an Eva gerichtet zu wissen.
„Ähm ... ich brauche ..., ach, uninteressant. Ich verschwinde gleich." Auf einmal hat es Eva eilig. „Einen produktiven Abend", wünscht sie und rauscht aus der Küche.
Unbewusst hat Eva durch ihr Auftauchen einen Keil zwischen Roberto und Marion geschoben. Wahrscheinlich war genau das ihre Absicht. Nach einer Weile hören sie die Haustür mit einem gewaltigen Knall zuschlagen. Dabei war

vermutlich Wut mit im Spiel.
Verunsichert knabbert Marion an einer weiteren Schnecke, bis Roberto das Wort ergreift: „Unsere Dates stehen unter keinem guten Stern. Immer funkt etwas dazwischen. Keine Ahnung, wie ich Evas Auftritt einordnen soll.“
„Ganz einfach. Sie ist eifersüchtig“, bringt es Marion auf den Punkt.
„Quatsch. Sie betrügt mich, nicht umgekehrt“, wiegelt Roberto ihre These ab.
„Jedenfalls glaubt deine Frau wohl nicht an ein geschäftliches Treffen, sonst hätte sie uns bestimmt nicht gestört. Die wollte mich unter die Lupe nehmen. Vielleicht solltet ihr beiden eure Trennung überdenken.“ Da Marion nicht beabsichtigt, als Ehetherapeutin zu fungieren, täuscht sie vor, müde zu sein.
„So schnell?“, hakt Roberto nach. „Du bist gerade mal eine Stunde hier. Ich will dich doch durch die Gärtnerei führen.“ Enttäuschung schwingt in seiner Stimme mit.
„Das läuft uns nicht davon. Ich bin wirklich erschöpft“, behauptet Marion erneut. Keine Sekunde mag sie weiter im Dunstkreis von Eva bleiben. So gar der Duft ihres Parfüms vernebelt Marion.
„Okay, schade. Ich hoffe, meine Ex hat dich nicht vertrieben.“
Marion spart sich einen Kommentar, erinnert Roberto aber stattdessen an den Beutel mit der Tischdecke und dem Honig. Sie möchte ihm keinen Grund geben, erneut mit ihr in Kontakt zu treten.
Eva und Roberto brauchen ihrer Verwandtschaft kein Theater vorzuspielen, denn sie sind nach wie vor ein Paar. Allerdings scheinen sie sich dieser Tatsache nicht bewusst zu sein. Womöglich hat sich Eva einen Liebhaber geschnappt, um Roberto aufzurütteln, weil er ihr nicht mehr genügend Aufmerksamkeit geschenkt hat. In einer Beziehung kehrt viel zu schnell der Alltag ein, in dem sich keiner mehr um den anderen bemüht. Alles ist selbstverständlich.

„Ich bringe dich zum Auto“, bietet Roberto an.
„Nicht nötig. Du müsstest dir extra Stiefel anziehen.“
„Das wäre mir für dich nicht zu lästig.“ Mit zerknirschter Mimik haucht Roberto Marion zum Abschied einen Kuss auf die Wange.
Sie saugt den Geruch seines Rasierwassers auf, ein Gemisch aus Tannenduft und Zitrone. „Danke für die leckeren Schnecken.“
Hinter seinem Rücken zieht Roberto eine Box hervor. „Ich habe dir welche eingepackt. Für mich allein sind es zu viele.“
„Das ist wirklich nett von dir. Brauchst du die Dose nicht?“
„Du kannst sie mir bei Gelegenheit vorbeibringen, wenn es für dich passt.“
Marion ahnt, dass Roberto nach einem Grund sucht, sich bald wiederzusehen. Gegen ihren Willen gefällt ihr seine Hartnäckigkeit.
„Gerne hätte ich dir mehr geboten als die paar Schnecken.“ Robertos zweideutigen Satz erläutert er nicht näher.
Auch Marion hat sich insgeheim einen anderen Verlauf des Abends gewünscht. Heute war einfach nicht ihr Tag.

KAPITEL 14

Zurück in ihrer Wohnung isst Marion aus Frust Robertos Schnecken aus der Box. Dazu trinkt sie einen Glühwein, um sich zu betäuben. Die Absage des Kunden läuft ihr immer noch nach. Er hatte sich so begeistert von ihrem Konzept gezeigt, dass sie niemals damit gerechnet hätte, den Auftrag an die Konkurrenz zu verlieren. Was ist bloß los mit ihr? Reichen ihre kreativen Ideen nicht mehr aus, um zu überzeugen? Ist sie eventuell überarbeitet? Tapetenwechsel oder gar einen längeren Urlaub hat sie sich schon lange nicht mehr gegönnt. Dabei müsste Marion nicht einmal allein verreisen. Annabelle steht theoretisch immer in den Startlöchern. Ihre Mutter träumt jedoch von einer Mittelmeer-Kreuzfahrt, während Marion eher die nordische Natur lockt. Island zum Beispiel führt ihre Rangliste an, gefolgt von den norwegischen Fjorden und den schwedischen Schären. Bisher haben sich Marion und ihre Mutter auf nichts einigen können. Hoffentlich lässt sie sich von der Nordroute überzeugen. Annabelle kann das Bordleben genießen und Marion die Landgänge auf Island, den Lofoten und Norwegen.

Um sich abzulenken, sucht sie nach Angeboten im Netz für das nächste Jahr. Ganz schön teuer diese Schiffsreisen. Für eine Rentnerin wie Annabelle und eine Jungunternehmerin wie Marion erscheinen sie unerschwinglich. Die einzige Möglichkeit bietet eine sogenannte Selbstversorgerkabine, die während des Aufenthalts nicht geputzt und deren Müll nicht vom Personal entsorgt wird. Wahrscheinlich liegt sie außerdem in einem unteren Deck in der Nähe der Schiffsschraube. Nein, danke. Marion setzt ein inneres Häkchen an die Angelegenheit. Entweder ein Minimum an Bequemlichkeit oder zuhause bleiben. Wie gut, dass sie am Alpenrand wohnt und sich wenigstens ab und zu einen Skitag erlauben kann. Ohne Übernachtung und weite Anfahrt kostet das Vergnügen bloß den Tagesskipass. Leider steigt auch dieser Preis jedes Jahr. Schließlich müssen die mittlerweile benötigten Schneekanonen wegen des Klimawandels in immer mehr Gebieten installiert und finanziert werden. Trotzdem nimmt sich Marion vor, in ihren freien Tagen zwischen Weihnachten und Neujahr die ein oder andere Piste unsicher zu machen. Bereits mit zwei Jahren hatte ihr Vater sie auf die Bretter gestellt. Auf diese Weise hatte sie das Skifahren fast mit der Muttermilch aufgesogen. Es gibt kaum einen Hang, den sie sich nicht hinunterzujagen traut. In ihrer Jugend ist Marion sogar regionale Rennen gefahren. Das zeitige Aufstehen am Wochenende, um zu den Wettbewerbsorten zu gelangen, wurde ihr irgendwann zu anstrengend, vor allem, wenn am Vorabend ein Diskothekenbesuch angesagt war. Mit müden Knochen ließ sich am folgenden Tag kein Rennen gewinnen. Deshalb passierte es immer öfter, dass Marion als Letzte von den Teilnehmerinnen ins Ziel schoss. Diese Blamage führte zu der Erkenntnis, niemals eine disziplinierte Rennläuferin zu werden, wie es Marions Vater durchaus gerne gesehen hätte. Allerdings akzeptierte er Marions Entscheidung kommentarlos, als sie eines Tages aus dem Skiclub austrat. Alles hat im Leben seine Zeit und die der Wettkämpfe waren im Teenageralter für Marion eben vorbei. Mit Wehmut denkt sie an die wunderbaren gemeinsamen Skiausflüge mit ihrem Vater zurück, den sie so sehr vermisst. Gerade in der Weihnachtszeit flammt die Erinnerung an ihn besonders auf. Er zelebrierte den Advent, indem er das ganze Haus innen und außen im Lichterglanz erstrahlen ließ. Schon zwei Wochen, bevor die erste Kerze angezündet wurde, begann er mit dem Schmücken. Obwohl Annabelle seine Leidenschaft nicht teilte, half sie ihm beim Aufhängen der Girlanden oder

Lichterketten und dem Aufstellen von hölzernen Engeln, Räuchermännchen und Kerzenständern. Nur mit einem Bruchteil davon dekoriert Annabelle das Elternhaus, seit der Vater gestorben ist. Die anderen Gegenstände schlummern in einer großen Kiste im Keller. Offenbar kann sich Annabelle aus nostalgischen Motiven nicht davon trennen. Oft hat sie Marion angeregt, sich mit Weihnachtsgegenständen für ihre Wohnung oder das Büro einzudecken. Vergeblich. Marion genießt zwar die Atmosphäre bei ihrer Mutter oder im festlich geschmückten Kutterwald mit traditioneller Tanne auf dem Marktplatz, aber für sie allein lohnt der Aufwand nicht.
Als Marion gerade Robertos Box in der Spüle auswäscht, klingelt ihr Handy. Eins ihrer Sorgenkinder? Annabelle oder Caren?
Es handelt sich um die Freundin.
„Wie war dein Abend?“, fragt Caren, die weiß, dass sich Marion von Roberto die Gärtnerei zeigen lassen wollte.
„Nicht so toll.“
„Wieso?“
Einen Moment ist Marion in Versuchung, Caren die Wahrheit zu sagen. Sie verwirft die Idee, denn ein einmal gegebenes Versprechen mag sie nicht brechen. Stattdessen berichtet sie: „Ich habe Robertos Frau Eva kennengelernt. Ich hatte das Gefühl, dass sie eifersüchtig auf mich war. Das gab mir irgendwie ein blödes Gefühl.“
„Du Ärmste. Hast du dich etwa in Roberto ein bisschen verguckt?“
„Nein“, lügt Marion. „Ich investiere nichts in einen besetzten Mann.“
„Das verstehe ich. Mir geht es genauso.“
„Igor war doch Single“, wendet Marion ein.
„Von wegen. Die Polizei von Minsk hat der hiesigen mitgeteilt, dass er verheiratet und Vater von drei Kindern ist.“
Marion glaubt, sich verhört zu haben. „Du veräppelst

mich.“
„Mitnichten. Igor hatte es von Anfang an wohl darauf abgezielt, mich auszunehmen. Zum Beispiel habe ich nie kontrolliert, wofür er unser Haushaltsgeld ausgegeben hat. Wahrscheinlich ist das Meiste davon auf ein Konto in Minsk geflossen, um seine Familie zu ernähren.“
Zu Marions Erstaunen klingt Caren alles andere als verzweifelt. Deshalb hakt sie nach: „Hast du etwas zur Beruhigung geschluckt, oder warum reagierst du so gefasst?“
Ein künstliches Lachen dringt an Marions Ohr. „Pah ... ich habe beschlossen, diesem Mistkerl keine weitere Träne mehr nachzuweinen. Er ist es nicht wert. Schade um die verschwendete Zeit mit ihm.“
Eine wichtige Frage drängt sich Marion auf: „Hat die Polizei Igor verhaftet und dein Auto sichergestellt?“
„Negativ. Er und mein Wagen bleiben wie vom Erdboden verschluckt. Meine Versicherung muss wohl blechen.“
„Unglaublich, dass der Typ möglicherweise davonkommt. Sieht so Gerechtigkeit aus?“
„Wenigstens erleide ich kaum materiellen Schaden.“ Caren stöhnt leise, was dennoch am Telefon hörbar ist.
„Du bist wirklich ein Pechvogel“, hält Marion fest. „Kann ich irgendetwas für dich tun?“
„Ja, deswegen rufe ich an. Fährst du mich morgen bitte zum Arzt? Ich habe den Termin völlig vergessen, und das Auto meiner Eltern ist in der Inspektion.“
Marion erkundigt sich nach der Uhrzeit.
„Um 15.30 Uhr. Passt das für dich?“
Einen Moment zögert Marion, weil sie mitten am Nachmittag ihr Arbeitspensum nicht geschafft haben wird. Schließlich gibt sie sich einen Ruck. Dann wird sie eben am Wochenende arbeiten. „Ich richte es mir ein“, verspricht sie. „Auf dem Rückweg hole ich uns beim Chinesen etwas zu essen, und wir machen uns damit bei dir einen gemütlichen Mädelsabend.“
„Gute Idee. Jetzt habe ich eine Perspektive für morgen.“

Von wegen Caren betrachtet ihre Situation gelassen. Marion ist überzeugt, dass ihre Freundin tief verletzt und maßlos enttäuscht von Igor ist. Es wird einige Zeit dauern, Carens Gemütszustand wieder aufzubauen. Ohne Abwechslung und mit der Behinderung am Bein denkt sie bestimmt zu oft über ihre Misere nach. Was kann Marion tun, um Caren aufzuheitern? Auf Anhieb fehlt ihr die Fantasie, weil sie selbst in einem Tief hängt. Gemeinsam müsste es ihnen allerdings gelingen, sich da herauszumanövrieren. Geballte Frauenpower ist angesagt.
„Wir lassen uns nicht unterkriegen", schließt Marion das Telefonat mit ihrer Freundin ab.

♥♥♥

Bereits bei Arbeitsbeginn am nächsten Morgen teilt Marion Tom und Milan mit, dass sie am Nachmittag vorzeitig im Büro nicht mehr zur Verfügung steht. Den genauen Grund gibt sie nicht preis, und ihre Geschäftspartner fragen nicht danach. Vor allem wundert es Marion bei Tom, der ansonsten seine Neugier nicht unterdrückt. Umso besser.
Gegen drei Uhr fährt Marion ihren PC herunter. Da Caren auf ihren Krücken mehr Zeit benötigt, muss sie diese einkalkulieren, um pünktlich beim Arzt zu erscheinen. Gerade als sie ihren Mantel überstülpt, meldet sich ein Anruf auf ihrem Festnetzapparat. „Gehst du mal bitte an mein Telefon", ruft sie Tom zu. „Ich bin gleich weg."
„Okay, bis morgen."
Marion hört Toms Stimme: „Warten Sie bitte einen Moment. Ich schaue nach, ob Frau Fritsch noch im Büro ist."
Er erscheint im Flur und flüstert: „Das ist der Kunde, der abgesprungen ist. Er will nun doch mit uns ins Geschäft kommen, verlangt aber, dich zu sprechen."
„Oh, nein. Ich habe Caren zugesagt, sie zum Arzt zu

fahren. Kann ich den Typen zurückrufen?"
„Willst du riskieren, dass er es sich womöglich anders überlegt?", entgegnet Tom mit skeptischer Miene.
„Natürlich nicht. Was mache ich denn jetzt?", überlegt Marion verzweifelt. „Kannst du ein Taxi zu Caren schicken und ihr Bescheid geben, dass ich verhindert bin? Ihre Nummer und ihre Adresse hast du doch, oder?"
„Ja. Kümmere du dich um den Kunden. Ich regele alles mit Caren."
„Danke, Tom, du bist ein Schatz."
Er strahlt. „Das hast du noch nie zu mir gesagt."
Marion verkneift sich eine relativierende Bemerkung. Schließlich braucht sie Toms Hilfe. Stattdessen stürzt sie sich auf das Gespräch mit dem Kunden, der nach einer Stunde endlich einen neuen Termin mit ihr vereinbart, nachdem sie einigen Änderungen im Konzept zugestimmt hat.
Milan ist längst in den Feierabend entschwunden, aber auch Tom ist im Büro unauffindbar. Gerne hätte Marion gewusst, ob er für Caren alles arrangiert hat. Inzwischen müsste die Freundin von ihrem Arztbesuch wieder nach Hause zurückgekehrt sein. Ein Anruf bestätigt ihre Vermutung.
„Hallo, Marion. Hast du den Auftrag eingetütet?", säuselt Caren mit zuckersüßer Stimme, als wäre sie nicht allein.
„Zumindest erhalte ich eine neue Chance. Es tut mir leid, dass ich dich nicht fahren konnte. Die Taxikosten übernehme ich selbstverständlich. Ich mache mich jetzt auf den Weg zum Chinesen und komme anschließend mit dem Essen zu dir."
„Nicht nötig. Erstens würde die Krankenkasse die Kosten eines Taxis bezahlen, und zweitens habe ich gar keins benutzt."
„Wieso? Hast du den Termin etwa meinetwegen verschieben müssen?" Sofort regt sich Marions schlechtes Gewissen.
„Keine Sorge. Ich hatte einen Chauffeur."

Allmählich verliert Marion die Geduld. „Ist das Auto deiner Eltern rechtzeitig aus der Inspektion fertig geworden?“
„Nein. Tom war so lieb, mich zum Arzt zu bringen. Wir haben gerade das Essen vom Chinesen vertilgt.“
Mit dieser Lösung hat Marion nicht gerechnet. „Ich glaub’s ja nicht. Tom hat mir keine Nachricht hinterlassen, sondern ist einfach abgehauen.“
„Nimm’s ihm nicht übel. Er musste sich beeilen. Wir sind gerade rechtzeitig beim Arzt eingetroffen.“
„Okay, dann bist du mir nicht böse?“, vergewissert sich Marion.
„Überhaupt nicht.“
„Soll ich trotzdem vorbeischauen?“ Irgendwie fühlt sich Marion plötzlich aufs Abstellgleis geschoben. Dass Tom sie als Chauffeur ersetzt hat, ist eine Sache, aber er musste sich nicht gleich bei Caren zum Essen einnisten. Sie hatte sich auf den Mädelsabend gefreut.
„Klar kannst du kommen, allerdings haben wir kein Essen vom Chinesen übrig. Wir wussten ja nicht, wie lange du mit dem Kunden quatschst. Fahr doch beim Restaurant vorbei und bring dir etwas mit.“
„Ach, ich habe noch Hefe-Schnecken zuhause“, flunkert Marion. „Bleibt ihr beiden mal unter euch. Mich hat das Gespräch echt angestrengt, und ich bin froh, wenn ich für heute nicht mehr reden muss. Ich habe nur eine Bitte.“
“Schieß los“, fordert Caren Marion auf.
„Wenn du Tom von deiner Pleite mit Igor erzählst, lasse es mich wissen. Das erspart mir irgendwelche Lügengeschichten.“
„Habe ich schon, denn er hat mich nach meinem neuen Auto gefragt. Du weißt, wie sehr er sich für bestimmte Modelle interessiert. Er wollte es sich unbedingt in der Tiefgarage ansehen.“
„Okay, das wäre geklärt. Ich wünsche euch einen schönen Abend. Grüß Tom bitte von mir und richte ihm aus, dass ich ihm für seine Hilfe danke.“

„Wird erledigt. Wir telefonieren morgen ausführlicher. Schlaf schön."

Marion weiß nicht so recht, ob ihr die Zusammenkunft von Caren und Tom in den Kram passt. Zwar wollte sie die beiden ursprünglich miteinander verkuppeln, aber plötzlich empfindet Marion einen Hauch von Eifersucht. Dabei hat Tom ihr einen Gefallen getan, indem er Caren spontan zum Arzt gebracht hat. Mit diesem Gedanken tröstet sich Marion.

Auf dem Rückweg in ihre Wohnung kehrt sie tatsächlich beim Chinesen ein und gönnt sich gebackenen Fisch süßsauer. Der Geschmack spiegelt auch ihr Innerstes wider. Sauer ist sie auf Eva, und süß findet sie die Aussicht, den verloren geglaubten Auftrag doch noch zu realisieren.

KAPITEL 15

Täuscht sich Marion oder verhält sich Tom anders als sonst? Seit er den Abend mit Caren verbracht hat, beherbergt sein Gesicht ein Dauergrinsen.
Scheinheilig erkundigt sich Marion in einer Mittagspause bei einer der obligatorischen Tütensuppen: „Habt ihr euch gut unterhalten?"
„Wen meinst du?"
„Caren. Ihr habt doch nach dem Arztbesuch zusammen bei ihr gegessen."
„Hm ... tja, sie hat mir die Geschichte von Igor erzählt. Wirklich krass, was sie mit dem Kerl erleben musste. Er hat ihre Gutmütigkeit wohl voll ausgenutzt."
Marion wundert sich, dass Caren das gegenüber einem fremden Mann so unumwunden einräumt.
Tom liefert ihr die Erklärung dafür: „Wir beide waren erstaunlich vertraut miteinander, dafür, dass wir uns erst einige Male auf deinen Partys gesehen haben. Dort ist Caren mir nie besonders aufgefallen. Ich bin froh, sie nun näher kennengelernt zu haben. Du hast eine nette Freundin. Ich mag ihre ehrliche Art, Dinge beim Namen zu nennen."
Irgendwie traut Marion Tom nicht über den Weg. Schwärmt er ihr von Caren vor, um Marion eifersüchtig zu machen, oder ist er tatsächlich an ihrer Freundin interessiert? Um das herauszufinden, bohrt sie nach: „Ihr habt mich also gar nicht vermisst?"
Geschickt weicht Tom aus: „Du wärst natürlich das i-Tüpfelchen gewesen. Vielleicht holen wir den Abend als Trio demnächst mal nach."
Marion hat nicht die Absicht. Deshalb schweigt sie dazu.

„Ich muss zurück an die Arbeit. Heute Nachmittag treffe ich mich mit unserem Problemkunden."
„Dieses Mal klappt es. Da bin ich mir sicher", versprüht Tom gönnerhaft Zuversicht. „Kommst du danach zurück ins Büro?"
„Nein, Annabelle und ich haben heute unseren Mutter-Tochter-Abend. Ich schicke dir eine Nachricht aufs Handy, wie mein Gespräch ausgegangen ist."
„Okay, toi toi toi", wünscht Tom.

♥♥♥

Erfreulicherweise verläuft der Termin bei Marions Kunden nach ihrem Geschmack. Er willigt weitestgehend in ihre Vorschläge ein. Kleinigkeiten verspricht Marion zu ändern. Am Ende hält sie den unterschriebenen Werbevertrag in Händen.
Euphorisch kauft sie auf dem Weg zu ihrer Mutter eine Flasche Champagner, um den Abschluss zu feiern. Schließlich füllt er die Kasse erheblich auf.
Was Annabelle wohl heute auf den Tisch zaubert? Marion hat großen Appetit. Was für ein Glück, dass ihre Mutter die Erkältung so gut weggesteckt hat und wieder kochen kann.
Da Marion einen eigenen Schlüssel zum Elternhaus besitzt, klingelt sie nicht. Bereits im Flur hört sie Stimmen aus dem Wohnzimmer. Telefoniert Annabelle mit Johanna oder Gerti? Zunächst stellt Marion die Flasche in den Kühlschrank. Kalt schmeckt Champagner einfach besser. Allzu oft gönnt sie sich das Getränk nicht, deshalb möchte sie es mit ihrer Mutter optimal genießen.
Seltsamerweise steht kein Topf auf dem Herd, und auch der Backofen präsentiert sich leer. Ist Annabelle durch ihr Gespräch bisher nicht zum Kochen gekommen? Wie ärgerlich. Hätte Marion dies geahnt, wäre sie beim Italiener oder Griechen vorbeigefahren, um Essen zu besorgen.

Offenbar hat Annabelle bisher gar nicht bemerkt, dass Marion eingetroffen ist. Sie begibt sich in Richtung Wohnzimmer und staunt nicht schlecht, eine Besucherin vorzufinden, die ihr auf dem Sessel den Rücken zudreht. Jedenfalls handelt es sich weder um Johanna, noch um Gerti. Die Person trägt ihr Haar unordentlich zu einem Pferdeschwanz zusammengebunden. Einige Strähnen wurden vergessen, die fettig seitlich herabhängen. So schlampig sehen Annabelles Freundinnen nicht aus.
Marion tritt unbeachtet näher heran und stutzt, als die Stimme der vermeintlich Fremden männlich klingt.
In diesem Moment entdeckt Annabelle Marion. „Hallo, da bist du ja. Darf ich dir Michael vorstellen?“
Marion verschlägt es die Sprache. Michael von der *Finder-Plattform*? Sie hatte ihn längst zu den Akten gelegt. Widerwillig reicht sie dem Störenfried die Hand. „Guten Abend. Ich bin Annabelles Tochter.“
„Angenehm“, spuckt Michaels Mund aus. Er steht nicht zur Begrüßung von seinem Sitzplatz auf.
Mit Mühe unterdrückt Marion ihr Entsetzen über seinen verlotterten Anblick. Nicht nur seine Haare sind ungepflegt, sondern auch sein verfilzter Bart. „Mama, kann ich dich bitte kurz in der Küche sprechen? Ich möchte dir etwas zeigen.“ Hoffentlich steigt ihre Mutter auf diese Ausrede ein. Es besteht Erklärungsbedarf, wieso sie plötzlich dem Typen ihre Adresse gegeben hat und er gleich bei ihr aufgetaucht ist.
„Mami, was soll das?“, bricht es sofort aus ihr heraus, kaum, dass die Küchentür hinter ihnen geschlossen ist. „Was will der komische Vogel hier? Ich dachte, wir machen uns einen gemütlichen Abend.“
Annabelles Gesichtsausdruck lässt darauf schließen, dass ihr die Anwesenheit von Michael selbst nicht recht ist. „Wir haben heute auf der Plattform gechattet. Er hat sich nach meinem Gesundheitszustand erkundigt, und ich habe dummerweise gesagt, dass ich halbwegs wieder fit bin. Deshalb wollte er mich gleich auf ein baldiges Treffen

nageln. Er redete mir ein schlechtes Gewissen ein, weil ich ihm kurzfristig neulich abgesagt hätte. Ein Geschenk für mich würde nun auf mich warten."
„Deshalb verrätst du ihm gleich deine Adresse?" Marion verdreht innerlich die Augen.
„Er hat sie mir entlockt, indem er mich aushorchte, ob ich weit weg von Traunstein wohne. Er würde mich so gerne sehen."
„Auf so ein Gesülze fällst du herein? Was ist das denn für ein tolles Präsent?"
„Selbst gebackene Plätzchen." Annabelle verzieht das Gesicht.
„Na, davon hast du ja so wenig." Einen ironischen Unterton verkneift sich Marion nicht. „Solch einen Leichtsinn hätte ich dir wirklich nicht zugetraut." Insgeheim hat Marion genau so ein Szenario befürchtet.
„Ich dachte mir, lieber er kommt, wenn du dabei bist", verteidigt sich Annabelle.
„Wie werden wir ihn jetzt los? Wie lange ist er schon hier?"
„Etwa eine Stunde."
„Ist er mit dem Auto gekommen?", setzt Marion ihr Verhör fort.
„Nein, mit dem Zug."
„Hast du ihn vom Bahnhof abgeholt?"
Annabelle schüttelt den Kopf. „Er hat sich ein Taxi genommen."
„Entschuldige, aber der Typ schaut nicht so aus, als besäße er Geld."
„Hm ... das Taxi habe ich bezahlt. Angeblich hat er seine Geldbörse im Zug verloren", rückt ihre Mutter mit der Sprache heraus.
„Oh, nein. Hat er bei der Bahn angerufen? Vielleicht wurde sie bereits auf dem Fundbüro abgegeben."
„Negativ. Bisher nicht", meint Annabelle.
Marion schwant Übles. „Das heißt, er will hier abwarten, ob seine verlorene Geldbörse auftaucht?" Sie erhält ein

Schulterzucken von ihrer Mutter zur Antwort.
„Wie naiv du bist. Ich glaube Michael, oder wie immer er sich nennt, nicht. Der will sich hier einnisten. Wahrscheinlich lebt er unter der Brücke. Seinen fettigen Haaren nach zu urteilen, braucht er eine Dusche und sein Magen etwas Handfestes zum Essen. Er sieht ziemlich ausgemergelt aus. Ich fühle ihm mal auf den Zahn“, kündigt Marion entschlossen an.
„Was hast du vor?“
„Ich biete Michael an, ihn zum Bahnhof zu fahren. Sein Rückticket hat er hoffentlich auf dem Smartphone gespeichert.“
Energisch reißt Marion die Küchentür auf und wendet sich direkt an den Fremden. „Ich bringe Sie zum Bahnhof. Dort können Sie gleich nach Ihrer Geldbörse fahnden.“
„Warum werfen Sie mich raus?“ Michael wendet sich an Annabelle: „Ist das auch dein Wille?“, fragt er mit einem Dackelblick, der einstudiert wirkt.
Annabelle schweigt. Offenbar wagt sie nicht, Marion zu widersprechen.
„Also schön. Ich trinke eben meinen Sherry aus. Danach können wir aufbrechen.“ Michael leert in einem Zug das Glas und will sich erheben. Dabei verzerrt er seine Miene vor Schmerz. „Aua, mein Rücken. Oh, tut das weh“, beginnt er zu jammern. Symbolisch wandert zur Demonstration seine rechte Hand nach hinten.
Marion traut dem Braten nicht. Der Kerl schwenkt auf die Mitleidsnummer um, auf die Annabelle sogleich hereinfällt: „Was ist passiert? Hast du dich verrenkt oder eine falsche Bewegung gemacht?“ Ihr besorgter Gesichtsausdruck bestätigt Marions Vermutung.
„Ich habe Bandscheibenprobleme“, jault Michael lauter. „Es tut so weh.“
„Bleib sitzen“, fordert Annabelle den vermutlich eingebildeten Kranken auf. Sie schnappt sich ein Kissen vom Sofa und klemmt es ihm hinter den Rücken.
„Ich rufe einen Notarzt.“ Marion zückt ihr Handy.

„Nein, lassen Sie das“, protestiert Michael vehement. „Meine Gesundheitskarte steckt in der Geldbörse, die ich verloren habe. Das verursacht nur weitere Probleme.“
Marion lässt sich nicht beirren: „Es handelt sich um eine Ausnahmesituation. Der Notarzt setzt sich einfach mit Ihrer Krankenkasse in Verbindung.“
„Ich will das nicht. Übermorgen habe ich ohnehin einen Termin beim Orthopäden. Bis dahin halte ich die Schmerzen aus.“ Michael schenkt Annabelle ein gewinnendes Lächeln. „Hast du eventuell eine Tablette für mich?“
„Natürlich, ich hole eine.“ Annabelle verschwindet in Richtung Bad, während Marion fieberhaft überlegt, wie sie mit der Lage umgehen soll. Sie ist sich sicher, dass dieser Mann simuliert und seine Beschwerden vortäuscht. Allerdings fehlt ihr das Motiv. Was bezweckt er damit? „Wie stellen Sie sich das weitere Prozedere vor?“
„Vielleicht wirkt die Tablette, und ich bin in der Verfassung, mit dem Zug nach Hause zu fahren“, stellt Michael in Aussicht, indem er eine Leidensmiene präsentiert.
Als er die von Annabelle gereichte Pille hinuntergeschluckt hat, kommt er zum Punkt: „Es wäre allerdings sehr nett, wenn ihr mir Geld leihen könntet. Ich werde es zu Fuß vom Bahnhof zu mir nach Hause nicht mit meinem maroden Rücken schaffen und mir ein Taxi nehmen müssen.“
„An welchen Betrag denken Sie?“, fragt Marion mit versteinertem Gesichtsausdruck, ohne auf seine plötzliche Duzerei ihr gegenüber einzugehen.
„Wären einhundert Euro okay?“, richtet Michael das Wort bewusst an Annabelle.
Marion mischt sich sofort ein: „Wozu so viel? Eine Taxifahrt kostet bestimmt weniger.“
„Ich wohne in einem kleinen Dorf abseits von Traunstein“, erläutert der unwillkommene Besucher, „da kann so eine Taxifahrt durchaus teuer werden, zumal ein Nachttarif

aufgeschlagen wird. Ich überweise das Geld so schnell wie möglich auf dein Konto, Annabelle. Schreibst du mir bitte deine Bankverbindung auf?"
Annabelle springt zu ihrem Sekretär, wo Zettel und Stift liegen.
„Das wird meine Mutter nicht tun. Ich bringe Sie jetzt zum hiesigen Bahnhof. Das kostet Sie keinen Cent. Am besten rufen Sie einen Bekannten in Traunstein an, der Sie abholt. Sie haben doch Freunde, oder?", erkundigt sich Marion scheinheilig.
Perplex fixiert Michael mit seinen Augen Marions starren Blick. „Und wenn ich niemanden erreiche?"
„Bahnhofsmission", lautet Marions Lösung.
Seltsamerweise beklagt sich Michael gar nicht mehr über Rückenschmerzen. Entweder wirkt die Tablette, oder er hat in den vergangenen Minuten eine Wunderheilung erlitten. Michael scheint zu kapitulieren: „Okay, bring mich zum Bahnhof.
Schade, dass deine Tochter mich nicht mag", meint Michael zu Annabelle. „Wir könnten viel Spaß miteinander haben."
Glücklicherweise entschließt sich Annabelle, mit zum Bahnhof zu kommen, denn Marion fühlt sich in der alleinigen Gesellschaft von Michael nicht wohl. Wer weiß, was der Typ auf dem Kerbholz hat. Alle möglichen Szenarien wirbeln durch ihren Kopf. Womöglich zwingt er sie in den Wald, betäubt sie dort, wirft sie aus dem Auto und verschwindet damit. Ein ähnliches Schicksal wie Caren mit dem Diebstahl ihres Wagens möchte Marion nicht erleiden.
Taktisch lässt Marion ihre Mutter hinten Platz nehmen, während Michael auf den Beifahrersitz klettert. Auch dabei merkt man ihm die angeblich kaputte Bandscheibe nicht an.
Als sie am Bahnhof eintreffen, hat Michael es plötzlich eilig. Er verabschiedet sich nicht einmal, sondern hüpft wie ein junger Hirsch die Treppen zum Eingang hinauf.

Marion lacht befreit auf. „Siehst du nun, dass er simuliert hat? Der wollte bei dir Geld abzocken. Ich hoffe, dass du deinen Account bei *Finder* sofort löschst."
„Worauf du dich verlassen kannst, mein Kind. Ich bin dir dankbar für deine Hilfe. Es tut mir leid, nicht gleich auf dich gehört zu haben. Diese Plattformen scheinen wirklich ein gefährliches Pflaster zu sein."
„Zumindest, wenn man zu gutgläubig ist. Ich verteufele solche Dating-Möglichkeiten nicht generell, aber Vorsicht ist die Mutter der Porzellankiste."
Annabelle kichert: „Woher hast du den alten Spruch?"
„Von dir. Also solltest du ihn auch befolgen. Nun feiern wir, dass wir Michael losgeworden sind. Der Champagner dürfte inzwischen gut gekühlt sein."
„Champagner? Hast du im Lotto gewonnen?", staunt Annabelle.
Marion berichtet von ihrem lukrativen Auftrag.
„Gratuliere. Zum dumm, dass ich wegen Michael kein Festessen gekocht habe."
„Ich habe eine andere Idee. Wie wäre es mit Fast Food? Ungesund, aber füllt unsere Mägen."
„Warum nicht? Schließlich brauchen wir eine Grundlage für den Champagner", stimmt Annabelle zu.
Mit zwei Tüten voll Pommes und Burger unter dem Arm kehrt Marion aus der Restaurantkette neben dem Bahnhofsgebäude zum Wagen zurück.
„Hm lecker ... wie das nach altem Öl duftet", scherzt Annabelle. „Ich freue mich trotzdem aufs Essen."
Zuhause deckt Annabelle den Tisch, während Marion die Flasche Champagner öffnet und in die Sektkelche gießt. So eine komische Kombination aus Fast Food und Champagner haben sie beide noch nie konsumiert und so einen lustigen Abend schon lange nicht mehr erlebt. Immer wieder lassen Marion und Annabelle ihre Begegnung mit Michael Revue passieren und lachen. Seine Kekse fliegen in die Mülltonne. Wer weiß, ob er kein Haschisch untergeknetet hat, um seine Opfer gefügig zu machen.

♥

KAPITEL 16

Die Geschichte mit Michael beschäftigt Marion auch in den nächsten Tagen. Hoffentlich hat Annabelle ihr Versprechen inzwischen eingelöst, ihren Account bei besagter Plattform zu löschen. Das Geld, das ihre Mutter für Michael an den Taxifahrer bezahlt hatte, darf sie wohl abschreiben. Marion hat ihr nochmals dringend ans Herz gelegt, dem Kerl ihre Bankverbindung auf keinen Fall zu nennen. Lieber die fünfzehn Euro in den Wind schießen, als weiterhin Kontakt mit dieser ungehobelten Person zu pflegen. Annabelle ist wohl sehr einsam und sehnt sich nach Gesellschaft. Das wird Marion in diesem Moment einmal mehr bewusst. Wie könnte sie ihrer Mutter helfen, diesen Zustand zu ändern? Annabelle sieht für ihr Alter ansprechend aus und ist sehr kommunikativ. Was ist mit Wolfgang? Marion hat ganz vergessen, ihre Mutter nach ihm zu fragen. Ob sie sich mal beiläufig bei Johanna oder Gerti nach ihm erkundigt? Aber wie sollte sie das anstellen, ohne Argwohn bei Annabelles Freundinnen zu wecken? Sonst interessiert sie sich schließlich nicht für den ehrenamtlichen Helfer bei der Tafel. Marion sollte sich stattdessen um ihre eigenen Probleme kümmern. Roberto will ihr einfach nicht aus dem Kopf gehen. Die Dose, in denen seine Schnecken waren, begleitet sie seit zwei Tagen auf ihrem Beifahrersitz und erinnert sie an den verunglückten gemeinsamen Abend. Evas Auftritt gab ihm die falsche Richtung. Um Roberto endlich aus ihren Gedanken zu verbannen, beschließt Marion eines Abends nach der Arbeit, die Box vor seine Tür zu stellen. Dazu wartet sie die Schließung seiner Gärtnerei zunächst ab. Ihr Auto parkt sie extra auf der Straße und nicht auf dem Hof,

um keine Aufmerksamkeit durch die Scheinwerfer zu erregen. Wie auf Indianersohlen nähert sich Marion mit der Dose in der Hand dem Hauseingang.
Gerade als sie sich bückt, um sie abzulegen, lässt eine Stimme sie zusammenzucken.
„Was für eine nette Überraschung“, ertönt es hinter ihr. Marion dreht sich um und blickt in die strahlenden Augen von Roberto.
„Sag bloß, du wolltest dich heimlich wieder davonschleichen?“, trifft er den Nagel auf den Kopf.
„Ich ... bin nur kurz hier und in Eile. Meine Mutter wartet auf mich mit dem Essen.“
„Ach, habe ich Annabelle offenbar eben missverstanden?“ Roberto grinst spitzbübisch.
„Wieso?“ Marion kapiert nichts. „Hast du mit ihr telefoniert?“ Sie denkt an einen Zusammenhang mit dem Auftritt als Weihnachtsmann auf der Charity-Gala. Was sollte Roberto sonst mit ihrer Mutter zu besprechen haben?
„Nein, Annabelle hat meiner Gärtnerei zusammen mit meiner Tante Johanna einen Besuch abgestattet. Sie schwärmte von den Minzetöpfen, die du ihr abgetreten hattest und wollte sich nach anderen Sorten umschauen.“
Marion steigt die Röte ins Gesicht. Ertappt. Wie peinlich.
„Ich ...“, stottert sie, „koche so selten. Die Kräuter sind bei meiner Mutter besser aufgehoben.“
„Ich bin dir nicht böse. Besser Annabelle verwertet sie, als dass sie bei dir eingehen.“
Roberto scheint Marion demzufolge nicht viel zuzutrauen, was ihre Kochkünste anbelangt. Irgendwie fordert sie das heraus: „Das heißt nicht, dass ich überhaupt nichts in der Küche zustande bringe.“
„Bedeutet deine Verteidigungsrede gerade eine Einladung, bei der du mir das Gegenteil beweisen willst?“ Er zwinkert ihr belustigt mit einem Auge zu.
Schafft es Marion, seinem Charme zu widerstehen? „Mal sehen, ich muss jetzt los, sonst verbrennt das Essen bei

meiner Mutter."
Sie hat die Rechnung ohne Roberto gemacht. „Irrst du dich vielleicht im Tag? Annabelle ist heute bei meiner Tante zum Schafkopfen mit Gerti. Das haben die beiden mir vorhin erzählt."
Wenn Marions Gesichtshaut nicht schon rot angelaufen wäre, würde es nun passieren. Sie schämt sich für ihre Notlüge. „Stimmt. Ich habe die Tage tatsächlich verwechselt."
„Super, also hast du ja nichts mehr vor, und ich zeige dir endlich meinen Betrieb." Roberto bückt sich nach der Dose und schließt die Haustür auf. „Ich stelle sie kurz hinein. Bin gleich zurück."
Der kalte Wind treibt Marion die Röte wieder aus dem Gesicht. Was ist dabei, sich die Gärtnerei zeigen zu lassen? Damit vergibt sie sich schließlich nichts. Zugegebenermaßen fühlt sie sich in Robertos Gegenwart plötzlich sehr wohl. Gäbe es nur Eva im Hintergrund nicht, die wie ein Geist ständig über ihnen schwebt.
„Wo hast du dein Auto versteckt?", fragt er nach seiner Rückkehr.
„Auf der Straße um die Ecke."
„Du wolltest also tatsächlich nicht auffallen und dich heimlich wieder davonstehlen", stellt der Kräuterexperte fest. Offensichtlich durchschaut Roberto Marion bereits recht gut.
Natürlich streitet sie seine Vermutung ab. „Ich wollte niemanden aufscheuchen."
„Du meinst Eva? Es geht sie nichts mehr an, mit wem ich meine Zeit verbringe. Ich hoffe, sie hat dich beim letzten Mal nicht in die Flucht geschlagen."
„Doch, unser Aufeinandertreffen war mir unangenehm." Über ihre Ehrlichkeit ist Marion selbst erstaunt.
„Ich sollte das Schloss austauschen. Dann muss sich Eva vorher anmelden, wenn sie Sachen aus dem Haus holen möchte. Mir passt es nicht, wie sie nach wie vor ein und aus geht."

„Das ist eine Angelegenheit, die ihr bereden solltet. Ich würde es auch nicht gut finden, wenn mein Ex zu jeder Tages- und Nachtzeit auftauchen könnte“, pflichtet Marion bei.
Roberto führt sie über den Hof zum Eingang der Gärtnerei und flutet zunächst die Gewächshäuser mit Licht.
Marion zeigt sich von der Größe beeindruckt. „Wow, das sieht nach einer Menge Aufwand aus, die ganzen Pflanzen zu pflegen.“
Roberto relativiert bescheiden: „Die automatische Bewässerungsanlage hilft. Sensoren messen die Temperatur, Luft- und Bodenfeuchtigkeit, und im Sprühwasser wird kontrolliert natürlicher Dünger zugefügt.“
Obwohl sich Marion sonst nicht für Gewürze und Kräuter interessiert, hängt sie in der folgenden halben Stunde an Robertos Lippen.
„Drei Minzesorten kennst du bereits, auch wenn sie bei deiner Mutter gelandet sind“, setzt er seinen Vortrag fort.
Marion verschweigt, dass die Apfelminze Milans Familie geheilt hat.
„Hier siehst du weitere Arten.“ Roberto entfernt das Blatt einer Zitronenminze und hält es Marion hin. „Zerreibe es zwischen deinen Finger und rieche mal dran.“
Sie befolgt seine Aufforderung. „Duftet erfrischend nach Zitrus.“
Weiter geht es am Currykraut, dem Fenchel und der Kresse vorbei. Danach bleiben sie an Töpfen mit Blumen stehen, deren Name Marion nicht einfällt. Sie erkennt sie jedoch als Beet- und Balkonblumen wieder. „Wie heißen die Pflanzen?“
„Tagetes.“
„Wieso zählen sie zu den Gewürzen?“, erkundigt sich Marion verwundert.
Roberto erklärt es ihr: „Das sind Gewürztagetes. Ihr Aroma entspricht weitgehend dem der Mandarinen.“
„Und zu welchen Gerichten schmecken die?“

„Zum Beispiel zum Salat oder in Süßspeisen. Ich gebe sie außerdem gerne in den Fruchtpunsch. Meine Mutter dagegen fügt sie in heiße Dessertsoßen mit Wein. Köstlich, sage ich dir." Roberto schleckt sich symbolisch mit der Zunge über die Lippen.
„Ihr kocht wohl alle gerne in deiner Familie, stimmt's?"
„Eher die weibliche Fraktion. Ich bin eine Ausnahme und habe meiner Mutter schon als Kind beim Backen und Kochen über die Schulter geschaut."
„Damit punktest du sicher bei den Frauen."
„Nicht unbedingt. Manche halten das für unmännlich, andere wiederum für sexy."
„Ich wäre froh, wenn ich abends von der Arbeit nach Hause käme, und bereits im Flur würde meine Nase von einem herrlichen Essensduft betört. Deshalb genieße ich es, wenn meine Mutter ab und zu für mich kocht."
„Eva hat meine Kochkünste nie zu schätzen gewusst. Da sie mittags in der Kantine isst, will sie abends nichts mehr zu sich nehmen. Ich komme aber tagsüber nicht dazu, weil die Gärtnerei durchgehend geöffnet ist. Für mich bedeutet nach Ladenschluss das Schnipseln und Schälen von Obst und Gemüse pure Entspannung. Außerdem probiere ich zugleich neue Gewürzmischungen oder Kräuter an den Speisen aus. Für mich allein macht das alles nur nicht so viel Spaß."
„Ich biete mich gerne mal als deine Testerin an. Auf diese Weise lerne ich zusätzlich etwas." Marion beißt sich auf die Lippen. Sie sollte sich nicht selbst einladen. Vor Kurzem wollte sie Roberto nicht einmal wiedersehen. Ihre Einstellung hat sich rasant geändert.
„Nichts lieber als das. Ich habe heute noch nichts Warmes gegessen. Du?"
Marion verneint. „Bloß eine Tütensuppe."
„Darf ich gleich für dich kochen?", schlägt Roberto mit einem gewinnenden Lächeln vor, das keinen Widerstand duldet.
„Okay, bis ich mir etwas auf dem Heimweg vom

Restaurant besorgt habe, bin ich verhungert."
Roberto nimmt einen frischen Kopfsalat, jeweils einen Topf mit Basilikum und einen mit Zitronenminze mit ins Haus in die Küche.
„Was hast du denn vor?", informiert sich Marion neugierig.
„Nichts Spektakuläres. Dafür reicht die Zeit jetzt nicht. Wir wollen sie schließlich nicht allein mit Kochen verplempern. Magst du Spaghetti mit Pesto Genovese und Salat?"
„Klar. Soll ich den Salat waschen?"
„Gute Idee. Während die Nudeln garen, bereite ich das Pesto zu." Roberto reicht Marion wieder die Schürze, die sie neulich beim Ausrollen des Teiges für die Käse-Schinken-Schnecken umgebunden hatte. Hoffentlich platzt nicht Eva abermals ins Geschehen. Nach dem Waschen des Salats weist Roberto Marion an, die Blätter der Zitronenminze und eine Zwiebel kleingehackt darunter zu geben und mit Öl, Essig, Salz und Pfeffer abzuschmecken.
Roberto röstet inzwischen Pinienkerne fettlos in einer Pfanne, die er anschließend beiseitestellt und auskühlen lässt. Nach dem Reinigen von etlichen Basilikumblättern schält er Knoblauchzehen. Alles kippt er in einen Rührbecher zusammen mit Olivenöl. Ein Schneidstab püriert das Gemisch. Zum Schluss würzt Roberto das Pesto mit Parmesan und Salz.
Wenig später spart Marion nicht mit Lobeshymnen. „So ein leckeres Pesto habe ich noch nie gegessen."
Roberto lacht. „Übertreib mal nicht. Das ist wirklich ein ganz einfaches Rezept. Meine Mutter würde sagen, das kann jeder Affe nachmachen."
Marion fällt in seine unbeschwerte Heiterkeit ein. Der Weißwein zeigt seine Wirkung, denn er lockert ihre Zunge.
„An deine Spaghetti könnte ich mich glatt gewöhnen."
„Ich habe nichts dagegen, wenn du öfter abends vorbeischaust und mit mir isst. Dann hätte ich auch wieder Lust, mehr auszuprobieren."

Marion schielt in Robertos Richtung. Ob er das ernst meint oder bloß eine Floskel daherplappert? Seine Augen fixieren sie. „Ich sage das nicht einfach so, sondern fände es wirklich schön, wenn wir uns häufiger treffen würden." Roberto ergreift über den Tisch unvermutet ihre Hand. „Hast du nicht auch das Gefühl, dass wir uns schon ewig kennen?"
„Tun wir ja", bestätigt Marion verlegen. „Zwanzig Jahre, wie deine Tante und meine Mutter behaupten. So richtig erinnern kann ich mich nicht an unsere Begegnung damals. Näher kennengelernt haben wir uns wohl nicht an jenem Abend."
„Das können wir in Ruhe nachholen."
Marion wird es zu melancholisch. Robertos Hand fühlt sich samtweich an, was sie bei einem Gärtner wundert. Trotzdem entzieht sie ihm ihre. Zu intim. „Ich helfe dir beim Aufräumen. Hinterher fahre ich nach Hause." Dabei versucht sie, ihrer Stimme einen entschlossenen Klang zu verleihen, obwohl ihr Herz etwas anderes will.
Roberto ist anscheinend nicht damit einverstanden. „So schnell lasse ich dich nicht gehen. Beim letzten Mal bist du schon geflüchtet. Es gibt noch einen Drink zum Abschied."
„Ich trinke keinen Alkohol mehr", beteuert Marion.
„Warte es ab. Ich werde keinen untermischen." Roberto schneidet in der Küche einen Zweig von einem Kräutertopf, den er in eine Karaffe gibt und auf den er Mineralwasser schüttet. „Zehn Minuten muss das Ganze ziehen. Setzen wir uns so lange aufs Sofa." Roberto sorgt zunächst für Musik.
Marion schmunzelt. „Hast du dich heimlich bei meiner Mutter nach meinem Geschmack erkundigt?" Sie liebt nämlich die Songs von Whitney Houston.
„Nein. Sag bloß, du magst die Interpretin?"
„Ja, sehr gerne sogar." Ausgerechnet das Lied *I will always love you* mit seiner Ohrwurmqualität ertönt in diesem Moment.

Ohne Vorankündigung legt Roberto seine Hände um Marions Hüften und wiegt sie im Rhythmus der Melodie hin und her. Automatisch schmiegt sie ihren Kopf an seine Wange und spürt sein Herz durch seine Brust gegen ihre Rippen hämmern. Was macht der Weihnachtsmann mit ihr? Eine Weile herrscht Stille zwischen ihnen. Als Robertos warmer Atem auf ihren Hals trifft, stellen sich prickelnd die feinen Härchen an ihrem Nacken auf. Unweigerlich nähern sich ihre Gesichter, und kurz darauf berühren sich ihre Lippen.

Marions Verstand befiehlt ihr zurückzuweichen, aber ihr Herz gehorcht nicht. Die Sehnsucht nach Liebe ist stärker.

Sanft schiebt sich Robertos Zungenspitze in ihren Mund, was ihr einen wohligen Schauer durch den Körper jagt. Alle Vorsätze, sich nicht auf ihn einzulassen, schmelzen dahin wie die Gletscher im Klimawandel.

Sie landen auf dem Sofa.

Seine Hände bahnen sich einen Weg unter ihren Pullover. Wellen der Erregung ergreifen von Marion Besitz. Lange hat sie keine Nähe mehr zu einem Mann genossen.

Als Roberto ihr gerade das Oberteil über den Kopf ziehen will, fällt die Haustür krachend ins Schloss.

„Nein, bitte nicht schon wieder“, schimpft er und lässt abrupt von Marion ab.

„Deine Frau?“, flüstert sie überflüssigerweise, denn wer sollte es sonst sein.

„Roberto?“, ruft Eva prompt vom Flur her.

Mit Schwung springt er vom Sofa auf und läuft ihr entgegen. „Du kannst nicht einfach hier hereinschneien. Die Zeiten sind endgültig vorbei. Gib mir deinen Hausschlüssel, oder ich tausche das Schloss aus.“

Marion beobachtet das Geschehen aus der Deckung vom Sofa aus. Am liebsten würde sie sich im nächsten Mauseloch verkriechen. Unfreiwillig wird sie Zeugin des Streits, der zwischen Eva und Roberto entbrennt.

„Wieso rückst du mit zwei Koffern an?“, fragt er mit Irritation in der Stimme.

„Weil ich hier wohne", faucht Eva zurück.
„Nein. Das tust du seit Monaten nicht mehr. Bitte geh. Ich habe Besuch."
„Wen?"
„Das geht dich gar nichts an."
„Die Schlampe von neulich?"
Roberto scheint kurz vor einem Vulkanausbruch zu stehen. „Das nimmst du sofort zurück. Ich dulde nicht, dass du Freunde von mir beleidigst."
„Du meinst deine Neue?"
„Marion ist eine gute Freundin." Offenbar versucht er eine andere Taktik, denn er mäßigt seinen Ton: „Ich bitte dich, sofort mein Haus zu verlassen."
Eva reagiert gar nicht darauf, sondern wirbelt Staub auf: „Ich habe weiteres Gepäck draußen im Auto. Hilfst du mir, es hereinzutragen? Ich kehre zu dir zurück. Es war ein Fehler, mich von dir zu trennen."
Marion sieht Roberto sogar auf die Distanz erstarren. „Das ist nicht dein Ernst?"
„Mein voller."
„Spinnst du? Erst betrügst du mich, verlangst die Scheidung und beschießt nach einiger Zeit einseitig, deinen Entschluss rückgängig zu machen? So funktioniert das nicht."
„Warum nicht? Es würde uns das Theater ersparen, das wir unseren Familien zurzeit vorspielen."
„Ach, bloß deswegen? Damit sich dein Vater zu Weihnachten nicht aufregt? Und danach wirfst du dich wieder in die Arme deines Liebhabers? Nicht mit mir."
„Sei nicht so stur." Eva legt ihre Arme um Robertos Hals, die er sofort energisch abstreift. „Lass das gefälligst."
„Können wir uns nicht vernünftig unterhalten? Bin ich dir das nicht wert?", schmeichelt Eva.
„Du hast einen ungünstigen Zeitpunkt gewählt. Wie erwähnt, habe ich Besuch."
„Das lässt sich ändern." Schnurstracks stolziert Eva ins Wohnzimmer und plustert sich vor Marion auf. „Sie

verschwinden jetzt besser. Roberto und ich haben einige Dinge zu besprechen und Sie stören."
„Das glaube ich auch", pflichtet Marion frustriert bei und schickt sich an, Evas Forderung Folge zu leisten.
„Du bleibst", fährt Roberto dazwischen.
Marion widerspricht vehement: „Auf keinen Fall. Was soll das werden? Soll ich euch als Mediatorin dienen? Nein, danke. Bitte lass mich zukünftig in Ruhe. Ich bin kein Spielzeug, das man bei Bedarf aus der Schublade holt und nach Gebrauch wieder wegschließt." Marion beherrscht sich mit Mühe, den beiden Kontrahenten nicht gehörig die Meinung zu geigen. Ihre Wut richtet sich nicht nur gegen Eva, sondern vor allem gegen Roberto. Er hat offensichtlich zwischen sich und seiner Frau keine klaren Verhältnisse geschaffen. Wäre Eva einige Minuten später aufgetaucht, hätte Marion vermutlich mit Roberto im Bett gelegen. Welch ein Glück, dass es nicht passiert ist. Diese Peinlichkeit würde an ihr nagen und ihr außerdem das Herz brechen. Gerade heute Abend hat sie sich weiter in Roberto verliebt und den Eindruck, dass dies auf Gegenseitigkeit beruht. Sie flüchtet vor Eva in den Flur, schnappt sich ihre Handtasche, stülpt sich die Stiefel über und reißt ihren Mantel vom Garderobenhaken. Ohne ein weiteres Wort rennt sie aus dem Haus. Wie konnte sie nur so dumm sein zu glauben, die Trennung von Eva wäre bloß eine Formsache?

♥

KAPITEL 17

Wozu sind beste Freundinnen da? Um sich rund um die Uhr bei ihnen ausweinen zu dürfen.
Marion wischt ihren Tränenschleier mit dem Ellbogen energisch weg, als sie vor Carens Haus parkt. Ein Wunder, dass sie durch ihn überhaupt ohne Unfall angekommen ist, denn ihre Sicht war aufgrund des Weinens ziemlich eingeschränkt. Dabei bejammert sie in erster Linie ihre Naivität zu glauben, Roberto wäre über die Trennung von Eva hinweg. Seine Frau schnipst mit dem Finger, und schon zerschneidet sie das dünne Band zwischen ihm und Marion. Wahrscheinlich hat sie sich die Zuneigung des Gärtners bloß eingebildet und war ein netter Zeitvertreib für ihn. Oder wollte Roberto ausprobieren, ob er noch Chancen bei anderen Frauen hat und Eva eifersüchtig machen? Marion diente sozusagen als Versuchsballon. Wie deprimierend.
Glücklicherweise entdeckt Marion Licht hinter Carens Vorhängen. Sie wollte sich telefonisch bei ihr ankündigen, aber der Anrufbeantworter war eingeschaltet. Vermutlich hat Caren inzwischen ihre WhatsApp-Nachricht gelesen.
Es dauert allerdings eine Weile nach dem Klingeln an der Haustür, bis sich eine Stimme über die Sprechanlage meldet. Es handelt sich nicht um Carens, sondern zu Marions Erstaunen um Toms. Was tut der zu so später Stunde bei ihrer Freundin? Vorsichtshalber fragt sie nach: „Bist du das, Tom?“
„Ja, willst du hochkommen?“
Marion überlegt eine Sekunde. „Nein. Ich wusste nicht, dass Caren nicht allein ist.“
„Gibt es ein Problem?“, hakt Tom nach. „Du störst uns

nicht.“
Tom hört sich so gönnerhaft an, als würde er mit Caren zusammenwohnen. Was läuft da? Offensichtlich ist Marion etwas entgangen. Sie wird ihnen auf keinen Fall mit verheultem Gesicht unter die Augen treten. Caren würde sie sich anvertrauen, aber Tom soll nichts von ihrem Liebeskummer erfahren. Mit seiner Zuneigung zu Marion scheint es außerdem nicht weit her, wenn er sich so intensiv um Caren bemüht. Obwohl sie die beiden vor einigen Monaten verkuppeln wollte, fühlt sie sich plötzlich ausgeschlossen und einsam.
Ihre Mutter darf sie nicht mit ihrer Misere behelligen. Annabelle könnte sich bei Johanna oder Gerti verplappern. Auch wenn Marion maßlos enttäuscht von Roberto ist, bleibt ihr Versprechen gültig. Was würde es ihr nutzen, Roberto bei Annabelle in die Pfanne zu hauen? Nichts.
„Marion? Bist du noch da?“, reißt Tom sie aus ihren Grübeleien.
„Ja, sag Caren bitte einen schönen Gruß. Ich melde mich morgen bei ihr. Euch einen schönen Abend.“
„Danke. Bis morgen.“
Zuhause lässt sich Marion ein heißes Bad mit Tannennadelessenz ein. Zusätzlich deponiert sie sämtliche Kerzenständer aus dem Wohnzimmer auf den Wannenrand und zündet sie an. Ein Becher Glühwein betäubt wenig später ihren desolaten Gemütszustand. Allerdings gelingt dies nur bedingt. Vor ihrem inneren Auge malt sich Marion die Versöhnung von Roberto und Eva aus. Unerträglich, sich diese Zicke in seinen Armen vorzustellen. Was findet er an ihr? Warum nimmt er sie zurück? Macht ihm Evas Seitensprung nichts mehr aus? Unsichtbare Fragezeichen breiten sich auf Marions Stirn aus. Das warme Wasser und ihr Getränk verschaffen ihr nicht wie gewöhnlich die erhoffte Entspannung. Deshalb verweilt sie nicht allzu lange in der Wanne, sondern wickelt sich in ein großes Handtuch ein, um im Schlafzimmer gleich ins Nachthemd zu schlüpfen.

Irgendwo brummt ihr Smartphone. Wo hatte Marion es zuletzt hingelegt? Als sie es endlich in ihrer ausgezogenen Hose entdeckt, verstummt es. Laut entgangener Anrufe hat Annabelle mehrmals versucht, Marion zu erreichen, als sie in der Wanne lag. Ob etwas passiert ist? Sofort drückt sie auf die Rückruftaste.

„Endlich, mein Kind. Wo steckst du?"

„Ich habe ein Bad genommen und mein Handy nicht in Reichweite gehabt", verteidigt sich Marion. „Was gibt es denn so Dringendes?"

„Am besten kommst du vorbei. Ich habe Ärger." Annabelles Stimme klingt aufgeregt.

„Ärger? Mit wem?"

„Mit Michael."

Marion erlaubt sich einen tiefen Atemzug. „Hast du ihn etwa wiedergesehen?"

„Nein, natürlich nicht, aber er hat mich angezeigt."

„Wie bitte?" Marion glaubt sich im falschen Film. „Sag bloß, du sollst ihn begrapscht haben?"

„Haha." Annabelle lacht künstlich. „Er behauptet, seine Geldbörse bei mir vergessen zu haben, und ich würde sie ihm nun unterschlagen."

„Das darf wohl nicht wahr sein. So eine Schweinebacke. Damit kommt er nicht durch."

„Er soll angeblich dreihundert Euro frisch aus dem Geldautomaten bei sich gehabt haben", klagt Annabelle weiter. „Ein Betrüger ist das."

„Moment. Ich kann bezeugen, dass er uns erzählt hat, sein Portemonnaie im Zug verloren zu haben. Damit ist seine Anschuldigung vom Tisch."

„Mitnichten. Hast du nichts im Briefkasten heute gehabt?"

„Ich habe gar nicht nachgeschaut."

„Hole es bitte gleich nach. Ich wette, du hast auch eine Aufforderung von der Polizei zu einer Anhörung. Michael beschuldigt nämlich uns beide."

„Krass. Der Typ hat's ja echt drauf." Marion ist fassungslos. Mit einem neuen Problem hat sie zu so später

Stunde nicht gerechnet.
Annabelle wiederholt ihre Bitte: „Kannst du herkommen? Ich habe Angst, dass er im Gebüsch lauert und mich beobachtet.“
„Das wird er sicher nicht tun. Ich habe Alkohol getrunken und bin nicht mehr fahrtüchtig. Willst du umgekehrt bei mir übernachten?“, bietet Marion an.
„Ich traue mich nicht mehr aus dem Haus. Auf dem Weg zur Garage könnte mich der Kerl überfallen.“
„Mamimaus, jetzt mach mal einen Punkt. Du steigerst dich in etwas hinein. Michael will Kohle, sonst nichts. Lass alle Rollladen hinunter. Deine Haustür ist von innen sowieso verriegelt. Dir passiert nichts. Ich schaue gleich im Briefkasten nach und melde mich danach bei dir.“
Gesagt, getan. Nachdem sich Marion notdürftig angezogen hat, findet sie im Briefkasten tatsächlich Post von der Polizei.
Genau wie ihre Mutter soll sie sich am übernächsten Tag auf der Wache einfinden. Was für eine unangenehme Weihnachtsüberraschung. Wie versprochen, ruft Marion Annabelle erneut an. „Du hattest recht. Wir werden beide von Michael beschuldigt, unter einer Decke zu stecken. Wie lächerlich.“
Das scheint Annabelle nicht zu beruhigen. „Was machen wir dagegen? Hätte ich bloß auf dich gehört und mich nicht auf dieser bescheuerten Plattform angemeldet. Ich habe uns den Schlamassel eingebrockt.“
Marion geht nicht näher auf die Selbstvorwürfe ein. Ihr dämmert es plötzlich, dass Wolfgang pensionierter Kommissar ist. „Hast du Wolfgang inzwischen bei der Tafel wiedergetroffen?“
„Nein, was soll das in diesem Zusammenhang?“
„Du hast mal erwähnt, dass er Polizist war. Vielleicht kann er uns helfen.“
„Hm ... ich habe keinen Kontakt zu ihm“, erklärt Annabelle.
„Über Johanna kannst du ihn herstellen.“ Marion

schmunzelt in sich hinein. Michaels idiotische Aktion könnte von Vorteil sein. Sie zweifelt nicht daran, dass sich sein Verdacht gegen sie und Annabelle als haltlos entpuppt. Schließlich hat ihre Mutter den Taxifahrer bezahlt, der Michael vom Bahnhof zu ihr nach Hause gebracht hatte. Er kann bezeugen, dass Michael zu diesem Zeitpunkt gar kein Geld besaß. Marion wird über die Taxizentrale den Namen des Fahrers herausfinden und ihn befragen. Obwohl Marion mit ihrem Plan ihre Mutter beruhigen könnte, verrät sie nichts davon, denn sonst setzt sich Annabelle nicht mit Wolfgang in Verbindung. Eine gute Chance wäre vertan, die beiden zusammenzuführen.
„Du wirst sehen, Mamimaus, alles wird gut. Frage Johanna nach Wolfgangs Nummer und bitte ihn, dich morgen Abend wegen der Sache zu besuchen. Ich stoße sofort nach der Arbeit dazu."
„Du hast Nerven. Ich kann ihn doch nicht einfach herzitieren. Was soll er von mir denken?"
„Vertraue mir. Wolfgang freut sich bestimmt, wenn er uns helfen kann."
Annabelle stöhnt hörbar. „Also schön. Ich schicke Johanna eine Nachricht. Die wird sich wundern und wissen wollen, warum ich Wolfgangs Nummer haben möchte. Du kennst ihre Neugierde. Ich mag ihr nichts von meiner Pleite mit Michael erzählen. Sonst kann Caren gleich einen Artikel in der Zeitung darüber schreiben. Meine Blödheit ist mir peinlich."
Marion überlegt, bevor sie antwortet: „Sag Johanna, du brauchst Wolfgangs Nummer, weil du alle ehrenamtlichen Mitarbeiter der Tafel zu einem Adventskaffee einladen möchtest."
„Ach, du meine Güte. Dann muss ich das auch wirklich tun."
„Macht doch nichts. Ich unterstütze dich. Plätzchen hast du genug in petto. Wer eine Charity-Gala organisieren kann, für den ist ein Kaffeeklatsch doch ein Klacks."
Annabelle lenkt ein: „Ja, warum nicht. Das wäre eine nette

Geste. Okay, ich erledige das sofort. So klingt mein Anliegen bei Wolfgang nicht plump, wenn ich es mit einer offiziellen Einladung zum Adventskränzchen verbinde."
„Genial. Ich bin hundemüde. Morgen habe ich viel im Büro zu tun. Ich fahre morgen Abend bei dir auf jeden Fall vorbei, egal, ob Wolfgang anwesend sein wird oder nicht."
„Danke, mein Kind. Du hast mich einigermaßen beruhigt. Wir werden Michael gemeinsam das Handwerk legen."
„Aber hallo. Das schaffen wir, Mamimaus. Gute Nacht und schlaf schön."
Nachdem Marion das Gespräch beendet hat, erkundigt sie sich bei der Taxizentrale nach dem Fahrer von Michael, indem sie das Datum und die ungefähre Uhrzeit von seinem Transport vom Bahnhof zu Annabelles Haus erwähnt. Ganz so einfach rückt die Angestellte in der Leitung seine Telefonnummer nicht heraus. Marion greift zu einem Trick. „Schicken Sie mir diesen Fahrer bitte morgen um 7 Uhr zu meiner Adresse. Er soll mich zu meinem Büro bringen."
Einen konkreten Auftrag kann die Firma schlecht ablehnen. Zufrieden, einige Dinge zur Problemlösung eingefädelt zu haben, begibt sich Marion endlich in ihr Bett. Bloß Roberto geistert weiter in ihrem Kopf herum.
Als hätte er ebenfalls in diesem Augenblick an sie gedacht, meldet Marions Smartphone eine Nachricht von ihm:

Hallo, Reporterin,
ich verstehe, dass Du wahrscheinlich total sauer auf mich bist. Mit Recht. Eva scheint ein besonderes Gespür zu haben, wann sie mich stören muss. Es tut mir so leid, dass Du unfreiwillig in unseren Streit involviert warst. Glaub mir bitte, dass ich Evas Auftritt gerne ungeschehen machen würde, wenn ich könnte. Ihr Benehmen war wirklich unmöglich. Ich will sie nicht zurück. Es ist zu viel Porzellan in der Zwischenzeit zerbrochen. Meinem Schwiegervater zuliebe halte ich die Farce bis nach Weihnachten aufrecht. Keinen Tag länger. Ich hoffe, Du gibst uns beiden eine Chance, uns näher

kennenzulernen. Das ist leicht gesagt, wenn Eva immer dazwischenfunkt. Von jetzt an wird das nicht mehr passieren. Ich verspreche es Dir. Nach den Feiertagen lasse ich das Türschloss austauschen, und die Familien erfahren endlich die Wahrheit über unsere Trennung.

Gute Nacht,
Dein verzweifelter Weihnachtsmann

Marion traut Robertos Beteuerungen nicht. Eva scheint eine gewisse Macht über ihn zu haben. Bestimmt gelingt es ihr, sich wieder in sein Herz zu schleichen.
Heute hat Marion gleich zwei Verehrer verloren: Tom, der sich offensichtlich in Caren verguckt hat, und Roberto, der von seiner Frau nicht loskommt.
Selten hat sich Marion derart einsam gefühlt.

♥

KAPITEL 18

Pünktlich holt der Taximann Marion am nächsten Morgen ab. Sie lässt sich allerdings nicht ins Büro fahren, sondern erklärt ihm gleich, dass sie nur eine Auskunft braucht und ihm dafür pauschal zwanzig Euro zahlt.
Der Mann reagiert verdutzt: „So etwas habe ich auch noch nicht erlebt. Schießen Sie los. Was wollen Sie von mir?"
Marion hilft seiner Erinnerung auf die Sprünge, indem sie ihm den Sachverhalt schildert.
„Ja, der Typ kam mir gleich seltsam vor. Ich bezeuge, dass Ihre Mutter ihm die Tour finanziert hat, weil er angeblich seine Geldbörse verloren hatte. Kein Problem."
„Cool. Ich danke Ihnen sehr."
„Das ist selbstverständlich."
„Ich gebe Sie gleich bei der Polizei als Zeugen an, okay?"
„Ja, tun Sie das."
Marion und der Taxifahrer tauschen ihre Visitenkarten aus. Danach reicht sie ihm das versprochene Honorar, das er ablehnt. „Es ist meine Pflicht als Bürger, der Wahrheitsfindung zu dienen. Dafür nehme ich kein Geld."
„Danke. Wenn ich zukünftig ein Taxi benötige, verlange ich direkt nach Ihnen." Nach ihrer Verabschiedung fährt Marion mit dem eigenen Wagen zur Arbeit.
Da Milan am Vormittag einen Auswärtstermin bei einem Kunden wahrnimmt, sind Marion und Tom zunächst allein.
Er nutzt sofort die Gelegenheit zu einem Gespräch. „Was wolltest du gestern so spät bei Caren?", legt er los.
„Das frage ich dich?", kontert Marion. „Läuft da etwas zwischen euch?" Sie hat keine Hemmungen, mit der Tür ins Haus zu fallen.

Toms breites Grinsen verrät mehr als Worte. „Wir verstehen uns gut."
„So gut, dass du bei ihr übernachtest?"
„Wie kommst du darauf?"
„Du bist unrasiert. Das passiert sonst nie. Jedenfalls habe ich das bisher nicht bei dir beobachtet."
„Hm ... es hat sich spontan ergeben." Tom wirkt ein bisschen verlegen. „Der Rotwein schmeckte zu gut. Caren meinte, ich sollte mich nicht mehr ans Steuer setzen."
„Wie fürsorglich von ihr." Es sollte nicht ironisch klingen, aber Tom fasst es offenbar so auf.
„Bist du etwa eifersüchtig?"
Marion streitet das vehement ab: „Überhaupt nicht. Ich freue mich für dich und Caren. Enttäusche sie bloß nicht, sonst kriegst du es mit mir zu tun. Nach Igor verkraftet sie keine weitere Pleite."
„Keine Sorge, wir gehen es vorsichtig an."
Insgeheim überlegt sich Marion, ob Caren bei Tom seinen Beschützerinstinkt geweckt oder er sich wirklich in sie verliebt hat. Sie hofft für ihre Freundin Letzteres. Wegen Roberto ist Marion misstrauisch, was die angeblichen Gefühle von Männern betrifft. All ihren Mut zusammennehmend hakt sie Caren zuliebe nach: „Du benutzt Caren hoffentlich nicht, um mich aus der Reserve zu locken."
„Quatsch. Zwischen dir und mir besteht eine langjährige Freundschaft, mehr nicht." Ob Tom seine Empörung nur vortäuscht, liest Marion nicht an seinem Gesichtsausdruck ab. Sie verzichtet jedoch lieber darauf, ihn an seine Annäherungsversuche ihr gegenüber zu erinnern. Im Grunde sollte sie froh sein, dass die Beziehung zwischen ihnen auf rein freundschaftlicher Basis bleibt und sie Tom nicht mehr zurückweisen muss. Das erleichtert ihr Arbeitsverhältnis erheblich. Trotzdem hinterlässt die plötzliche Wende einen Stachel in ihrem Herzen. Gekränkte Eitelkeit? Die sollte sie sich schleunigst abschminken. Es gibt Wichtigeres zu tun. Deshalb beendet

Marion den Dialog: „Ich wünsche euch alles Glück der Welt, und dass es zwischen euch funktioniert."
„Wir werden sehen", entgegnet Tom mit einem Schmunzeln.
Während der PC hochfährt, checkt Marion ihre privaten Nachrichten auf dem Smartphone.
Caren hat geschrieben:

Warum bist Du nicht hochgekommen? Ist etwas passiert? Hat Dich Toms Anwesenheit irritiert? Wenn Du Zeit hast, telefonieren wir, okay?

Einen lieben Gruß,
Caren

Marion antwortet kurz:

Nichts von Bedeutung. Ich melde mich bei Dir, sobald ich kann.

Lieben Gruß zurück,
Marion

Da Annabelle um diese Uhrzeit noch schlafen wird, teilt Marion ihr per WhatsApp mit, dass sie eine Lösung für das Problem mit Michael in Aussicht hat. Trotzdem wäre es gut, Wolfgang um Rat zu fragen. Anschließend informiert Marion die Polizeiwache per Mail über die Daten des Taxifahrers, der Michaels Anschuldigung widerlegen wird.
Auf Robertos nächtliche Entschuldigung reagiert sie vorerst nicht. Der Auftrag des neuen Kunden genießt Priorität und volle Konzentration. Es war schwierig genug, ihn an Land zu ziehen.
Bis mittags gelingt es Marion, sich durch nichts ablenken zu lassen. Erst danach liest sie die Antwort ihrer Mutter:

Guten Morgen, meine Liebe,
warum machst Du es so spannend und lässt mich im Ungewissen?

Das finde ich nicht fair von Dir. Wie legen wir Michael das Handwerk?
Wolfgang hat zugesagt. Er kommt am späten Nachmittag vorbei. Wann kannst Du hier sein?

Bei Marion rührt sich das schlechte Gewissen. Wahrscheinlich hatte Annabelle eine unruhige Nacht. Sie hätte ihr die mögliche Lösung mit dem Taxifahrer sagen müssen. Jetzt, wo der Besuch von Wolfgang in trockenen Tüchern zu sein scheint, klärt Marion ihre Mutter kurz auf. Zum Glück scheint sie nicht böse zu sein:

Genial. Ich bin erleichtert. Brauchen wir Wolfgang überhaupt noch?

Oh nein. Zu früh gefreut. Nicht, dass Marions eingefädelter Plan im letzten Moment scheitert.

Lass Wolfgang bitte trotzdem erscheinen. Wenn etwas mit dem Taxifahrer schiefgeht, kann er bei der Polizei vermitteln. Sicher hat er immer noch gute Kontakte.

Damit überzeugt Marion ihre Mutter offenbar, denn sie wird dem ehemaligen Kommissar nicht wieder absagen.

♥♥♥

Nachdem sich Marion von Milan und Tom in den Feierabend verabschiedet hat, fährt sie zum Elternhaus.
Ein fremdes Auto parkt bereits auf dem Vorplatz. Vermutlich gehört es Wolfgang.
Marion frohlockt. So hatten er und Annabelle offenbar Zeit, sich allein zu beschnüffeln. Sie nimmt sich vor, nicht allzu lange zu bleiben, um sie nicht zu stören.
Wie erhofft, findet sie die beiden bei Weihnachtsplätzchen und Tee lebhaft plauschend im Wohnzimmer vor.
Wolfgang steht sofort von seinem Sessel auf und begrüßt

Marion höflich: „Freut mich, Sie wiederzusehen. Es ist ja eine Weile her, dass Sie uns bei der Tafel mal ausgeholfen und wir gemeinsam Dienst geschoben haben."
Marion steigt sofort auf die Vorlage ein: „Stimmt. Sind Sie dort noch mit von der Partie?" Sie setzt sich zu Annabelle aufs Sofa, die ihr in eine bereitgestellte Tasse Tee einschenkt. Mit Genugtuung registriert Marion, wie gut Wolfgang für sein Alter aussieht. Automatisch vergleicht sie sein Äußeres mit dem von Michael. Im Gegensatz zu ihm trägt der pensionierte Kommissar sein Haar kurz geschnitten. Eine moderne Brille verleiht ihm einen jugendlichen Touch. Seine Kleidung wirkt sportlich elegant. Wirklich eine gepflegte Erscheinung, dieser Mann.
Wolfgang beugt sich kurz vor, um einen Keks vom Teller zu fischen, bevor er Marion antwortet: „Ich bin leider bei der Tafel einige Wochen wegen einer Knie-OP und anschließendem Reha-Aufenthalt ausgefallen. Ab sofort helfe ich wieder mit."
Marion sieht ihre Mutter aus dem Augenwinkel strahlen, ein Zeichen, dass ihr Wolfgang gefällt. Annabelle hat sich anscheinend extra für ihn herausgeputzt, denn Marion entdeckt ein leichtes Make-up in ihrem Gesicht. Sonst schminkt sie sich höchstens bei Theater- oder Konzertbesuchen. Außerdem trägt Annabelle Schmuck, was ebenfalls nur in Ausnahmefällen vorkommt.
Nach einer Smalltalk-Phase fängt Wolfgang von selbst von dem Grund seines Besuches an, indem er sich Marion zuwendet:
„Ihre Frau Mutter hat mir bereits die Angelegenheit mit der angeblichen Unterschlagung des Geldes geschildert und auch, dass Sie den Taxifahrer als Zeugen zu Ihrer Entlastung aufgespürt haben. Alles richtig gemacht. Damit müsste der Fall erledigt sein. Wahrscheinlich haben meine Ex-Kollegen inzwischen überprüft, ob der Kerl aktenkundig ist. Ich kann mir vorstellen, dass er diese Masche nicht zum ersten Mal abzieht. Vermutlich ist er mit einigen gefakten Namen auf Dating-Plattformen unterwegs, um

Frauen zu betrügen."
Marion schließt aus Wolfgangs Aussage, dass ihre Mutter ihm die Geschichte mit ihrem Account bei *Finder* anvertraut hat.
„Leider melden sich zu wenig Opfer bei der Polizei, weil sie sich schämen. Das erschwert es, diese Typen zu entlarven und zu bestrafen", ergänzt Wolfgang und lächelt Annabelle an: „Gut, dass du zur Aufklärung solcher Taten beiträgst."
„Mir fällt das nicht leicht", gibt Annabelle errötend zu, „zumal mich Marion davor gewarnt hatte. Ich kenne jedoch Paare, die sich über eine Dating-Plattform gefunden haben und glücklich miteinander geworden sind."
„Natürlich darf man nicht alle Teilnehmer über einen Kamm scheren", mischt sich Marion ein, „aber trotzdem ist Vorsicht geboten."
„Da haben Sie völlig recht. Alle Risiken lassen sich leider nicht ausschließen." Offenbar möchte Wolfgang Annabelle das Gefühl geben, nicht dumm oder naiv gehandelt zu haben.
Das findet Marion süß von ihm. Folglich mag er Annabelle. Als Wolfgang auf der Toilette ist, quetscht Marion ihre Mutter gleich aus: „Hast du ihn zum Kaffeekränzchen eingeladen?"
„Ja, zum dritten Advent und die anderen Tafelhelfer auch. Ich hoffe, du hältst dein Versprechen und hilfst mir."
„Logisch. Das ist am nächsten Sonntag bereits. Haben denn alle zugesagt?"
„Nein, bisher nur Johanna, Gerti und Wolfgang. Von drei Weiteren fehlt mir die Antwort."
„Vielleicht können sie nicht. Vor Weihnachten haben die meisten etwas vor." Nach der Auffassung von Marion sollte der Kreis der Gäste einigermaßen überschaubar bleiben, damit Annabelle sich Wolfgang widmen kann. Hoffentlich sind die anderen Eingeladenen verhindert.
Leider kehrt Wolfgang gerade zurück, sodass Marions

Verhör endet. Allmählich wird es Zeit, die beiden ihrem Schicksal zu überlassen. Deshalb täuscht Marion vor, sich noch um Caren kümmern zu müssen.
„Ach, wie schade“, bekundet Wolfgang.
„Wir sehen uns bereits am Sonntag zum Kaffeeklatsch wieder“, vertröstet Marion den Ex-Kommissar. „Vielen Dank für Ihren Rat. Meine Mutter und ich wissen ihn sehr zu schätzen.“
„Gerne geschehen, aber keine falsche Bescheidenheit. Sie haben das Problem bereits allein durch Ihren Zeugen gelöst.“
„Einen schönen Abend“, wünscht Marion und flüstert ihrer Mutter im Flur zu: „Wolfgang ist ein sehr netter Mann. Ich mag ihn.“
„Willst du mich mit ihm verkuppeln?“, enttarnt Annabelle Marions Absicht.
„Überhaupt nicht.“ Marion zwinkert ihr mit einem Auge zu. „Wir sehen uns morgen auf der Wache oder soll ich dich abholen?“
„Ja, es wäre mir lieber, wir würden dort gemeinsam auftreten.“
„Okay, geh wieder zu Wolfgang, bevor es ihm langweilig wird.“
Als Marion in ihrem Auto sitzt, fragt sie vorsichtshalber telefonisch bei Caren nach, ob sie allein ist. „Ja, du kannst vorbeischneien. Tom hat heute seinen Badminton-Abend.“
Einem intimen Gespräch unter Freundinnen steht folglich nichts im Weg. „Soll ich von unterwegs etwas zum Essen mitbringen?“, schlägt Marion vor.
„Nicht nötig. Ich habe genug Flammkuchen übrig.“
Kurze Zeit später hockt Marion am Küchentisch Caren gegenüber und vertilgt ein Stück davon. „Hast du etwas von Igor und deinem Auto gehört?“
„Negativ. Ich werde mir wohl vom Geld der Versicherung einen neuen Wagen kaufen, sobald mein Bein geheilt ist. Tom kennt einen Händler, der mir Rabatt gewährt.“ Caren

liefert das Stichwort.
„Apropos Tom. Bist du verliebt in ihn?“, bohrt Marion nach.
„Ich mag ihn sehr“, weicht Caren aus. „Ob ich mich in ihn verlieben werde, bleibt abzuwarten. Ich muss erst einmal die Enttäuschung mit Igor verdauen.“
„Hast du das Tom auch so vermittelt?“
„Ja, er hat mich gebeten, ehrlich zu ihm zu sein. Wir wollen uns eine Chance geben, aber nichts überstürzen.“
„Immerhin hat er bereits bei dir übernachtet“, wendet Marion ein.
„Was nicht heißt, dass wir gleich ungezügelt übereinander hergefallen sind.“ Caren lacht und nippt an ihrem Glühwein. „Außerdem stört zurzeit meine Schiene am Bein.“
Unweigerlich denkt Marion an die Nacht in Robertos Hotelzimmer. Zwischen ihnen ist auch nichts passiert.
Als könnte Caren Gedanken lesen, spricht sie Marion auf ihn an: „Hast du deinen Weihnachtsmann inzwischen wiedergesehen?“
„Er ist nicht mein Weihnachtsmann. Wie du weißt, ist Roberto vergeben.“
„Du wärst nicht die Erste, die sich in einen verheirateten Mann verliebt. Schau dir mich an. Igor hat sogar drei Kinder.“
„Das wusstest du aber nicht, sonst hättest du wahrscheinlich die Finger von ihm gelassen.“
„Ja, vermutlich. Solche Beziehungen machen bloß Probleme, aber in unserem Alter wird es immer schwieriger, auf einen Single zu treffen.“ Caren seufzt leise. „Tom ist da eine Ausnahme.“
„Deshalb halte ihn dir warm. Ich investiere jedenfalls nichts mehr in einen besetzten Mann.“
Caren stutzt auf einmal. „Soll das heißen, du hast es bereits getan und bist enttäuscht worden? Spuck's aus.“
Marion hadert mit der Wahrheit und entscheidet, sich bezüglich Roberto lieber nicht zu outen. Zwar vertraut sie

Caren generell, aber sie will nicht riskieren, dass sich die Freundin gegenüber Tom verplappert. „Nein, nicht direkt. Wenn Roberto frei wäre, könnte ich mir ein näheres Kennenlernen durchaus vorstellen."
„Blöd, dass er verheiratet ist. Ich wünsche dir, dass dir bald jemand Nettes und Freies über den Weg läuft."
Damit hakt Caren das Thema Roberto ab und lauscht dem Problem Michael und seiner Unterschlagungsanschuldigung. Caren regt sich auf: „Unfassbar, was einem aus heiteren Himmel passieren kann. Ich möchte nicht wissen, wie viele unschuldige Leute auf diese Weise denunziert werden und in einen Schlamassel geraten, aus dem sie nur schwer herausfinden. Hoffentlich erledigt sich das für deine Mutter und dich morgen bei der Polizei."
„Davon gehe ich aus. Wir haben Glück, dass der Täter anscheinend nicht schlau genug zum Betrügen ist. Schließlich könnte er sich sonst denken, dass der Taxifahrer uns entlastet."
„Igor ist da bedeutend raffinierter ans Werk gegangen. Es bleibt ein Rätsel, was er mit meinem Auto angestellt hat."
„Womöglich taucht es irgendwann wieder auf", prophezeit Marion. „Manchmal werden solche Fälle erst nach langer Zeit gelöst."
Caren seufzt leise. „Wie gut, dass du Tom schon so lange kennst und ihm vertraust. Für mich ist das sehr beruhigend. Einem völlig Fremden wäre ich total skeptisch gegenüber und würde mich nicht so schnell öffnen. Diese Anfangsphase haben Tom und ich bereits übersprungen."
Unerwartet fragt Caren: „Du bist dir ganz sicher, nichts von Tom zu wollen? Er mag dich sehr, und du hast öfter angedeutet, dass er wohl mehr Gefühle als nur freundschaftliche für dich empfindet."
„Vielleicht habe ich mir das eingebildet", wiegelt Marion ab. „Jetzt interessiert er sich für dich. Ich bleibe meinem Vorsatz treu, nichts mit Geschäftspartnern anzufangen. Das bringt bloß Probleme mit sich."
„Okay, dann bin ich erleichtert. Ich möchte mich nicht

zwischen euch drängen.“
Caren prostet Marion zu. „Auf unsere Freundschaft und dass wir immer ehrlich zueinander sind.“

♥

KAPITEL 19

Auf der Polizeiwache müssen Marion und Annabelle sich einige Minuten gedulden, bevor sie in den Verhörraum gerufen werden.
Die nette Beamtin, die bereits Carens Anzeige gegen Igor aufgenommen hatte, ist im Dienst und erkennt Marion sogar wieder. „Sie scheinen ein Händchen für Probleme zu haben“, stellt sie an Marion gerichtet fest.
„Damals war meine Freundin betroffen. Ich hatte sie nur begleitet“, korrigiert Marion.
„Okay, an Einzelheiten erinnere ich mich nicht mehr genau. Was kann ich heute für Sie tun?“
„Wir sind einbestellt“, meldet sich Annabelle zu Wort.
„Dieses Mal werden wir beschuldigt“, ergänzt Marion und nennt ihren und Annabelles Namen.
Die Polizistin schaut in ihren PC. „Oh, da gibt es gute Neuigkeiten. Der Fall ist für Sie beide erledigt. Der Taxifahrer hat Sie entlastet, und auch Wolfgang, unser Ex-Kollege hat uns Ihre Situation bereits geschildert. Augen auf bei Dating-Portalen rate ich. Bei uns landen andauernd Anzeigen von Geschädigten auf dem Tisch, die weitaus schlimmer sind. Ihrem Betrüger geht es nun an den Kragen. Unbescholtene Leute des Betrugs zu bezichtigen, geht gar nicht.“
Marion und Annabelle plaudern noch eine Weile mit der Beamtin und verabschieden sich schließlich.
Draußen vor der Wache fallen sie sich in die Arme.
„Siehst du, Mamimaus, war es nicht gut, Wolfgang einzuschalten? Einen besseren Fürsprecher konnten wir kaum haben.“
„Wirklich brauchbar der Mann.“ Annabelle kichert wie ein

junger Teenager, dem der Angebetete gerade ein flüchtiges Lächeln geschenkt hat.
Nachdem Marion ihre Mutter zu Hause abgeliefert hat, stürzt sie sich im Büro mit Scheuklappen in die Werbekampagne ihres Neukunden. Um nicht abgelenkt zu werden, schaltet sie ihr Smartphone auf stumm. Ihre Gedanken hat Marion indes nicht unter Kontrolle. Roberto erscheint ständig vor ihrem inneren Auge, mal als Weihnachtsmann, mal im Rentierpullover. Wie verbannt sie ihn endlich aus ihrem Kopf? Er nimmt seine untreue Eva zurück. Damit muss sich Marion einfach abfinden, so schwer es ihr fällt.
Während sie mit ihrem Liebesleben hadert, blüht Tom von Tag zu Tag mehr auf. Caren tut ihm offensichtlich gut. Er sprüht vor Ideen und hilft Marion, wenn sie eine kreative Blockade hat.
Sie ignoriert Toms und Carens Beziehung. Momentan kann sie glückliche Pärchen um sich herum kaum ertragen. Jedenfalls sind die beiden so intensiv miteinander beschäftigt, dass sie Marions Kummer gar nicht bemerken. Ihre Kommunikation beschränkt sich auf Oberflächliches.

♥♥♥

Endlich rückt der dritte Advent näher.
Annabelle hat Marion eine längere Liste zum Einkaufen geschrieben. Ihre Mutter soll bei den winterlichen Verhältnissen lieber zuhause bleiben, denn es hat zwei Tage ununterbrochen hintereinander geschneit. Die Berge von beiseitegeräumtem Schnee türmen sich beidseits am Straßenrand, was die Parkplatzmöglichkeiten stark einschränkt.
Mit Mühe findet Marion eine Lücke vor dem Supermarkt. Trotz der schlechten Witterung preist vor dem Eingang eine penetrante Verkäuferin den Kunden eine neue Lebkuchensorte an. Dick eingemummt mit Schal, Mütze,

Handschuhen und roter Nase vor Kälte, raubt sie Marion den Nerv, als sie kein Stück probieren möchte.
„Warum denn nicht?“ Die Verkäuferin hält ihr den Teller mit dem Weihnachtsgebäck unter die Nase. „Das Kosten ist umsonst.“
„Danke, aber ich mag keine Lebkuchen“, lehnt Marion höflich das Angebot ab. Das ist zwar eine Lüge, aber sie lässt sich ungerne etwas aufzwingen.
Die Frau bleibt hartnäckig. „Das wissen Sie doch gar nicht, wenn Sie nicht mal versuchen.“
Als Marion gerade ruppiger reagieren will, sagt eine Stimme hinter ihr: „Da hat die Dame recht. Es sind besondere Lebkuchen. Ich kann sie Ihnen empfehlen. Für Roberto habe ich gleich zwei Pakete gekauft. Er liebt dieses Gebäck.“
Marion zuckt zusammen, dreht sich um und sieht sich Eva gegenüber. Sie ist die Letzte, die sie treffen will.
Evas Einkaufswagen droht überzuquellen. Auf den ersten Blick entdeckt Marion sogleich mehrere Champagnerflaschen. Offensichtlich gibt es etwas zu feiern.
Prompt erläutert Eva ungefragt: „Das ist mein Großeinkauf für Weihnachten. Robertos und meine Familie verbringen das Fest gemeinsam. Das bedeutet, viele Mäuler zu stopfen. Es bereitet mir allerdings sehr große Freude, dass wir uns alle so gut verstehen. Das ist ja nicht selbstverständlich. Wie gestalten Sie Ihre Festtage?“
Wenn Marion mit einer Person ganz bestimmt nicht über ihr Weihnachtsfest diskutieren möchte, dann ist es Robertos Frau. Sie reißt sich zusammen, weil einige Leute umherstehen und ihre Elefantenohren spitzen. „Ganz harmonisch im engsten Familienkreis“, säuselt Marion betont freundlich. „Ich habe es ein bisschen eilig. Schöne Weihnachten.“
Bevor Eva reagiert, huscht Marion in den Supermarkt. Vor lauter Lebkuchen und Eva hat sie vergessen, sich einen Einkaufswagen zu nehmen. Glücklicherweise gibt es drinnen Körbe, die jedoch unpraktischer sind.

Mit Mühe konzentriert sich Marion auf die Liste ihrer Mutter. Die Begegnung mit Eva hat ihr Innerstes aufgewühlt. Sie hat Marion einmal mehr demonstriert, wer die Frau an Robertos Seite ist. Musste sie Eva begegnen, um endgültig zu begreifen, dass sie keine Chance bei dem Kräutergärtner hat? Allmählich glaubt sie an Zeichen aus dem Universum.
Mehr aus Frust statt aus Lust schnappt sich Marion zum Erstaunen der Verkäuferin am Ausgang ein Stück Lebkuchen vom Teller. Tatsächlich schmeckt es nicht schlecht, aber zum Kauf einer Packung animiert es Marion trotzdem nicht.
Voll bepackt trifft sie bei Annabelle ein, die bereits hektisch in der Küche mit einem Schneebesen hantiert.
„Da bist du endlich", begrüßt sie Marion. „Ich brauche dringend die Eier."
„Sollst du haben. Warum bist du so aufgeregt, Mamimaus? Der Kaffeeklatsch ist doch erst morgen. Wir haben viel Zeit, alles vorzubereiten."
„Na, ja, der halbe Tag ist schon rum. Ich habe erst drei Bleche Plätzchen gebacken."
„Wieso? Es stehen ganz viele Dosen in der Vorratskammer. Die reichen für deine Gäste. Haben alle inzwischen zugesagt?"
„Nein. Es bleibt überschaubar."
Umso seltsamer findet Marion Annabelles Eifer. „Warum bist du dann so hektisch?"
„Wolfgang mag Haselnusskekse und Anisplätzchen so gerne. Die hatte ich bisher nicht im Repertoire."
Aha, daher weht der Wind. Marion schmunzelt in sich hinein. Ihre Mutter möchte bei Wolfgang punkten.
„Verstehe."
„Könntest du in der Zwischenzeit mit der Schwarzwälder Kirschtorte beginnen?", bittet Annabelle.
„Du weißt, dass ich keine Kuchenbäckerin bin", weist Marion auf ihr mangelndes Talent hin.
„Stichst du lieber die Kekse aus?"

Marion nickt, während sie sich eine Schürze umbindet. Unweigerlich denkt sie an die Szene mit Roberto in der Küche, als sie den Teig für die Schnecken ausgerollt hatte. In einem Moment der Unachtsamkeit rutscht Marion das Backblech mit den Plätzchen zur Seite, und es landet auf dem Boden. „Verdammte Schweinerei", entfährt es ihrem Mund unkontrolliert.
„Oh, nein. Die können wir nicht mehr backen", stellt Annabelle fest. „Was ist bloß los mit dir? Ich merke schon seit einer Weile, dass dich etwas belastet. Sind es berufliche Sorgen?"
„Es ist nichts", wiegelt Marion ab, indem sie den Boden und anschließend das Backblech säubert. „Es tut mir leid. Meine Ungeschicklichkeit in Küchendingen hört wohl nie auf."
„Mach dir nichts draus, mein Kind. Deine Talente liegen eben woanders. Ich habe genug Zutaten, um neuen Teig anzusetzen. Die nächste Fuhre Kekse klappt."
Offenbar sieht Annabelle ein, Marion lieber aus der Küche zu verbannen, denn sie bittet sie, den Tisch im Essbereich zu decken.
„Jetzt schon?", wundert sich Marion. „Morgen reicht doch."
„Ich fühle mich wohler, wenn alles für die Gäste bereit ist", widerspricht Annabelle. „Nimm bitte die rosa Seidendecke als Untergrund aus der Vitrine und lege den Weihnachtsläufer quer über den Tisch."
Marion gibt sich geschlagen. Dekorieren macht ihr außerdem mehr Spaß, als Plätzchen zu stechen. Sie erfüllt Annabelles Wunsch und stellt fünf Gedecke auf den Tisch. Dafür benutzt sie das Weihnachtsgeschirr, das bereits ihre Großmutter in der Adventszeit immer aus dem Keller holte. Nach den Feiertagen fristete es wieder ein einsames Dasein in einer Kiste bis zum nächsten Jahr.
Zufrieden betrachtet Marion ihr Werk. Vor jedem Teller wartet ein Schokoladennikolaus auf den Verzehr, bunte Kugeln und kleine Tannenzweige auf dem Tisch verstreut

verleihen ein weihnachtliches Ambiente. Dazu zieht ein himmlischer Duft aus der Küche ins Zimmer, der Marion an ihre Kindheit erinnert. Wie aufgeregt war sie wochenlang vor der Bescherung. Ob ihre Wünsche in Erfüllung gingen? Meistens ja. Nur den ersehnten Hund brachte der Weihnachtsmann nie. Angeblich wusste er von der Tierhaarallergie ihres Vaters. Automatisch bringt Marion diese Erinnerung zum Schmunzeln. Was so ein Weihnachtsmann alles weiß, ist schon erstaunlich.
Einmal ist ihr Vater für den Kindergarten sogar ins Weihnachtsmannkostüm geschlüpft, als Marion vier Jahre alt war. Sie hatte ihn weder aufgrund seiner Stimme, noch seiner Gesichtszüge identifiziert. Erst viele Jahre später beichteten die Eltern Marion den Auftritt des Vaters, und dass sie ihr einen Bären aufgebunden hatten.
„Oh, wie schön du das arrangiert hast“, stört Annabelle ihre auf Pilgertour gegangenen Gedanken.
„Es freut mich, dass dir der Tisch so gefällt.“
„Morgen kommen die Plätzchen auf die Etagere und der Kuchen in die Mitte.“
„Du bist ja ganz aufgeregt, Mamimaus. Ist es wegen Wolfgang?“
„Blödsinn. Ich habe nur so lange keine Gäste mehr eingeladen. Meistens spielen wir ja bei Johanna oder Gerti Karten. Daher bin ich wohl ein wenig nervös.“
Marion hakt nicht weiter nach, obwohl sie Wolfgang als alleinigen Grund sieht. Sie wird sich mit Annabelles Freundinnen beschäftigen, damit ihre Mutter sich Wolfgang widmen kann. Innerlich reibt sich Marion die Hände, dass ihr Plan anscheinend aufgeht. Wenigstens eine von ihnen ist auf dem Weg, ihr Glück zu finden.
Als die Kekse ausgekühlt und verziert sind und die Küche wieder in einem ordentlichen Zustand ist, holt Annabelle zwei Schnapsgläser aus dem Schrank. „Wir haben uns jetzt einen Obstler redlich verdient. Du bleibst doch über Nacht, oder?“
„Ja, ich habe meine Sachen dabei.“

„Das hatte ich gehofft. Prost.“ Annabelle stößt mit Marion an. „Auf einen gemütlichen Kaffeeklatsch morgen.“
Den Abend verbringen sie auf der Couch mit Liebesfilmen, während sie die neuen Plätzchen naschen.
„Die Aniskekse sind dir besonders gelungen“, lobt Marion. „Damit punktest du bestimmt bei Wolfgang.“
Annabelle lacht. „Du Kupplerin. Glaubst du, ich habe dich nicht längst durchschaut? Wir hätten Wolfgangs kommissarischen Rat gar nicht benötigt. Die Aussage des Taxifahrers hätte vollkommen für unsere weiße Weste gereicht.“
„Sei mir nicht böse. Ich wollte nur ein bisschen nachhelfen, weil ihr beide richtig gut zusammenpassen könntet.“
„Mal sehen. Meine Ampel steht auf Grün“, meint Annabelle und grinst vielsagend.

♥

KAPITEL 20

Als Marion am dritten Adventssonntag in ihrem ehemaligen Jugendbett aufwacht, hört sie es bereits im Untergeschoss klappern.
Annabelle scheint in der Küche zu hantieren. Offenbar kann sie den bevorstehenden Kaffeeklatsch kaum erwarten.
Marion dagegen würde sich gerne noch einmal umdrehen und ein bisschen weiterschlafen, aber das bringt sie nicht übers Herz. Wahrscheinlich hat ihre Mutter das Frühstück für sie beide längst vorbereitet.
Sie soll recht behalten.
„Guten Morgen, mein Kind. Süße Träume gehabt?", begrüßt Annabelle sie fröhlich, während sie drei Kerzen am Adventskranz anzündet.
„Ja, danke und du?"
„Geht so. Ich bin ein bisschen nervös."
„Dafür gibt es keinen Grund, Mamimaus. Du bist immer eine super Gastgeberin gewesen. Bei dir fühlen sich alle Gäste gleich wohl. Ich wette, auch deine Tafelkollegen heute Nachmittag."
Annabelle schenkt Marion ein Lächeln. „Mit dir zusammen gelingt es bestimmt."
Zunächst beißt Marion mit Genuss in ein Schokohörnchen, das sie sich ganz selten zum Frühstück leistet. Im Advent schaut sie allerdings nicht so akribisch auf die Kalorien wie sonst.
„Was macht Caren?", fragt Annabelle unvermittelt. „Darf sie ihr Bein wieder belasten?"
„Ich ... bin eine schlechte Freundin in den vergangenen Tagen gewesen und habe mich gar nicht nach ihr

erkundigt."
„Zu viel Arbeit?"
„Auch."
„Sei nicht so wortkarg. Du lässt dir mal wieder alles aus der Nase ziehen. Da steckt wohl mehr dahinter, stimmt's?"
Annabelle wirft Marion einen skeptischen Blick zu.
„Caren und Tom sind dabei, sich ineinander zu verlieben."
Annabelle reißt die Augen auf. „Wie kommt das so plötzlich?"
In wenigen Sätzen schildert Marion die Begebenheit.
„Und jetzt weißt du nicht, ob du das gut finden sollst, oder nicht?" Anscheinend kennt ihre Mutter Marion besser, als sie sich selbst.
„Nun ja", beginnt sie zaghaft. „Ursprünglich wollte ich die beiden verkuppeln. Dann kam die Geschichte mit Igor dazwischen. Ich gönne Tom und Caren von Herzen, dass es mit ihnen klappt, fühle mich bloß zurzeit ein wenig einsam. Gerade in der Weihnachtszeit wünsche ich mir einen Partner, mit dem ich über die Märkte spazieren, Glühwein trinken, Plätzchen essen und Geschenke kaufen kann. Allein macht das alles weniger Spaß."
Annabelle widerspricht: „Du hast mich. Ich bin zu allen Taten bereit."
„Das weiß ich, Mamimaus. Ich bin sehr gerne mit dir zusammen. Trotzdem fehlt mir etwas. Verstehst du, was ich meine?"
„Natürlich. Seit dem Tod deines Vaters geht es mir ähnlich. Trotzdem bin ich unendlich dankbar, dich zu haben und mit dir so viel zu unternehmen."
Marion schenkt ihrer Mutter ein Lächeln. „Das wird auch so bleiben, egal ob wir noch einmal irgendwann einen Partner haben oder nicht. Zwischen uns wird sich keiner drängen können."
„Niemals", bekräftigt Annabelle.
Nach dem Frühstück beschließt Annabelle, einen weiteren Kuchen zu backen.
„Das wird alles zu viel", protestiert Marion. „Wer soll das

essen? Wir sind gerade mal fünf Personen. Nicht, dass wir beide auf den Resten sitzen bleiben und uns die Kalorien anfuttern. Es ist ohnehin so schwer, den verlockenden Sachen zu widerstehen. Was soll es denn werden?"
„Ich habe Zutaten für eine Marzipantorte. Die liebst du doch."
„Natürlich, aber denk daran, dass Johanna und Gerti immer auf ihre Figur achten. Ob Wolfgang das ebenfalls tut, wissen wir nicht. Allerdings machte er auf mich einen schlanken Eindruck, und seine Lieblingsplätzchen hast du schließlich bereits fabriziert."
„Hm ... vielleicht hast du recht. Im Grunde möchte ich mir nur die Zeit bis heute Nachmittag vertreiben. Also lasse ich das Backen."
„Gute Entscheidung. Stattdessen könnten wir einen Schwung Weihnachtskarten schreiben. Ich finde das viel schöner, als bloß Mails zu versenden."
„Ich habe vom vergangenen Jahr einige Restkarten", offenbart Annabelle. „Die können wir uns gerne aufteilen."
„Nicht nötig. Ich habe gestern im Supermarkt welche gekauft. Wir bringen uns jetzt mit Weihnachtsmusik in Stimmung und schreiben welche."
„Meinetwegen", stimmt Annabelle zu. „Ich hole uns Stifte."
Gesagt, getan. Fünf Minuten später tönt *I'm dreaming of a white Christmas* aus dem Mp3-Player.
Marion und Annabelle teilen sich die Karten für die entfernte Verwandtschaft auf und unterzeichnen dann gegenseitig. Ab und zu landen ihre Finger auf dem Plätzchenteller, sodass sie beschließen, das Mittagessen ausfallen zu lassen.
Allmählich rücken die Zeiger der Uhr vor.
Annabelle wirkt spürbar unruhiger. Viel zu früh will sie unbedingt die Sahne für den Kaffee schlagen.
„Die klatscht dir bestimmt zusammen, bis die Gäste kommen", mahnt Marion.

„Wenn ich sie im Kühlschrank aufbewahre, passiert das nicht. Ich möchte alles fertig haben und nicht beim ersten Klingeln in Hektik geraten."
Marion schmunzelt. „Notfalls erledige ich das, damit du dich deinen Freunden widmen kannst. Dafür bin ich schließlich gekommen."
Annabelle ändert abrupt das Thema: „Übrigens hat Johanna eine Überraschung angekündigt. Habe ich dir das schon erzählt?"
„Nein. Nicht, dass ich wüsste. Was denn für eine?" Marion horcht auf.
„Das hat sie nicht verraten. Hoffentlich bringt sie nichts zu essen mit."
„Das kann gut sein. Vielleicht einen Panettone aus dem italienischen Laden ihrer Schwägerin", mutmaßt Marion.
Annabelle gesteht: „Nie gehört. Was ist das?"
„Weihnachtskuchen aus Mailand."
„Mit welchen Zutaten?"
Marion lacht. „Mich darfst du so etwas nicht fragen. Tom hat neulich einen mit ins Büro gebracht, den ein Kunde ihm geschenkt hatte. Ich habe jedenfalls Rosinen und kandierte Früchte herausgeschmeckt. Mehr kann ich dir nicht sagen."
„Ich bin gespannt, ob Johanna uns einen spendiert. Sie darf sich im Delikatessenladen bedienen, wie sie mal berichtet hat. Praktisch, so lukrative Verwandte zu haben."
„Sei froh, dass wir über so etwas nicht verfügen, sonst hätten wir mehr Hüftgold."
„Auch wieder wahr." Annabelle mustert kritisch die gedeckte Kaffeetafel, rückt den ein oder anderen Löffel in die richtige Position zum Teller und holt die mit Plätzchen gefüllte Etagere. „So, ich schlage schnell die Sahne." Kaum läuft der Mixer, klingelt es an der Tür. „Oh, nein, ich hab's ja geahnt. Öffnest du bitte, Marion?"
„Ja."
Es ist Johanna mit einem Weihnachtsstern in der Hand. „Grüß dich, Marion. Schön, dass wir uns auch mal

wiedersehen."
„So lange ist die Charity-Gala nicht her", bemerkt Marion.
„Stimmt, hatte ich ganz vergessen." Johanna zieht im Flur ihre Stiefel aus und ihre mitgenommenen Hausschuhe an, während Marion die Pflanze in die Küche trägt und ihrer Mutter zuzischt: „Johanna ist da."
„Habe ich an der Stimme erkannt. Führe sie bitte zum Tisch." Zu spät, denn Johanna streckt den Kopf zur Küche herein. „Hallo, meine Liebe. Ich hoffe, du hast noch keinen Weihnachtsstern. Roberto hat ihn mir extra für dich besorgt."
Bei seinem Namen zuckt Marion zusammen.
„Ich soll euch herzlich von ihm grüßen", schnattert Johanna weiter.
Marion ist froh, flüchten zu dürfen, als es an der Haustür erneut läutet.
Ihr steht Gerti gegenüber, ebenfalls mit einem Weihnachtsstern als Mitbringsel.
Fehlt bloß der Dritte im Bunde. Als hätten sich die Besucher abgesprochen, macht kurz darauf Wolfgangs Pflanze das Trio komplett.
Das sorgt für eine heitere Atmosphäre.
„Hätte ich dir lieber einen Panettone mitgebracht", meint Johanna und kichert.
„Bloß nicht", entgegnet Annabelle. „Wir haben genug zu essen. Ich finde für jeden Topf ein Fensterbrett. Außerdem habt ihr verschiedene Farben ausgewählt. Die Weihnachtssterne hübschen meine Dekoration total auf."
Wolfgang strahlt selbst wie ein Stern bei Annabelles Aussage. Überhaupt lobt er anschließend alles, was seine Tafelkollegin bewerkstelligt hat, ob die Plätzchen, die Schwarzwälder Kirschtorte, den Kaffee, bis hin zum gedeckten Tisch.
Marion wundert es geradezu, dass Wolfgang den Zucker und die Sahne nicht positiv erwähnt.
Er legt sich ganz offensichtlich bei Annabelle ins Zeug, die ein Dauergrinsen im Gesicht trägt.

Glücklicherweise scheinen Johanna und Gerti nicht zu checken, was sich zwischen den beiden Senioren eventuell gerade entwickelt.
Nach etwa einer Stunde des Plauderns und Naschens klingelt es an der Haustür.
Erstaunt schaut Marion ihre Mutter an. „Vermutlich hat es sich ein Absager von der Tafel anders überlegt."
Plötzlich springt Johanna vom Stuhl auf, als wäre sie in ihren Allerwertesten gestochen worden. „Ihr bleibt sitzen. Das ist meine Überraschung. Ich mache die Tür auf."
Ehe Annabelle reagiert, verschwindet Johanna aus dem Zimmer.
„Weißt du, was Johanna plant?", wendet sich Annabelle an Gerti.
„Keine Ahnung. Mir hat sie nichts verraten."
Auch Wolfgang zuckt mit den Schultern. „Wir werden es gleich erleben."
Die Tür fliegt auf und Johanna kündigt mit einem Grinsen an: „Meine Lieben, ich habe euch den Weihnachtsmann mitgebracht, der Geschenke für euch dabei hat."
Marion verschlägt es die Sprache, als sie Roberto im Kostüm identifiziert. Sie hätte eher mit einem Blizzard gerechnet als mit ihm. Automatisch erhöht sich ihr Pulsschlag, und gegen ihren Willen formieren sich die im Winterschlaf befindlichen Schmetterlinge im Bauch zum Weihnachtswalzer. Wieso gibt sich Roberto dafür her, auf einem privaten Kaffeeklatsch erneut den Weihnachtsmann zu mimen? Auf seinem Buckel schleppt er einen Jutesack, den er nun erst einmal abstellt, um zu grüßen: „Ho ho ho, draußen aus der Kälte komme ich und freue mich auf einen heißen Kaffee."
Johanna schneidet ihm gleich das Wort ab: „Erst einmal musst du ihn dir verdienen, lieber Weihnachtsmann. Bitte verteile die Geschenke an meine Freunde."
Robertos Augen wandern belustigt zu Marion, die in Schockstarre verharrt.
„Okay, ich schaue mal, was ich im Sack für euch habe."

Zunächst fischt er ein Päckchen für die Gastgeberin heraus und überreicht es ihr. Einen roten Schal mit passender Mütze und Handschuhen schält Annabelle begeistert aus dem Papier. „Hast du die Sachen gestrickt, Johanna?"
„Ja, ich habe meine Liebe zum Handarbeiten wiederentdeckt."
Das beweist auch das nächste Geschenk für Gerti, die gehäkelte Platzdeckchen erhält.
Wolfgang zeigt sich erfreut über ein Paar dicke Socken.
Gebannt beobachtet Marion, wie Roberto ein weiteres Päckchen aus dem Sack befördert, das vermutlich für sie bestimmt ist. Schon landet es bei ihr. Neugierig entfernt sie das Papier. Ein Schal, eine Mütze und Handschuhe im Muster ihres Rentierpullovers entlockt ihr einen Aufschrei des Entzückens. „Wie hast du das hinbekommen, Johanna?"
„Ich hatte Hilfe. Roberto hat mir seinen Pullover geliehen. Aus dem Kopf hätte ich das Muster nicht stricken können. Ich habe es ja nur einmal an dir auf der Gala gesehen. Praktisch, dass ihr den gleichen Geschmack habt."
Marion wagt es nicht, den Blick zu Roberto zu schwenken. Sie spürt, dass er sie anschaut. Am liebsten würde sie unter einem Vorwand die Flucht ergreifen, was Johanna gegenüber sehr unhöflich wäre. Sie hat sich solch eine Mühe mit ihren Geschenken gegeben.
Zu allem Übel stellt Annabelle einen weiteren Stuhl zwischen Marion und sich und fordert Roberto auf, sich zu ihnen zu setzen.
„Darf ich mir vorher das Kostüm ausziehen?", bittet er. „Ich schwitze so darin."
„Natürlich." Annabelle erklärt ihm, wo sich das Bad befindet.
Nachdem Roberto verschwunden ist, lassen Marion und die anderen Bescherten Lobeshymnen auf Johanna niederprasseln.
„Was für eine süße Idee", flötet Gerti.
„Die Socken kann ich prima gebrauchen", fügt Wolfgang

hinzu. „Danke dir.“
Auch Marion und Annabelle sind aus dem Häuschen und sparen nicht mit Dankesbekundungen.“
Johanna lächelt verlegen. „Ist bloß etwas Selbstgemachtes.“
„Gerade das schätzen wir besonders. Kaufen kann jeder.“
An Annabelle gerichtet schmeichelt Wolfgang: „Deine Anis- und Haselnusskekse sind die leckersten, die ich je probiert habe.“
„Fein. Ich habe für jeden von euch ein Tütchen vorbereitet, das ihr später mit nach Hause nehmen dürft.“
„Für mich auch?“, fragt Roberto, der offensichtlich seit einer Weile im Türrahmen das Gespräch unbemerkt belauscht hat.
„Logisch. Dir gebe ich gleich eine ganze Dose mit für deinen tollen Auftritt“, verspricht Annabelle.
Johanna wirft ein Veto ein: „Das darf aber Eva nicht erfahren. Sie achtet streng auf Zucker. Roberto soll nicht so viel davon essen.“
Seltsam. Hat Eva nicht im Supermarkt zwei Pakete von den Lebkuchen für ihren Mann erworben? Vielleicht ein Bestechungsversuch, um ihn zurückzugewinnen? Marion wird es übel. Ob es an dem Plätzchenkonsum liegt oder an der Tatsache, dass Johanna Eva ins Spiel gebracht hat, vermag sie nicht festzustellen. Jedenfalls empfindet Marion es als Qual, die unmittelbare Nähe zu Roberto zu spüren, den Duft seines typischen Rasierwassers einzuatmen und ihm innerlich trotzdem so fern sein zu müssen. An der Unterhaltung beteiligt sie sich kaum mehr.
Zum Glück redet Johanna ohne Punkt und Komma über die Nachwuchssorgen bei der Tafel.
Unerwartet berührt Robertos Knie unter dem Tisch Marions Bein. Zufall oder Absicht? Was fällt ihm ein? Er soll sie in Ruhe und seine Eva nicht zuhause allein lassen. Schon komisch, dass er am Adventssonntag für Johanna den Weihnachtsmann spielt und die Gesellschaft der Senioren und die von Marion zu genießen scheint. Nicht

nur ein großes Stück Schwarzwälder Kirschtorte wandert in seinen Magen, sondern auch jede Menge Plätzchen. Immer wieder preist er mit Wolfgang um die Wette Annabelles Backkunst an.
Endlich bläst Johanna zum Aufbruch.
Gerti schließt sich gleich an. „Unsere Männer warten."
Dagegen macht Wolfgang keine Anstalten zu gehen.
Marion nutzt die Gelegenheit, sich ebenfalls zu verabschieden, damit ihre Mutter mit Wolfgang eine Weile allein plaudern kann.
Auf einmal beeilt sich auch Roberto aufzubrechen. „Es war mir ein Vergnügen, Annabelle. Danke für den schönen Nachmittag."
„Ich danke dir und Johanna für eure gelungene Überraschung. Hoffentlich war es dir unter uns Alten nicht zu langweilig", mutmaßt Annabelle.
Roberto schielt zu Marion. „Auf keinen Fall. Es war sehr amüsant."
Marion versucht vergeblich, Roberto abzuhängen. Nachdem sie sich von ihrer Mutter und Wolfgang verabschiedet hat, fragt Roberto draußen vor der Tür mit Kulleraugen: „Wäre es unverschämt, wenn ich dich bitte, mich nach Hause mitzunehmen? Ein Umweg ist es ja nicht."
„Bist du nicht mit deinem Wagen gekommen?", vergewissert sich Marion erstaunt.
„Nein, mein Bruder Paolo hat mich hergefahren. Er wollte mich auch abholen, aber hat mir eine Nachricht geschrieben, ob ich eventuell eine andere Möglichkeit finde. Er hat überraschend Besuch gekriegt."
„Meinetwegen", gibt Marion nach, weil sie nicht als Zicke bei Roberto in Erinnerung bleiben möchte, knirscht jedoch innerlich mit den Zähnen.
Zunächst verstaut Roberto sein Weihnachtskostüm und die Keksdose von Annabelle auf der Rückbank, bevor er auf dem Beifahrersitz Platz nimmt.
„Danke, dass du mich nach Hause bringst."
„Warum hast du deine Tante nicht gebeten?", fällt Marion

plötzlich ein.
„Weil ich mit dir einige Minuten allein sein möchte. Du hast mich gar nicht beachtet. Habe ich dir etwas getan?"
„Das fragst du wirklich nach den verunglückten Begegnungen, in die deine Frau geplatzt ist, um zu demonstrieren, wer zu dir gehört? Warum hast du sie nicht angerufen, um dich abzuholen?"
„Weil sie unterwegs ist und wir getrennt sind."
„Das glaube ich dir nicht. Erst gestern habe ich deine Frau am Supermarkt getroffen, als sie Lebkuchen für dich eingekauft hat. Binde mir bitte keinen Bären auf."
Entweder ist Roberto ein guter Schauspieler, oder sein Erstaunen ist echt. „Lebkuchen? Für mich? Ich mag gar keine. Da hast du sicher etwas falsch verstanden."
„Ganz bestimmt nicht, aber ist auch egal", erwidert Marion patzig. „Das alles geht mich schließlich nichts an."
„Ich möchte aber, dass dich mein Leben etwas angeht. Bald wissen unsere Familien über unsere Trennung Bescheid. Mein Versprechen gegenüber Eva halte ich zwar bis nach Weihnachten ein, aber danach ist Schluss."
Marion traut Robertos Bekundungen nicht. Aus eigener Erfahrung weiß sie, wie schwer es ist, einen Menschen loszulassen, den man einmal geliebt hat oder trotz Differenzen noch liebt. Obwohl sie bei ihren Ex-Partnern genau wusste, dass die Beziehung nicht funktionierte, stellte sie die Trennungen oft monatelang infrage. Manchmal war sie sogar in Versuchung, wieder Kontakt zu ihnen zu knüpfen, nachdem sie sie bei Facebook, Instagram und Co. aufgestöbert hatte. Zum Glück besann sich Marion jedes Mal eines Besseren. Kalter Kaffee schmeckt aufgewärmt bekanntlich nicht mehr.
„Hast du mir zugehört?", dringt Robertos Stimme in ihr Bewusstsein.
„Nein, ich war eine Weile abwesend. Entschuldige."
„Ich habe dich eingeladen, mit mir auf die Silvesterfeier eines Freundes zu gehen."
„Wozu?"

„Um der Welt zu zeigen, dass ich mich in dich verliebt habe."
Marion trifft Robertos Bekenntnis zu überraschend, um angemessen darauf zu reagieren. Außerdem hätte sie sich diesen Moment romantischer vorgestellt, als auf einer Autofahrt von A nach B. Statt sich über sein Geständnis zu freuen, lehnt sie ruppig ab: „Bitte lass mich in Ruhe und werde glücklich mit deiner Eva."
Gott sei Dank haben sie gerade den Hof von Robertos Haus erreicht.
„Ist das wirklich dein ehrlicher Wille?", hakt Roberto mit versteinerter Miene nach.
„Ja, bitte steig aus. Ich habe noch etwas vor", lügt Marion.
Als er ihrem Wunsch nachgekommen ist, düst sie mit durchdrehenden Rädern ab, ohne sich nach Roberto umzudrehen.

♥

KAPITEL 21

Zuhause wird Marion das Ausmaß ihres Elends erst richtig bewusst, als sie ihre leere Wohnung betritt.
Lustlos brüht sie sich einen Tee auf, den sie mit aufs Sofa nimmt.
Die Programmzeitschrift gibt nichts her, was sie im Fernsehen interessieren könnte. Einen angefangenen Roman legt Marion nach wenigen Seiten zurück auf den Beistelltisch. Nichts lenkt sie von ihrer Einsamkeit ab. Mit ihrem Verkupplungsversuch zwischen Tom und Caren und ihrer Mutter und Wolfgang hat sie sich ein Eigentor geschossen. Von nun an haben die derzeit wichtigsten Menschen in ihrem Leben viel weniger Zeit für sie. Warum schafft es Marion nicht, sich einen Single zu angeln? Bleibt eine Dating-Plattform wie *Finder* wirklich die einzige Lösung für sie? Eine frustrierende Überlegung, die sie schnell aus ihrem Kopf verbannt. Ihre Mutter deswegen zu maßregeln, um dann selbst nach dem Strohhalm zu greifen, wäre idiotisch.
Die Nachrichten im TV vertreiben Marion kurz die trüben Gedanken. Anschließend wagt sie es, bei Annabelle anzurufen. Wolfgang wird inzwischen nach Hause gegangen sein. Zu ihrem Erstaunen ist Annabelles Handy abgeschaltet. Mit Absicht? Will ihre Mutter etwa beim Techtelmechtel mit Wolfgang nicht gestört werden? Beim besten Willen kann sich Marion nicht vorstellen, dass sich bei den beiden mehr entwickeln könnte, als eine intensive Freundschaft. Sind ältere Menschen überhaupt in der Lage, sich noch einmal wie in der Jugend zu verlieben nach all den Erfahrungen, die sie im Laufe des Lebens mit Partnern gemacht haben, positive wie negative? Über das

Liebesverhältnis ihrer Eltern hat Marion nie nachgedacht. Sie kann nicht beurteilen, ob die Liebe zwischen ihnen tief und ewig bis zum Tod ihres Vaters angedauert hat.
Annabelle war stets darauf bedacht, dass Marion Streitigkeiten nicht mitbekam. Trotzdem konnte sie es nicht ganz verhindern. Auch Türen und Wände waren nicht schalldicht, wenn es mal richtig zur Sache ging. Unfreiwillig hörte Marion einem Disput zu, in dem sie selbst die Hauptrolle spielte.
Annabelle warf ihrem Mann vor, ihr öfter hinsichtlich Marions Erziehung in den Rücken zu fallen. Er würde ihr Dinge erlauben, die Annabelle bereits untersagt hatte. Wie sich Marion erinnert, ging es im konkreten Fall um einen Diskothekenbesuch, den ihre Mutter verboten hatte. Heimtückischerweise war Marion zu ihrem Vater gegangen und hatte ihn um Erlaubnis gebeten, die er nichts ahnend erteilte. Im Grunde war es Marions Fehler, die Eltern gegeneinander auszuspielen, was sie häufiger praktizierte. Bei ihrem Vater hatte sie dabei immer bessere Karten als bei ihrer Mutter. Heute tut Marion ihre miese Taktik leid. Bei nächster Gelegenheit wird sie das Thema bei Annabelle anschneiden, um sich für ihr Verhalten damals zu entschuldigen. Zum Glück stritten ihre Eltern nie länger. Meistens vertrugen sie sich alsbald wieder und fanden einen Kompromiss. In die Diskothek dürfte Marion damals allerdings nicht. Annabelle setzte sich durch.
Das Brummen ihres Smartphones beendet Marions Erinnerung. Na, endlich. Auf dem Display erscheint Annabelles Name.
„Hallo, Mamimaus. Bist du allein?“
„Ja, was denkst du denn?“
Marion kichert. „Hätte doch sein können, dass Wolfgang bei dir Wurzeln schlägt. Er schien sich bei dir sehr wohlzufühlen.“
„Er konnte sich bloß nicht von den Keksen losreißen“, wiegelt Annabelle ab. „Mit mir hatte sein Ausharren

weniger zu tun."
„Das habe ich anders beobachtet", widerspricht Marion. „Er hat immer Blickkontakt zu dir gesucht."
„Quatsch. Du übertreibst."
„Ach, genieße einfach die Gunst von Wolfgang. Er ist äußerst sympathisch und charmant."
„Findest du?", vergewissert sich Annabelle, als wollte sie sich bei Marion das Einverständnis für die Freundschaft zu Wolfgang einholen.
„Absolut. Außerdem sieht er für sein Alter wirklich brauchbar aus, wenn ich da den Vergleich zu Michael ziehe."
„Erinnere mich bitte nicht an diesen Fehlgriff. Das war so peinlich und dumm von mir."
„Schnee von gestern. Immerhin hat der Typ dazu beigetragen, den Kontakt zu Wolfgang herzustellen. Insofern war er nützlich."
„Stimmt. Trotzdem schäme ich mich ein bisschen", outet sich Annabelle.
Marion zieht das Fazit: „Sieh es positiv. Du bist um eine Erfahrung reicher und glimpflich davongekommen."
„Das habe ich dir und Wolfgang zu verdanken. Genug davon. Sag mir lieber, wie dir Robertos neuer Auftritt als Weihnachtsmann gefallen hat? War das nicht eine süße Idee von Johanna?"
Marion schluckt, bevor sie antwortet: „Toll, was Johanna gestrickt und gehäkelt hat. Hut ab. Sie muss tagelang gehandarbeitet haben." Bewusst lässt Marion Roberto unerwähnt.
„Hast du schon nachgeschaut, ob die Muster von Schal und Mütze mit deinem Rentierpullover übereinstimmen?"
„Nein, das mache ich später und schicke dir ein Selfie, wenn ich alles angezogen habe."
„Ich bin gespannt." Pause. „Du hast mir meine Frage nicht beantwortet."
„Welche?", stellt sich Marion dumm.
„Wie du den Auftritt von Roberto gefunden hast? Er

scheint inzwischen sein Weihnachtsmanndasein zu genießen. Johanna hat mir erzählt, dass er seinem Bruder Konkurrenz macht und auch zu anderen Gelegenheiten gebucht wird. Dabei hat er das finanziell gar nicht nötig."
„Ach. Das wusste ich nicht." Marion braucht ihr Erstaunen nicht zu spielen. Roberto hat sein neues Hobby mit keinem Wort erwähnt. Demnach flirtet er im Kostüm munter weiter. Verkleidet und hinter dem Bart versteckt funktioniert das leichter als im normalen Alltag. „Offensichtlich hat Roberto bei deiner Gala sein Talent entdeckt", meint Marion mit sarkastischem Unterton.
„Ist doch ein netter und sinnvoller Zeitvertreib. Nur seine Frau mag es wohl nicht, wenn er als Weihnachtsmann unterwegs ist", verrät Annabelle.
Marion horcht auf. „Woher weißt du das?"
„Du kennst Johanna. Die hört das Gras wachsen. Über sie laufen alle Fäden in der Familie zusammen, und sie verteilt ihre Informationen."
Marion wittert eine Chance, mehr über Roberto und Eva zu erkunden. „Plaudert Johanna auch über das Verhältnis von Roberto zu seiner Frau?"
„Klar. Johanna hat den Eindruck, dass die beiden eine tolerante Ehe führen."
„Was genau heißt das?" Marion hält den Atem an.
„Dass der eine dem anderen schon mal einen außerehelichen Flirt zugesteht."
Die Aussage ihrer Mutter befriedigt Marion nicht wirklich. Sie spürt jedoch, dass Annabelle nichts Konkretes berichten kann und beendet ihr Nachbohren. Stattdessen fragt sie: „Wie bist du mit Wolfgang verblieben? Werdet ihr euch wiedersehen?"
„Logisch. Wir sind nächste Woche zusammen bei der Tafel eingeteilt. Wolfgang hat mich gebeten, Haselnuss- und Anisplätzchen mitzubringen. Damit habe ich offenbar bei ihm gepunktet."
Marion reagiert enttäuscht: „Ich dachte, er hätte dich vielleicht zum Essen ausgeführt."

Annabelle lacht. „Wir sind Rentner und können uns das Ausgehen nicht so leisten wie ihr Verdiener. Ich habe diesbezüglich keine Erwartungshaltung an Wolfgang, sondern freue mich auf die gemeinsamen Stunden bei der Tafel. Er muss mir nichts Besonderes dafür bieten, dass ich ihn mag."

Irgendwie berührt Marion die Einstellung ihrer Mutter. „Vielleicht kocht Wolfgang mal für dich, um sich für die Kekse zu revanchieren."

„Ich lasse alles auf mich zukommen."

„Vernünftig, Mamimaus. Da ich morgen sehr früh ins Büro muss, gehe ich jetzt schlafen."

„Ich bin auch hundemüde. Es war ein aufregender Tag, den ich sehr genossen habe. Zukünftig werde ich öfter Gäste zum Kaffeeklatsch einladen. Hat mir richtig Spaß gemacht."

„Gute Idee. Ihr könnt ja auch mal bei dir Karten spielen. Johanna und Gerti freuen sich bestimmt über die Abwechslung. Vielleicht nehmt ihr Wolfgang mit in die Runde?"

„Jetzt vor Weihnachten klappt das nicht mehr, aber fürs neue Jahr behalte ich das im Auge." Seit langer Zeit klingt Annabelle fröhlich, was Marion wiederum zuversichtlich stimmt. Sie gibt die Hoffnung auf bessere Zeiten auch für sich selbst nicht auf.

Nachdem Marion ihrer Mutter eine gute Nacht gewünscht hat, erkundigt sie sich mit schlechtem Gewissen per WhatsApp nach Carens Gesundheitszustand.

Die Freundin reagiert nicht. Wahrscheinlich ist Tom bei ihr.

Einen Moment erliegt sie der Versuchung, sich bei Roberto für ihre Kratzbürstigkeit im Auto zu entschuldigen. Immerhin hat er ihr gestanden, in sie ein bisschen verliebt zu sein. Warum beflügelt sie das nicht? Weil sie Eva als Konkurrentin zu sehr fürchtet? Warum fühlt sie sich der Frau nicht gewachsen? Andere spannen sich die Männer eiskalt gegenseitig aus. Sogar bei Familienvätern

gibt es kein Halten.
Mehr Selbstbewusstsein könnte nicht schaden. Mit dieser Erkenntnis sucht Marion ihr Bett auf. Schlaf findet sie indes nicht. Stattdessen begibt sie sich zu ihrem PC und fährt ihn hoch. Mal sehen, ob sich Roberto irgendwo als Weihnachtsmann anbietet. Dabei hat Marion gar keine Ahnung, wo sie nachsehen muss.
Einige Stichwörter wie *Weihnachtsmann zu buchen* führen zu kuriosen Plattformen wie *Weihnachtsmänner für gewisse Stunden*, deren Auftritte alles andere als mit einer harmlosen Bescherung von Kindern zu tun haben. Vielmehr ist das Geschenk der Weihnachtsmann selbst, wobei er sich bei der Aufführung seines Kostüms entledigt.
Marion ist erleichtert, Roberto auf den Animationsvideos nicht zu entdecken. Sie würde ihm so etwas auch nicht zutrauen. Aber wer weiß das schon, was sich hinter der Fassade eines Menschen verbirgt. So gut kennt Marion Roberto nicht. Öfter versteckt sich der Wolf im Schafspelz, als man denkt.
Bei ihren Nachforschungen stößt Marion schließlich auf eine Seite, wo es einen sogenannten Weihnachtsmann-Gigolo zu buchen gibt. Er begleitet seine Kundinnen über ein Wochenende in ein Wellnesshotel und erfüllt angeblich jeden Wunsch. Wer sich so etwas wohl gönnt? Wie ausgehungert nach Liebe und Zärtlichkeit muss man sein, um den hohen Preis dafür zu zahlen? Was ist, wenn einem der Typ gar nicht gefällt? Die Optik ist eine Sache, die erotische Anziehung eine andere. Allerdings scheint für jeden Frauengeschmack etwas dabei zu sein. Die angepriesenen Männer decken alle Altersgruppen und Kulturen ab, angefangen vom Studenten bis zum sportlichen Rentner. Sie alle wollen vermutlich ihre Weihnachtskasse mit einem Nebenjob aufbessern. Mal empfindet Marion die Darstellung grenzwertig, mal lustig. Staunen tut sie darüber, dass die Kundinnen sogar Einfluss auf die Unterwäsche der Gigolos unter dem

Weihnachtsmannkostüm nehmen können. Ob ein gehäkelter String oder eine Boxershorts, alles ist realisierbar. Ein Schmunzeln entlockt Marion die Möglichkeit, den Geruch des gebuchten Mannes vorzubestellen. Vom Räuchermännchenduft reicht die Palette bis zum Moschusdeodorant.
Besonders belustigt Marion die Zusatzleistungen, die extra bezahlt werden müssen: ein Champagnerbad mit Weihnachtsambiente oder eine Massage mit speziell geeigneten Weihnachtskugeln. Offenbar sind den Möglichkeiten keine Grenzen gesetzt. Allerdings sind die Preise je nach Wahl der Angebote horrend.
Das Verwöhnprogramm regt Marions Fantasie an und beschert ihr ein Dauergrinsen ins Gesicht. Bloß der Partner fehlt für solche Extravaganzen. Den kann auch kein Weihnachtsmann herbeizaubern. Aus Spaß liest Marion anschließend die Bewertungen der einzelnen Männer. Nicht alle kommen gut dabei weg. Wie bei vielen Beurteilungen zu Produkten im Netz entscheidet allein der Geschmack der Kunden über die Sterne. Mit einem unbekannten Weihnachtsmann hat Marion fast ein wenig Mitleid, der bloß einen Stern erhält, weil er nicht das Unterwäschemodell trug, das die Kundin bestellt hatte, sondern eine Baumwollhose, Marke Liebestöter.
Teilweise stockt Marion der Atem, was für Intimitäten verraten werden. Solche Kommentare sollten unbedingt gelöscht werden. Immerhin können sich auch Kinder auf solchen Plattformen verirren. Vorsichtshalber meldet Marion die schlimmsten Einträge. Nach ihrer Erfahrung nutzt das jedoch in den seltensten Fällen etwas. Die Plattformbetreiber lassen sie stehen, weil genau diese Anmerkungen die Kundinnen erst recht anlocken und neugierig machen.
Erleichtert, Roberto nicht unter den besagten Anbietern gefunden zu haben, schließt Marion ihren Laptop.
Ihre Recherche wirkt nach, denn sie träumt in der Nacht von einem ganzen Rudel Weihnachtsmännern.

♥

KAPITEL 22

Einmal in der Woche gibt es eine Teambesprechung zwischen Marion, Tom und Milan.
Heute steht unter anderem ihre Weihnachtsfeier auf dem Programm, die einen Tag vor Heiligabend beim Italiener stattfinden soll.
„Habt ihr einen Babysitter gefunden?“, erkundigt sich Marion bei Milan.
„Ja, Lina freut sich schon auf den Abend und euch wiederzusehen.“
„Ich mich auch auf sie“, beteuert Marion. Ihr Blick schweift zu Tom. „Wen bringst du mit?“ Es handelt sich um eine obligatorische Frage, denn sie ahnt es bereits.
„Wenn nichts dagegenspricht, kommt Caren mit. Inzwischen darf sie ihr Bein mithilfe der Krücken belasten.“
„Cool, meine Freundin habe ich gerne dabei.“
„Ich habe auch nichts dagegen“, tutet Milan in Marions Horn und hakt bei ihr nach: „Wer begleitet dich?“
Sie spürt, wie die Blicke der beiden Männer gespannt auf ihr ruhen. Wahrscheinlich erwarten sie eine besondere Weihnachtsüberraschung in Gestalt eines neuen Freundes. Marion muss ihre Kollegen enttäuschen. „Meine Mutter vielleicht, wenn sie Zeit hat. Passt das?“
„Ähm ... klar. Annabelle hat es verdient. Schließlich verwöhnt sie uns regelmäßig mit Kuchen und Plätzchen“, sagt Milan als Erster.
„Gute Idee“, stimmt Tom zu. „Deine Mutter ist stets eine Bereicherung.“
Damit wird der Punkt *Weihnachtsfeier* abgehakt. Es folgt der Austausch über diverse Projekte und deren Stand.

Milan holt sich Rat bei Marion und Tom für die Werbekampagne eines geplanten Katzencafés in Kutterwald. Es sollen nicht nur die Tiere in den Fokus gerückt werden, sondern die besonderen Torten mit Katzenmotiven. Die Inhaberin hat eigene Fotos zur Verfügung gestellt, deren Qualität jedoch zu wünschen übrig lässt.
„Die kann ich kaum verwenden. Wenn ich es nicht tue, ist die Kundin womöglich beleidigt. Das möchte ich nicht riskieren“, klagt Milan. „Habt ihr eine andere Idee?“
„Kannst du die nicht mit Photoshop hinbiegen?“, schlägt Tom vor.
„Das habe ich bereits probiert. Vergeblich. Ich bin damit nicht so versiert.“
„Schick mir die Fotos mal auf meinen PC. Vielleicht kann ich dir helfen“, bietet Tom an.
„Cool.“ Milan lächelt zufrieden.
„Dafür hänge ich mit einem Text für einen Unterwäscheladen fest“, bekennt Tom.
„Okay, vielleicht fällt mir dazu etwas ein.“ Milan gießt Marion, Tom und sich frischen Kaffee in die Tassen. Der Teller mit Annabelles Weihnachtsplätzchen ist bereits geplündert.
„Soll ich uns Nachschub besorgen?“, fragt Marion, indem sie auf den leeren Teller deutet.
„Gerne“, sagen Tom und Milan wie aus einem Mund, woraufhin sich Marion in die Küche begibt.
Sie nutzt den Moment des Alleinseins, um Nachrichten auf ihrem Smartphone zu checken. Erst auf den zweiten Blick entdeckt sie eine Mitteilung von Roberto. Mit klopfendem Herzens öffnet Marion sie, um gleich darauf zu erschrecken.
Er schreibt:

Warum hast Du das getan?

Was meint Roberto damit? Marion ist sich keiner Schuld

bewusst. In den hintersten Schubladen ihres Gehirns sucht sie nach einer möglichen Erklärung für seine Anklage. Es fällt ihr nichts Passendes ein. Um Gewissheit zu erlangen, antwortet sie:

Bitte erleuchte mich. Ich habe keine Ahnung, was ich getan haben soll.
Gruß, Marion

Auf eine Reaktion von Roberto wartet sie vergeblich.
Mit finsterer Miene kehrt sie zu ihren Arbeitskollegen zurück, die sie entgeistert anstarren.
„Wo sind denn die Kekse?“, fragt Tom.
Tatsächlich bringt Marion den leeren Teller mit zurück. „Oh, entschuldigt. Ich war wohl geistig abwesend.“
„Das müssen ja besondere Gedanken gewesen sein“, lästert Tom.
Marion holt das Versäumte nach, und Tom und Milan stürzen sich auf Annabelles Plätzchen.
Nach einer weiteren Stunde beenden sie die Teamsitzung.
Jeder setzt sich an seinen Arbeitsplatz und konzentriert sich auf seine Aufgabe.
Bloß Marion hat Robertos Vorwurf aus der Bahn geworfen. Immer wieder schielt sie auf ihr Smartphone, um eine neue Nachricht von ihm nicht zu verpassen. Dabei wird ihre Geduld auf eine harte Probe gestellt. Roberto scheint es nicht für nötig zu erachten, Marion aufzuklären. Ihn während der Öffnungszeit seiner Gärtnerei anzurufen, hält sie für unzweckmäßig. Schließlich kann er im Beisein von Angestellten oder Kunden privat nicht ungehemmt reden.
Den Nachmittag über zwingt sich Marion zur Konzentration auf ihren Werbetext. Mit Hängen und Würgen bringt sie etwas zustande. Wirklich zufrieden ist sie mit dem Ergebnis allerdings nicht.
Wenigstens wartet der wöchentliche Mutter-Tochter-Abend auf Marion. Bei einem leckeren Essen vergisst sie

Roberto vielleicht.
Da sie ihre Übernachtungstasche bereits im Auto deponiert hat, fährt Marion gleich nach Arbeitsschluss zu Annabelle.
Nanu. Dort parkt bereits ein Wagen auf dem Vorhof. Es handelt sich um Wolfgangs. Von seiner Anwesenheit hat Annabelle gar nichts erzählt.
Ein wenig enttäuscht betritt Marion mithilfe ihres Schlüssels das Elternhaus. Warum hat ihre Mutter Wolfgang nicht rechtzeitig nach Hause geschickt? Es reicht, wenn sie ihn tagsüber sieht. Ist Marion eifersüchtig auf den pensionierten Kommissar?
Fröhliche Stimmen dringen aus der Küche an ihr Ohr.
Marion hört ihre Mutter kichern wie ein Schulmädchen. Sie findet die beiden in Schürzen gekleidet am Tisch sitzend vor. Wolfgang schneidet Champignons, während Annabelle Kartoffeln schält.
„Huch, ich habe dich gar nicht kommen hören“, begrüßt ihre Mutter sie.
„Du warst wohl abgelenkt“, kontert Marion.
Wolfgang springt sofort vom Stuhl auf. „Hallo, Marion. Leider kann ich Ihnen keine Hand geben. Sie ist schmutzig.“
„Jetzt lasst mal das förmliche Sie“, schlägt Annabelle vor. „Das ist doch albern.“
Wolfgang stimmt ihr zu: „Von mir aus gerne.“
„Ich habe auch nichts dagegen“, schließt sich Marion notgedrungen an.
„Darauf stoßt ihr später an. Jetzt müssen wir uns mit den Vorbereitungen beeilen. Der Braten in der Röhre ist bald fertig und die Beilagen noch nicht gekocht“, treibt Annabelle an.
Marion wirft ihrer Mutter einen scharfen Blick zu. Wo bleibt die Erklärung, warum Wolfgang noch da ist?
Annabelle scheint es zu kapieren. „Wolfgang hat sich im Tag geirrt. Wir hatten uns für morgen zum gemeinsamen Kochen verabredet. Vor einer Stunde stand er mit dem

Schweinebraten vor der Tür."
Ausgerechnet. Wenn Marion etwas nicht mag, dann Schweinebraten. Den hasst sie seit ihrer Kindheit. Wie sehr hatte sie sich auf den angekündigten Hackfleischauflauf gefreut.
„Ich hoffe, du hast nichts gegen meine Anwesenheit", bemerkt Wolfgang. „Natürlich könnt ihr den Braten auch ohne mich essen, und ich bringe morgen etwas anderes mit."
„Nein, ist schon okay." Was sollte Marion auch anderes behaupten? Sie will ihre Mutter nicht kompromittieren. Zukünftig muss sie wohl mit solchen Überraschungen rechnen. Offensichtlich hat sich Wolfgang bei ihrer Mutter bereits eingelebt. Er bedient sich aus den Schubladen, weiß, wo er Salz und Pfeffer findet und wie der Müll zu trennen ist. Alle Achtung. Das ging wirklich rasant schnell. Marions Freude darüber hält sich in Grenzen. Es fällt ihr schwer, sich daran zu gewöhnen, ihre Mutter zukünftig mit Wolfgang teilen zu müssen.
Bis zum Essen dauert es eine Weile, die sie nutzen, um mit einem Aperitif auf ihre Duz-Freundschaft anzustoßen. Wolfgang lässt es sich nicht nehmen, Marion zur Besiegelung auf beide Wangen zu küssen. „Danke, dass ich mit zwei so charmanten Damen den Abend verleben darf, statt einsam vor dem Fernseher auf dem Sofa einzuschlafen."
Wolfgangs letzter Halbsatz deutet darauf hin, dass er anscheinend nicht über Abwechslung verfügt. Folglich hat er jede Menge Zeit, sich mit Annabelle zu beschäftigen. Ob für Marion überhaupt welche mit ihrer Mutter allein übrig bleibt? Die Vorstellung, nur noch etwas zu dritt zu unternehmen, erscheint ihr wenig prickelnd.
Ihre Gedanken werden unterbrochen, als Annabelle zu Tisch bittet. Wider Erwarten schmeckt der Schweinebraten gar nicht so schlecht. Marions Geschmacksnerven haben sich anscheinend im Erwachsenenalter verändert.
Untermalt wird der Gaumenschmaus mit Smalltalk.

Wolfgang entpuppt sich außerdem als Geschichtenerzähler. Ohne Namensnennung berichtet er auf amüsante Weise Anekdoten von seiner Berufstätigkeit als Kommissar.
Wie Marion beobachtet, hängt Annabelle an seinen Lippen. Es ist schön, ihre Mutter so entspannt zu sehen. Die Gesellschaft von Wolfgang und seine Aufmerksamkeit tun ihr erkennbar gut.
Wolfgang wechselt das Thema plötzlich zur Tafel: „Wer beschert denn an unserer Weihnachtsfeier? Ist Paolo als Weihnachtsmann engagiert?"
„Ich weiß es gar nicht", gesteht Annabelle. „Johanna organisiert ihn immer. Ist ja schließlich ihr Neffe."
„Sonst kann ja Roberto einspringen", mischt sich Marion ein.
„Ich glaube, der hat momentan andere Sorgen." Wolfgang zieht die Augenbrauen hoch.
Marion wird hellhörig. „Wieso?"
„Ich habe heute Morgen Gerti beim Arzt getroffen, und die hat aus dem Nähkästchen geplaudert. Roberto und seine Frau Eva spielen den Familien seit Monaten eine heile Welt vor. Dabei sind sie längst getrennt und planen, die Scheidung einzureichen. Angeblich wollten sie Evas Vater bis nach Weihnachten schonen, der gesundheitlich ziemlich angeschlagen ist."
„Das ist ja mal eine Neuigkeit", stellt Annabelle fest. „Wie ist ihre Trennung denn aufgeflogen?"
Wolfgang zuckt mit den Schultern. „Das weiß ich nicht. Irgendjemand muss es ausgeplaudert haben."
Marion verliert für eine Weile ihr Sprachzentrum. Ihr kommt Robertos Zeile in den Sinn. Glaubt er etwa, sie hätte ihn verraten? Das wäre eine mögliche Erklärung für seinen Vorwurf. Kein Wunder, dass er nicht mehr antwortet. Er ist wahrscheinlich von Marions Schuld überzeugt. Während sie nachgrübelt, ob ihr unbewusst etwas bei ihrer Mutter über die Lippen gekommen ist, bohrt Annabelle nach: „Gibt es einen besonderen Grund

für die Scheidung der beiden? Laut Johanna waren sie immer ein Vorzeigepaar."
„Gerti sagte, man munkelt, dass Eva schon länger fremdgeht. Sie ist diejenige, die aus der Ehe ausbricht", berichtet Wolfgang.
„Armer Roberto. Er ist so ein attraktiver und sympathischer Mann. Es trifft immer die Falschen. Da werde ich gleich morgen Johanna befragen, wenn wir gemeinsam Tafeldienst haben", kündigt Annabelle an. „Was sagst du dazu, Marion? Hast du gewusst, dass Roberto wieder Single ist?" Sie zwinkert ihr spitzbübisch mit einem Auge zu.
Perplex zuckt Marion zusammen. In Gegenwart von Wolfgang will sie ihre Kenntnisse lieber nicht zugeben. „Nein, nicht direkt."
Zum Glück lässt es Annabelle bei dieser Aussage bewenden.
Unter dem Vorwand, müde zu sein, verabschiedet sich Marion in ihr Jugendzimmer, nachdem sie für ihre Mutter die Küche aufgeräumt hat.
Wolfgang macht keinerlei Anstalten, nach Hause zu fahren. Er hat Sitzfleisch.
Annabelle scheint das nicht zu stören. Sie wünscht Marion eine gute Nacht und verspricht, ihr am nächsten Morgen das Frühstück rechtzeitig zu servieren, bevor sie zur Arbeit geht.
Kaum hat Marion die Tür ihres Zimmers hinter sich geschlossen, versucht sie, Roberto anzurufen. Er meldet sich nicht. Aus Verzweiflung spricht Marion ihm auf den Anrufbeantworter:

Hallo, Roberto. Hier ist Marion. Bitte rufe mich umgehend zurück, egal wie spät es ist. Eine Verteidigung steht mir zu. Ich habe dein Geheimnis niemandem verraten. Eben erst habe ich erfahren, dass euer Theaterspielen aufgeflogen ist. Ich dachte allerdings, dass du dich mit deiner Frau wieder versöhnt hast und sie wieder bei dir wohnt. Warum hätte ich also jemandem von eurer Scheidungsabsicht erzählen sollen?

Jetzt liegt es an Roberto, Marion Glauben zu schenken. Wenn nicht, ist es sein Problem.

♥

KAPITEL 23

In den nächsten Tagen realisiert Marion, dass Wolfgang immer mehr Annabelles Zeit beansprucht. Wenn sie ihre Mutter anruft, bemerkt sie sofort, ob Wolfgang anwesend ist oder nicht. In seiner Gegenwart redet Annabelle nämlich in einem anderen Tonfall als normalerweise.
Inzwischen hat Marion Mühe, sich mit ihrer eigenen Mutter allein zu verabreden, ohne dass Wolfgang integriert wird. So darf das nicht weitergehen. Zwar bringt Marion für die Balzphase der beiden Verständnis auf, aber Wolfgang ganz das Feld zu überlassen, beabsichtigt sie nicht.
Am vierten Advent hat er zum Glück eine Einladung von einer befreundeten Familie.
Marion nutzt die Chance, um mit ihrer Mutter einmal über die neue Situation beim Mittagessen zu sprechen. „Du hast dich Wolfgang in der kurzen Zeit ziemlich angepasst."
Annabelle schaut von ihrem Teller hoch. „Wie meinst du das?"
„Wir sind kaum mal allein. Er ist stets um dich herum. Du kochst für ihn, hast ihn in eure Kartengruppe eingeführt und es gibt keine Tochter-Mutter-Abende mehr, ohne dass Wolfgang mitmischt."
Annabelle blickt grimmig. „Mit anderen Worten, mein Freund nervt dich."
Bevor Marion reagiert, nimmt sie sich eine weitere Scheibe vom Hackbraten und gießt ordentlich von der dicken Soße darüber. „Nein, er geht mir nicht als dein Freund auf den Keks, sondern seine Vereinnahmung deiner Person. Könnt ihr euer Beisammensein nicht besser dosieren? Ich fühle mich von dir vernachlässigt." Marion beißt sich auf die

Lippen. So direkt wollte sie sich nicht ausdrücken.
Prompt stellt Annabelle fest: „Kind, du bist ja eifersüchtig. Ich wusste nicht, dass du derartig empfindest. Das tut mir leid."
„Muss es nicht", lenkt Marion ein. „Wahrscheinlich ist es mein Problem. Wir beide sind seit Papas Tod ein eingespieltes Team. Ich hatte mich an unsere Zweisamkeit gewöhnt und muss erst einmal damit klarkommen, dass es jemand Wichtigen zusätzlich in deinem Leben gibt."
„Hm ... in gewisser Weise hast du recht. Es ist so neu für mich, dass sich ein anderer Mann als dein Vater plötzlich für mich interessiert und mich umwirbt. Ich habe anscheinend das Augenmaß für mein Umfeld verloren. Johanna und Gerti haben sich auch schon beschwert. Ich gelobe Besserung. Unsere Mutter-Tochter-Abende bleiben in Zukunft heilig. Das verspreche ich dir hiermit." Annabelle wirkt tatsächlich zerknirscht.
Deshalb beteuert Marion: „Ich mag Wolfgang und freue mich für dich. Er ist ein charmanter Plauderer, dem ich gerne zuhöre. Trotzdem gibt es Dinge, die nur uns beide etwas angehen und die ich in seiner Gegenwart nicht sagen möchte. Deshalb bin ich froh über deine Einsicht."
Annabelle legt Marion ungefragt eine Kartoffel auf den Teller nach. „Hast du etwas auf dem Herzen? Dich bedrückt doch schon länger etwas, oder?"
„Du kennst mich zu gut."
„Roberto?"
Marion nickt.
„Dachte ich es mir. Ich habe das Knistern bereits am Charity-Abend zwischen euch gespürt. Hast du ihn seit damals gedatet?"
„Ja, Roberto hatte mir die Geschichte mit der Trennung, die seine und Evas Familie vorerst nicht wissen sollte, anvertraut." Für Marion besteht nun kein Grund mehr, ihrer Mutter das zu verheimlichen, nachdem das Theater aufgeflogen ist.
„Und ihr habt euch ineinander verliebt?", zieht Annabelle

das Fazit.
„Ja, aber Eva hat es verstanden, unser zartes Band zu zerschneiden. Von einem Tag auf den anderen beschloss sie, zu Roberto zurückzukehren."
„Hat er dabei so einfach mitgespielt?", wundert sich Annabelle. „Schließlich hat ihn seine Frau wegen eines anderen Mannes verlassen."
„Angeblich wollte Roberto Eva nicht zurück, aber ich habe dem Braten nicht getraut. Er hat sie wohl mal sehr geliebt."
Erläuternd erzählt Marion die Episode mit Eva vor dem Supermarkt.
„Womöglich hat sie das mit den Lebkuchen für Roberto bloß vorgetäuscht, wenn sie gar nicht bei ihm gelandet sind, wie du sagtest. Ich habe Johanna natürlich inzwischen ausgequetscht. Eva wohnt jetzt ganz offiziell bei ihrem Liebhaber. Trotzdem gönnt sie Roberto wohl kein neues Glück mit einer anderen Frau und pfuscht dazwischen. Du solltest dich mit Roberto aussprechen."
„Wie denn?" Marion verzieht das Gesicht. „Er glaubt, ich hätte die Scheidungspläne ausposaunt, und gibt mir keine Chance zur Verteidigung."
„Soll ich mal mit ihm reden?"
Marion winkt mit einer Handbewegung ab. „Das ist lieb von dir, aber sinnlos. Er wird denken, dass wir unter einer Decke stecken. Die Karre sitzt im Sand fest. Vielleicht ist es auch besser so. Wenn er trotz allem an Eva hängt, ist sein Herz nicht für mich frei, und ich würde darunter leiden. Komplizierte Partnerschaften hatte ich in der Vergangenheit genügend. Ich bin nicht scharf auf eine Weitere und auch nicht darauf, als Trost ein bloßer Ersatz zu sein."
„Das verstehe ich, mein Kind. Du hast es zurzeit wirklich nicht leicht. Was ist mit Caren und Tom?"
„Er wird sie zur Firmenweihnachtsfeier mitbringen. Apropos, würdest du mich begleiten? Milan und Tom würden sich auch freuen."

„Wann?"
„Einen Tag vor Heiligabend." Marion beobachtet Annabelles skeptischen Blick, als sie überlegt. Ihr schwant eine Absage zugunsten Wolfgangs, wird aber eines Besseren belehrt.
„Das ist ja nett. Da komme ich gerne mit. Geht ihr zum Italiener?"
„Ja, dort habe ich schon vor langer Zeit einen Tisch reserviert."
„Gehört das Lokal nicht jemandem von Robertos Familie?", fragt Annabelle.
„Keine Ahnung. Ich weiß nur von dem Delikatessenladen seiner Eltern."
„Johanna wird es wissen. Wir treffen uns morgen zum Kartenspielen."
„Bitte verrate ihr nicht, dass ich von Robertos und Evas Trennung Kenntnis hatte."
„Auf keinen Fall. Mein Mund ist diesbezüglich versiegelt." Annabelle schenkt Wein in Marions Glas nach. „Auf uns. Wir halten zusammen."
„Ja, auf unsere Mutter-Tochter-Beziehung. Ich bin so froh, dass ich dich habe", versichert Marion. „Hoffentlich weiß Wolfgang dich auch als ganz besonderen Menschen zu schätzen."
„Wir werden sehen. Jedenfalls lege ich großen Wert auf meine Unabhängigkeit, und die Zeit mit dir wird mir immer am wichtigsten bleiben."

♥♥♥

Die Firmenweihnachtsfeier rückt näher.
Roberto hat Marion bis zum heutigen Tag keine Chance zur Rechtfertigung seiner Anklage gegeben. Damit muss sich Marion wohl innerlich arrangieren.
Neben ihrer Arbeit gilt es, Geschenke für ihre Kollegen einzukaufen, die sie ihnen nach dem Essen beim Italiener

überreichen möchte.
Der Stadtbummel tut Marion gut. Die Weihnachtsbeleuchtung und liebevollen Dekorationen in den Geschäften sind wie Balsam auf ihrer Seele. Himmlische Düfte von gebrannten Mandeln und Glühwein steigen in ihre Nase und versetzen sie in einen Weihnachtstaumel.
Damit Annabelle, Lina und Caren nicht leer ausgehen, erwirbt sie auch eine Kleinigkeit für sie. Jede erhält eine Schachtel mit verschiedenen Badezusätzen. Die Zahl der zu Bescherenden ist ohnehin überschaubar. Zwar ist Marion die Patentante von der Tochter einer Schulfreundin, die jedoch in Bremen lebt. Daher beschränkt sich der Kontakt leider auf das Schicken von Geschenken zum Geburtstag oder zu Weihnachten. Zur Sicherheit erkundigt sie sich zuvor, welchen Wunsch sie dem Mädchen erfüllen darf. Zusätzlich hat Marion ein Sparbuch eingerichtet, auf das sie monatlich einen Betrag überweist. Zu ihrem 18. Geburtstag wird ein nettes Sümmchen für den Führerschein zusammengekommen sein.
Marion hatte weniger Glück mit ihren eigenen Paten. Der Bruder ihres Vaters ist bei einem Motorradunfall ums Leben gekommen, als sie vier Jahre alt war, und die auserwählte Cousine von Annabelle zeigte nie Interesse an ihr. Folglich fiel ihr Gabentisch entsprechend bescheiden aus.
Marion beabsichtigt, ihr Patenkind eines Tages in einen Freizeitpark einzuladen, sobald es alt genug ist. Dann können sie sich intensiver kennenlernen.
Plötzlich befindet sich Marion vor dem Delikatessenladen von Robertos Eltern. Als würde eine unsichtbare Hand sie durch die Eingangstür schubsen, landet sie im Inneren. Zahlreiche Kunden versperren den Zutritt zu den Regalen. Wird dieses Jahr zu Weihnachten italienisch gekocht?
Traditionell essen Marion und ihre Mutter an Heiligabend Fondue mit Fleisch, Kartoffelsalat und Baguette. Zum Nachtisch gibt es ein Parfait.

„Suchen Sie etwas Bestimmtes?“, fragt eine Stimme hinter Marion.
Eine kleine Frau mit lustig blitzenden Augen blickt sie an.
Sofort erkennt Marion, dass es sich um Robertos Mutter Maria handeln muss. Ihre Ähnlichkeit lässt sich nicht leugnen.
„Ich ... brauche etwas typisch Italienisches zum Knabbern“, leiert sich Marion aus den Rippen, obwohl sie nicht mit Kaufabsicht im Geschäft weilt.
„Da stehen Sie vor dem falschen Regal. Bitte folgen Sie mir.“ Robertos Mutter eilt Marion voraus und zeigt auf die reichhaltige Auswahl. „Hier finden Sie Taralli, Amaretti und unsere Grissini in verschiedenen Geschmacksrichtungen, zum Beispiel mit Parmesan, Sesam, Rosmarin oder Oregano. Wir stellen sie selbst mit den Kräutern unseres Sohnes her. Wahrscheinlich kennen Sie Robertos Kräutergärtnerei sogar.“ Stolz schwingt in Marias Tonfall mit.
Marion fühlt sich bemüßigt, von allen angepriesenen Leckereien mindestens eine Packung zu nehmen.
„Gute Wahl“, kommentiert Robertos Mutter ihren Einkauf.
Nachdem Marion bezahlt hat, schenkt ihr die Ladenbesitzerin einen Mini-Panettone. „Fröhliche Weihnachten wünsche ich Ihnen und einen guten Rutsch ins Neue Jahr.“
„Danke, das wünsche ich Ihnen und Ihrer Familie auch.“
Mit einer großen Papiertüte bepackt verlässt Marion den Laden. Obwohl sie schon öfter online Geschenkkörbe für Kunden hier bestellt hat und direkt an sie versenden ließ, war ihr die Vielfalt an Produkten gar nicht bewusst. Aber was soll sie mit all den Knabbereien anfangen? Aus einer spontanen Laune heraus ruft Marion ihre Freundin Caren an. „Hast du gerade Zeit? Ich habe Einkäufe gemacht und könnte auf einen Kaffee bei dir vorbeikommen.“
„Gerne. Wann kannst du hier sein?“
„In zehn Minuten.“

„Perfekt. Ich freue mich."
Wenig später staunt Caren nicht schlecht über die italienischen Köstlichkeiten. „Wow, sind die Sachen alle für mich?"
„Wenn du willst. Ich habe kaum Verwendung dafür."
Caren versteht ihre Aussage nicht: „Hast du das alles in einer Tombola gewonnen?"
„Nein." Marion lacht. „Ich erzähle dir die Geschichte bei einer Tasse Kaffee."
Passend dazu vertilgen sie den Panettone und knabbern einige Amaretti, während Marion von ihrem Verlegenheitskauf berichtet und Caren endlich ihr Herz hinsichtlich Roberto ausschüttet. Seltsamerweise reagiert Caren gar nicht erstaunt, als wüsste sie längst von Marions Liebesnöten. Jedenfalls tut es Marion gut, sich alles von der Seele zu reden.
„Wolltest du deine zukünftige Schwiegermutter abchecken?", vermutet Caren schmunzelnd.
„Quatsch. Ich weiß im Nachhinein nicht mehr, was mich gejuckt hat, den Laden zu betreten. Jedenfalls scheint er gut zu laufen. Es war brechend voll dort."
„Das nennt man Intuition. Offenbar hast du Roberto doch noch nicht abgehakt, wie du behauptest. Dein Unterbewusstsein führt dich in sein Umfeld. Hat seine Mutter den Test bestanden?"
„Sie war sehr höflich und verkaufstüchtig. Mehr kann ich zu ihr nicht sagen."
„Der erste Eindruck war offensichtlich positiv."
„Du machst dir seltsame Gedanken", stellt Marion fest. „Erzähl mir lieber von dir und Tom. Wie hat sich eure Beziehung inzwischen entwickelt? Ich bin nicht mehr auf dem neusten Stand."
„Wir verstehen uns von Tag zu Tag besser. Zu einem ungünstigeren Zeitpunkt konnten wir unsere Beziehung nicht beginnen als mit einem gebrochenen Bein. Die Härteprobe hat Tom auf jeden Fall mit Bravour bestanden. Er hilft mir auf allen Ebenen, mit meiner Behinderung

zurechtzukommen. Meine Eltern sind ganz begeistert von ihm."
„Wie, du hast Tom gleich deinen Eltern präsentiert?", staunt Marion.
„Ja, warum nicht. Ich lade sie jedes Jahr zum vierten Advent zu mir ein. Aufgrund meines Handicaps hat Tom dafür eingekauft und mir beim Backen geholfen. Danach konnte ich ihn wohl schlecht rausschmeißen."
„Na, das ging ja flott." Marion verkneift sich, nach Igor zu fragen. Wenn es von ihm Neuigkeiten gäbe, hätte sie Caren von allein ausgeplappert. Stattdessen lenkt sie das Thema auf die Weihnachtsfeier. „Schön, dass du Tom begleitest. Es wird fast familiär, denn ich bringe meine Mutter mit."
„Das weiß ich bereits von Tom. Ich freue mich, Annabelle wiederzusehen. Es wird bestimmt ein lustiger Abend. Wie läuft es mit ihr und Wolfgang?"
Marion gibt bereitwillig Auskunft, bis Tom plötzlich im Türrahmen erscheint. Demnach besitzt er einen Zweitschlüssel von Carens Wohnung.
„Na, ihr beiden Hübschen. Störe ich euch?", begrüßt er sie.
„Gar nicht", beeilt sich Marion zu erwidern. „Ich bin ohnehin im Begriff zu gehen."
„Aber warum?", mault Caren. „Was hast du noch vor?"
„Ich habe meiner Mutter versprochen, bei ihr vorbeizuschauen", lügt Marion. Ein verliebtes Pärchen beim Turteln zu beobachten, steht nicht auf ihrem Programm.
„Okay, wir sehen uns ja bald beim Italiener", meint Caren und wirft Tom von der Seite einen zärtlichen Blick zu.
„Und wir sehen uns morgen bei der Arbeit", ergänzt Tom.
Da Marion davon überzeugt ist, dass ihr Geschäftspartner die Nacht bei Caren verbringt, wünscht sie beiden eine gute Nacht. Einmal mehr fühlt sie sich überflüssig und einsam. Einen Brief ans Christkind mit ihren geheimen Wünschen kann sie schlecht nach Himmelstadt senden.

Das ist den Kleinen vorbehalten. Erwachsene müssen sie sich selbst erfüllen.

KAPITEL 24

Was zieht man zu einer Firmenweihnachtsfeier an? Ratlos inspiziert Marion den Inhalt ihres Kleiderschrankes. Rock und festliche Bluse? Kleid? Hosenanzug? Nichts findet sie wirklich geeignet.
Schließlich entscheidet sich Marion für eine bequeme Hose mit Gummizug, um der Erweiterung ihres Bauchumfangs nach dem Menü vorzubeugen. Was passt darüber? Bei der Durchsicht ihrer langärmeligen T-Shirts und Pullover stößt sie auf das Rentiermodell. Warum nicht? Marion stülpt sich den Pulli über und denkt mit Wehmut an den Moment, als Roberto mit dem Gleichen hinter dem Paravent im Hotel hervortrat. Damals glaubte sie an ein Zeichen der Übereinstimmung. Was für eine Fehleinschätzung. Die unerfüllte Sehnsucht nach ihm schmerzt nach wie vor. Seine Verliebtheit in Marion war offensichtlich ein Blendwerk, sonst hätte Roberto ihr eine Chance zur Verteidigung gegeben. Stattdessen hüllt er sich weiter in Schweigen. Marions Stolz lässt es nicht zu, sich nochmals bei ihm zu melden.
Nachdem sie sich geschminkt hat, packt Marion die kleinen Geschenke in eine größere Tasche und fährt zu Annabelle, um sie zum Italiener mitzunehmen.
Ihre Mutter wartet bereits auf dem Vorplatz, sodass Marion sie bei laufendem Motor einsteigen lässt.
„Stehst du schon lange in der Kälte?“, fragt sie Annabelle besorgt.
„Nein, ich bin gerade zur Tür raus. Fast hätte ich mich mit Wolfgang am Telefon verquatscht. Deshalb bin ich nicht sonderlich zurechtgemacht.“
„Das brauchst du auch nicht. Du glänzt auch ohne Make-

up, weil deine Augen strahlen. Bist du glücklich?"
„Ausgeglichen trifft es eher. Glücklich wäre ich, wenn du es auch wärest."
„Ach, Mamimaus, du bist so lieb." Marion ist gerührt. „Ich bin so froh, dass wir beide uns haben."
„Ja und ich finde es total süß von dir, deine Begleitung zur Firmenweihnachtsfeier sein zu dürfen. Es ist mir eine Ehre. Ich habe extra seit dem Frühstück nichts mehr gegessen, um genug Platz für das italienische Menü zu haben. Seit ich so oft mit Wolfgang zusammen bin, zeigt die Waage ein Kilo mehr an als vorher."
Marion lacht. „Liebe geht eben durch den Magen. Gemeinsam zu essen, macht einfach mehr Spaß als allein."
„Allerdings. Dieses Jahr erreiche ich eine Rekordproduktion mit meiner Plätzchenbackerei. Wolfgang ist beim Naschen nicht zu bremsen. Keine Ahnung, wie er die Kalorien verbrennt. Er nimmt anscheinend im Gegensatz zu mir nicht zu."
„Das ist gemein. Manche Menschen können ungestraft konsumieren, was sie wollen. Wir haben die falschen Gene." Marion seufzt. „Ab Neujahr disziplinieren wir uns."
„Abgemacht. Bis dahin kein Wort mehr über Kalorien und Co. Ich möchte die Feiertage ohne schlechtes Gewissen genießen."
„Wie verbringt Wolfgang sie?", fragt Marion aus heiterem Himmel.
„Hm ... Darüber wollte ich mit dir noch sprechen. Hättest du etwas dagegen, wenn er am Heiligabend mit uns Fondue isst?"
Fast übersieht Marion die rote Ampel vor Schreck. „Wie bitte? Damit rückst du einen Tag vorher raus?" Sie kann ihre Empörung nicht unterdrücken.
„Er hat mich eben erst am Telefon gefragt. Sonst verlebt er den Abend bei einer befreundeten Familie. Deren drei Kinder haben aber plötzlich die Windpocken, und er kann nicht dorthin."

„Gibt es keine andere Möglichkeit? Die Weihnachtsfeier der Tafel zum Beispiel."
„Magst du Wolfgang nicht?"
„Natürlich, aber er drängt sich zu intensiv in unser Leben. Was ist mit unserem Weihnachtsritual, nach dem Essen die Sissi-Filme anzuschauen? Ich glaube kaum, dass Wolfgang sich dafür interessiert. Meinetwegen kannst du den ersten Feiertag mit ihm verbringen, aber bitte nicht den Heiligabend. Wie das Wort schon sagt, ist er für mich mit dir allein heilig."
Eine Weile herrscht Schweigen zwischen Marion und ihrer Mutter. Ist sie zu stur? Sollte sie toleranter sein und Wolfgangs Anwesenheit dulden? Würde Marion ihre Freundin Caren allein in einer vergleichbaren Situation unter dem Weihnachtsbaum sitzen lassen? Bestimmt nicht. Annabelle wäre wahrscheinlich großzügiger und würde Caren selbstverständlich zu sich einladen. Deshalb gibt sich Marion einen Ruck. „Entschuldige bitte, Mamimaus. Ich war mit deiner Ankündigung einen Moment überfordert. Natürlich kann Wolfgang mit uns feiern. Wie ich dich kenne, hast du ohnehin zu viel für morgen eingekauft, und die Sissi-Filme schauen wir uns an einem anderen Abend an."
Annabelle antwortet erleichtert: „Danke. Es tut mir leid, dass ich dich überrumpelt habe. Für mich kam Wolfgangs Anfrage auch überraschend. Ich habe ihm allerdings keine Zusicherung erteilt, weil ich dich in die Entscheidung einbeziehen wollte."
„Du hättest ihm abgesagt, wenn ich nein gesagt hätte?"
„Ja, weil du der wichtigste Mensch für mich bist und es immer bleiben wirst. Vielleicht verschwindet Wolfgang bald nach dem Fondue, und für uns beide bleibt trotzdem Zeit zu zweit", meint Annabelle versöhnlich.
„Wir werden sehen. Ich freue mich jedenfalls auf morgen", lenkt Marion ein. „Vielleicht erzählt uns Wolfgang weitere Anekdoten aus seinem Berufsleben. Sicher wird es ein amüsanter Abend." Marion will ihrer Mutter auf keinen

Fall ein schlechtes Gewissen machen. Sie weiß, dass Annabelle in der Zwickmühle sitzt und weder Wolfgang noch Marion vor den Kopf stoßen möchte. „Schreib ihm, dass er bei uns willkommen ist", ermuntert Marion deshalb ihre Mutter.
„Wirklich?"
„Ja, das ist mein Ernst."
„Okay." Annabelle kramt ihr Handy aus der Tasche und lädt Wolfgang offiziell ein. Seine Antwort lässt nicht lange auf sich warten. „Er freut sich riesig. Ich soll dir danken, dass du einverstanden bist."
Ihre Unterhaltung findet ein vorläufiges Ende, als das Restaurant auftaucht. Es erstrahlt im Lichterglanz. Ein wenig kitschig muten die beleuchteten Figuren am Eingang an, die die Gäste empfangen. Andere Länder, andere Weihnachtssitten. Auch im Inneren zeichnet sich das ab. Die Dekorationen sind ziemlich überladen. Von der Decke hängen mehrere Girlanden mit Kugeln herab. Hoffentlich lösen sie sich nicht und fallen den Gästen auf den Kopf. Dessen ungeachtet fühlt sich Marion in der Kulisse sofort wohl.
Der Tisch, den sie reserviert hat, präsentiert sich festlich mit Stoffdecke und Servietten gedeckt. Außerhalb der Adventszeit geht es in diesem Lokal eher rustikal zu.
Marion und Annabelle sind die Ersten und suchen sich gleich ein Plätzchen auf der Eckbank, von der aus sie einen guten Überblick über den Gastraum haben.
Nach und nach trudeln Milan mit Lina und Tom mit Caren ein. Die Begrüßung untereinander fällt sehr herzlich aus. Alle scheinen bereits in Weihnachtsstimmung zu sein und sich auf die arbeitsfreien Tage zu freuen. Es ist unter Marion und ihren Geschäftspartner verabredet, dass berufliche Themen an diesem Abend tabu bleiben.
Natürlich erkundigt sich Annabelle bei Caren über ihren Gesundheitszustand und Marion sich bei Lina über ihre Sprösslinge.
Das servierte Menü unterbricht zunächst ihre

Unterhaltung. Sie stoßen auf das sich zu Ende neigende Jahr an.
Inzwischen sind alle Tische besetzt und der Lärmpegel entsprechend hoch.
Marion muss regelrecht über den Tisch schreien, damit der weiter entfernt sitzende Tom etwas versteht.
Plötzlich herrscht mit einem Schlag Stille, als hätte jemand abrupt den Ton vom Radio ausgeschaltet.
Den Grund dafür entdeckt Marion am Eingang. Dort wartet der Weihnachtsmann offenbar auf seinen Auftritt. Ein Raunen geht durch den Gastraum. Der Wirt ergreift das Wort: „Liebe Gäste, Sie alle halten unserem Lokal seit Jahren die Treue. Es wird Zeit, dass wir Ihnen das einmal danken. Der Weihnachtsmann wird Ihnen ein kleines Präsent überreichen. Wir hoffen, dass es Ihnen gefällt. Frohe Weihnachten und einen guten Rutsch ins Neue Jahr wünschen Ihnen mein Team und ich. Mögen wir Sie auch im kommenden Jahr wieder kulinarisch verwöhnen dürfen."
Marion und alle anderen klatschen und reden durcheinander. Für den Bruchteil einer Sekunde trifft sich Marions Blick mit dem des Weihnachtsmannes. Sie erstarrt. Es handelt sich um Roberto. Seine Augen wird sie nie vergessen. Wo ist das Mauseloch, in das sie verkriechen könnte?
„Erkennst du ihn?", flüstert Annabelle prompt.
Marion ist unfähig zu antworten, sondern nickt nur.
Ihre Mutter plappert weiter: „Bestimmt ist Roberto mit dem Wirt verwandt und tut ihm einen Gefallen. Der italienische Clan in Kutterwald ist untereinander verbandelt."
Eine Fluchtmöglichkeit sieht Marion nicht. Ohne aufzufallen, kann sie den Raum nicht verlassen.
Roberto verteilt aus seinem Sack Mini-Panettone an jeden Gast. Dabei wechselt er das ein oder andere Wort, das Marion allerdings aus der Entfernung nicht versteht. Mit jedem Schritt, den sich Roberto ihnen nähert, klopft ihr

Herz heftiger gegen die Brust.
Ganz in seiner Rolle als Weihnachtsmann lässt Roberto sich wenig später nicht anmerken, dass er Marion und Annabelle kennt. Er überreicht ihnen den Kuchen genauso neutral wie allen anderen. Dennoch glaubt Marion, ein Blitzen in seinen Augen zu sehen, als sie an der Reihe ist.
„Frohe Weihnachten", wünscht Roberto und wendet sich dem nächsten Tisch zu.
„Hat der uns nicht erkannt?", zischt Annabelle Marion zu.
„Garantiert. Wir haben uns nicht verändert."
„Warum sagt er nichts?" Annabelle scheint sein Verhalten nicht zu verstehen.
„Weil er eine Rolle spielt."
Offensichtlich gibt sich Annabelle mit dieser Erklärung zufrieden und setzt ihren Smalltalk mit Caren fort.
„Hallo, Erde an Marion. Auf welchem Planeten weilst du gerade?", bahnt sich Toms Stimme einen Weg in ihr Unterbewusstsein.
„Entschuldige, was hast du gesagt? Hier drinnen ist es so laut."
„Ob ich die Kellnerin bitten soll, ein Foto von unserer Runde zu schießen?"
„Das kann ich erledigen", mischt sich plötzlich Roberto ein, der inzwischen zivile Kleidung trägt. Ausgerechnet für den Rentierpullover hat er sich entschieden.
Tom stutzt. Erst mustert er Marion, danach Roberto. „Partnerlook? Habe ich etwas verpasst? Bist du der Weihnachtsmann von der Charity-Gala", fährt Tom zu Marions Entsetzen fort.
„Ja, das ist Roberto", stellt Annabelle ihn vor. Es kommt noch schlimmer. „Magst du dich nicht zu uns setzen?", fordert sie ihn auf, woraufhin Marion ihrer Mutter leicht ans Schienbein tritt. Was fällt Annabelle ein?
Glücklicherweise schlägt Roberto das Angebot in den Wind. „Das ist nett, aber ich bin verabredet." Er schießt mit Toms Handy ein Gruppenfoto und verabschiedet sich. Marion würdigt er keines Blickes mehr.

„Lässt du mich mal bitte raus?“, verlangt Annabelle hektisch. „Ich muss aufs Örtchen.“
Davon kehrt sie eine längere Weile nicht zurück. Als sich Marion Sorgen macht und auf der Toilette nachschauen will, taucht Annabelle endlich auf. „Ist dir schlecht?“, fragt Marion sofort leise nach.
„Verdauungsprobleme.“ Mehr sagt Annabelle nicht dazu.
Lina bläst zum Aufbruch: „Wir müssen meine Mutter vom Babysitten erlösen. Es war total nett mit euch.“
„Halt“, ruft Marion aus. „Ich habe auch eine Kleinigkeit für euch.“ Durch Roberto hat sie ihre Geschenke ganz vergessen. „Ihr dürft euer Päckchen zuhause auspacken“, meint Marion, als sie alle ausgeteilt hat.
Nachdem Marion die Rechnung auf Firmenkosten beglichen hat, wünschen sie sich alle untereinander schöne Feiertage und einen guten Rutsch, nicht, ohne sich ausgiebig zu umarmen.
Allein mit Annabelle im Auto rupft Marion gleich ein Hühnchen mit ihr. „Wieso hast du Roberto aufgefordert, sich zu uns zu setzen?“
„Weil das die Höflichkeit gebietet. Immerhin ist er bei meiner Charity-Veranstaltung kostenlos aufgetreten. Ich dachte, du magst ihn.“
Marion ist zu durcheinander, um eine Diskussion zu führen. Deshalb schlägt sie ein anderes Thema an: „Hat es dir geschmeckt?“
„Klar. Es war lecker wie immer. Allerdings platze ich fast und musste meinen Reißverschluss auf dem Klo ein Stück öffnen.“
Marion lacht. „Ich habe gleich eine Hose mit Gummizug angezogen.“
„Sehr vorausschauend. Bleibst du über Nacht bei mir?“
„Nein, heute schlafe ich in meinem eigenen Bett. Morgen übernachte ich bei dir, damit ich Alkohol trinken darf.“
„Okay. Danke, dass du mich mitgenommen hast. Ich habe den Abend mit deinen Freunden echt genossen. Tom und Caren sind wohl sehr verliebt.“

„Findest du?“ Annabelles Aussage gibt Marion einen Stich durchs Herz und führt ihr die eigene Sehnsucht vor Augen.
„Das ist nicht zu übersehen. Sie passen gut zusammen.“
Gott sei Dank können sie das Thema nicht weiter vertiefen, denn sie erreichen das Elternhaus.
Marion wünscht ihrer Mutter eine gute Nacht und saust davon.

KAPITEL 25

Gerade als Marion sich auszukleiden beginnt, läutet es an der Haustür. So spät? Hat jemand irrtümlich die Klingel betätigt? Sie beschließt, den Störenfried zu ignorieren und öffnet auch beim zweiten Schellen nicht.
Kurz danach brummt ihr Smartphone. Hat Annabelle etwas auf dem Herzen? Wolfgang? Ohne auf das Display zu schauen, nimmt Marion den Anruf entgegen.
„Was ist, Mamimaus? Hast du etwas im Auto vergessen?"
„Hier ist Roberto."
Marion stockt der Atem. Mit ihm hat sie nicht gerechnet.
„Was willst du?", fragt sie ziemlich unfreundlich.
„Mit dir reden. Du hast mich darum gebeten."
Um Aufschub bemüht äußert sie: „Zwischen Tür und Angel möchte ich das nicht am Telefon."
„Brauchst du auch nicht. Ich stehe unten vor der Tür. Du hast mir nicht aufgemacht, aber ich sehe Licht. Kann ich raufkommen?"
„Können wir das nicht ein anderes Mal besprechen? Ich bin müde."
„Nein, ich möchte mich bei dir persönlich entschuldigen. Bitte schenke mir einige Minuten."
Robertos Hartnäckigkeit lässt Marions Herz erweichen. „Also schön. Ich drücke dir auf." Ihr Puls beschleunigt sich rasant.
Keine zwei Minuten später stehen sie sich Rentierpulli an Rentierpulli gegenüber und blicken sich in die Augen.
Verlegen bittet Marion Roberto, ihr ins Wohnzimmer zu folgen. Er schaut sich neugierig um. „Modern und trotzdem sehr gemütlich", lautet sein Eindruck. „Du sammelst Puppen?"

Marion nickt, während er sich auf den Sessel setzt und sie auf dem Sofa Platz nimmt.
Ihr ist nicht nach Smalltalk zumute. Deshalb kommt sie gleich auf den Punkt: „Du wolltest dich entschuldigen?"
„Ja, ich habe dich zu Unrecht beschuldigt, Evas und meine Trennung irgendwo verraten zu haben. Das war nicht fair. Es tut mir leid."
„Warum hast du mir keine Gelegenheit zur Verteidigung gegeben?"
„Weil sich die Ereignisse inzwischen überschlagen hatten. Eine Bekannte von meiner Noch-Schwiegermutter hat Eva mit ihrem Lover in eng umschlungener Pose erwischt."
„Also war sie es, die euch verraten hat?", bohrt Marion nach. Ihre Muskeln entkrampfen sich allmählich.
„Richtig. Sie hatte nichts Eiligeres zu tun, als es herumzutratschen. Der Clan verlangte sofortige Aufklärung. Eva und ich haben die Familien zusammengetrommelt und ihnen unsere Scheidungsabsichten verkündet."
„Wie haben sie reagiert?"
„Erstaunlich gelassen. Evas und meine Eltern wollen trotzdem befreundet bleiben. Das können wir ihnen natürlich nicht verbieten. Ich bin froh, dass dieses Affentheater ein Ende hat. Wir hätten längst allen reinen Wein einschenken sollen."
„Wieso fällt es dir ausgerechnet heute und zu so später Stunde ein, dich bei mir zu melden?" Marion ist nicht gewillt, Roberto so schnell zu verzeihen.
„Annabelle hat mir einen Schubs gegeben."
„Meine Mutter?", staunt Marion. „Was hat sie damit zu tun?"
„Sie hat mich auf dem Parkplatz des Restaurants gerade noch erwischt und mir erzählt, dass du eine Antwort von mir erwartest. Sie hat mir ziemlich den Kopf gewaschen." Roberto lacht.
Marion zieht den richtigen Rückschluss: „Sie war also gar nicht auf der Toilette. Ich hatte mich schon gesorgt, wo sie

so lange bleibt."
„Sei ihr bitte nicht böse. Ich bin ihr jedenfalls dankbar. Übrigens ist Eva endgültig mit Sack und Pack bei mir ausgezogen und hat ihren Hausschlüssel abgegeben. Sie wird uns nie wieder stören."
Gegen ihren Willen schmunzelt Marion. „Wobei?"
„Beim Backen, beim Kochen ... beim Küssen." Unaufgefordert tauscht Roberto plötzlich den Sessel gegen den Platz neben Marion auf der Couch. Er versucht, sie an sich zu ziehen. Zurückweichend fragt sie: „Liebst du Eva noch?"
Mit festem Blick fixiert Roberto ihre Augen. „Nein." Es klingt überzeugend. „Eva hat mich tief verletzt. Ich fühle nichts mehr für sie. Mein Herz ist frei für dich. Bereits am Gala-Abend habe ich mich in dich verguckt."
Marion schmunzelt. „Lag es am Rentierpullover?"
„Möglich."
Dieses Mal weist Marion Roberto nicht zurück, als er sie endlich in die Arme nimmt und sie zunächst sanft, dann immer leidenschaftlicher küsst.
Es ist nur eine Angelegenheit weniger Sekunden, bis sie sich die Rentierpullover gegenseitig über den Kopf stülpen und sie auf dem Boden landen.
Nachdem sie den ersten Hunger nach Liebe und Nähe gestillt haben, tauschen sie sich die halbe Nacht eng aneinander gekuschelt über ihr Leben aus. Es ist viel passiert, seit sie sich vor zwanzig Jahren auf der Silvesterfeier begegnet sind.
Da Robertos Gärtnerei an Heiligabend bereits geschlossen hat, könnten sie ausschlafen. Allerdings wird daraus nichts, weil sie gleichzeitig im Morgengrauen erwachen und die Zeit nicht mit Schlafen vergeuden.
Entsprechend spät fällt das Frühstück aus, das Marion Roberto im Bett serviert. „Was machst du heute Abend?", fragt sie ihn.
„Hm ... ich werde allein sein. Meine Eltern sind bei Paolos Familie. Sie haben mich auch eingeladen, aber ich mag den

Trubel nicht. Sonst haben Eva und ich den Heiligabend für uns allein verbracht."
Marion zieht die Stirn kraus. „Ich kann meine Mutter nicht im Stich lassen, obwohl Wolfgang dieses Mal mit dabei ist."
„Wolfgang?"
Marion erklärt Roberto, was es mit dem pensionierten Kommissar auf sich hat.
„Das sollst du auch nicht. Ich komme klar. Vielleicht fahren wir beide in den nächsten Tagen zusammen Ski. Was meinst du?"
„Super gerne. Bleibt deine Gärtnerei nach den Feiertagen auch geschlossen?"
„Ja, bis zum zweiten Januar."
„Genial. Wir haben also viel Zeit, uns näher kennenzulernen."
Roberto grinst. „Noch näher?"
„Es gibt am anderen immer etwas Neues zu entdecken. Sonst würde es ja langweilig."
Da Marion ihrer Mutter versprochen hat, ihr bei den Vorbereitungen für den Heiligabend zu helfen, schickt sie Roberto schweren Herzens gegen Mittag nach Hause, nicht, ohne sich gebührend mit Küssen zu verabschieden.
„Wir sehen uns morgen."
„Okay. Ich kann es kaum erwarten. Euch schöne Weihnachten."
„Dir auch."

♥♥♥

Ein weiteres Ritual bei Marion und Annabelle besteht am Heiligabend darin, sich festlich anzuziehen. Deshalb packt Marion ihr schwarzes Etui-Kleid und Highheels in ihren Handkoffer. Umziehen wird sie sich erst nach dem Aufstellen und dem Schmücken des Weihnachtsbaums. Annabelle lässt ihn jedes Jahr von einem Händler bringen.
In Gedanken an die wunderbare Nacht mit Roberto fährt

Marion zu ihrem Elternhaus. Letztendlich hat sie diese ihre Mutter zu verdanken. Hätte sie nicht mit Roberto auf dem Parkplatz geredet, wäre er nicht zu Marion gekommen.
Annabelle sieht es ihr offenbar an, dass etwas Außergewöhnliches passiert ist, als sie das Wohnzimmer betritt. „War er bei dir?“, fragt sie sofort.
„Ja, die ganze Nacht“, gibt Marion von einem strahlenden Lächeln begleitet zu.
„Demnach bist du mir nicht böse, dass ich mit Roberto Klartext gesprochen habe?“
„Nein, Mamimaus. Du hast genau das Richtige getan.“
„So wie du für mich mit Wolfgang. Jetzt sind wir quitt.“ Annabelle steigt von der Leiter, die vor dem Weihnachtsbaum steht.
„Wer hat denn den Baum schon aufgestellt?“, will Marion wissen. „Das ist doch meine Aufgabe.“
„Wolfgang. Er war kurz hier. Wir brauchen ihn bloß zu schmücken.“
„Praktisch.“ Tatsächlich ist Marion froh, denn das Austarieren des Baumes in den Ständer bereitet regelmäßig Probleme.
Nach einer halben Stunde glänzt die Nordmanntanne in voller Pracht mit Kugeln, Figuren und einer bunten Lichterkette.
Zufrieden betrachten Marion und Annabelle ihn.
Anschließend begeben sie sich in die Küche, um das Fondue vorzubereiten. Annabelle hat allerdings den Kartoffelsalat bereits am Vortag hergerichtet, weil er nun richtig durchgezogen ist und viel besser schmeckt.
Marion widmet sich den Soßen für das Fleisch und bedient sich dabei der Kräuter, die Annabelle kürzlich bei Roberto gekauft hat. Als es um das Decken des Tisches geht, wimmelt Annabelle ab: „Zieh du dich um. Ich mache das.“
Sich nichts dabei denkend willigt Marion ein und hüllt sich in ihrem Jugendzimmer in ihr kleines Schwarzes. Ob Wolfgang sich auch in Schale wirft? Sie ist gespannt.
Plötzlich klopft es an ihre Tür. „Bist du fertig, mein

Kind?“ Annabelle streckt den Kopf herein.
„Ja, ist Wolfgang schon da? Ich habe niemanden klingeln hören.“
„Er wartet unten auf uns. Es kann losgehen.“
Marion mustert ihre Mutter von oben bis unten. „Wow, du hast ewig nicht so schön ausgesehen.“
„Du auch nicht“, gibt Annabelle das Kompliment zurück.
Arm in Arm schreiten sie die Treppe hinunter. Fast stolpert Marion vor Erstaunen auf einer Stufe, als sie am Treppenabsatz die beiden Männer entdeckt. Einer geschniegelter und gestriegelter als der andere in Anzug und Krawatte.
Roberto grinst. „Damit hast du wohl nicht gerechnet, oder?“
„Nein.“ Marion löst sich von ihrer Mutter und fällt Roberto um den Hals.
„Ist mir die Überraschung gelungen?“, fragt Annabelle.
„Und ob. Wann habt ihr das ausgeheckt?“ Marion kann ihr Glück kaum fassen.
Roberto outet sich: „Heute Mittag. Ich habe deiner Mutter für ihre Vermittlung gedankt, und dabei hat sie mich spontan eingeladen.“
Annabelle lächelt verschmitzt. „Ich hoffe, dass das auch ohne dein Einverständnis in Ordnung war.“
„Na, ja“, täuscht Marion Empörung vor und küsst Roberto ausgelassen auf den Mund. „Zukünftig sollten wir aber alles offen kommunizieren. Zu viel Geheimniskrämerei ist ungesund.“
„Ich verspreche es hoch und heilig“, versichert Annabelle und hakt sich bei Wolfgang unter. „Jetzt bitte ich euch zu Tisch.“
Weder Marion, noch Wolfgang und Roberto sparen beim Anblick des liebevoll gedeckten Weihnachtstisches mit Lob.
Wolfgang gebührt es, die Sektflasche zu öffnen und den Inhalt in die bereitgestellten Kelche zu gießen.
Annabelle hebt ihr Glas, und Marion und die Männer tun

es ihr gleich. „Frohe Weihnachten. Ich freue mich, mit euch allen den Heiligabend zu feiern. Auf was trinken wir?“
Marion zögert nicht lange: „Auf das Leben und die Liebe.“

Zur Autorin:

Rike Stienen schreibt am liebsten romantische Geschichten, die im Alpenvorland oder vor exotischer Kulisse spielen. Dabei ist es ihr wichtig, zwischenmenschliche Konflikte auf humorvolle Weise zu lösen.
Die Autorin lebt und arbeitet in der Nähe des Chiemsees und gehört verschiedenen Autorenverbänden an. Ihre Kreativität schöpft sie aus ihrem eigenen Gartenparadies.
Die Autorin freut sich auch über Ihre Rezension auf Amazon und über Ihren Besuch auf ihrer Homepage und bei Facebook unter:

www.rike-stienen.de
www.facebook.com/RikeStienenAutorin

Die im Inhalt genannten Personen und Handlungen sind frei erfunden. Sollten Ähnlichkeiten mit tatsächlich existenten Personen oder stattgefundenen Handlungen entstanden sein, oder sollte ein solcher Eindruck erweckt werden, so ist dies von der Autorin auf keinen Fall gewollt oder beabsichtigt.

Printed in Poland
by Amazon Fulfillment
Poland Sp. z o.o., Wrocław

11704331R00134